光文社文庫

ワンダフル・ライフ

丸山正樹

JN030533

光

ワンダフル・ライフ

目次

無力の王（1）

やってられない。本当にやってられない。その言葉ばかりが頭の中で渦《うず》を巻く。何で自分がこんなことをしなけりゃならないのか。何で。何で自分ばかりが。何のために。誰のために。

いや、誰のためにというのは決まっている。妻のためにしているのだ。しかし、それは口にできない。口が裂《さ》けても口にできない。裂ける前にも口にできない。以前に一度、血迷って口にしかけたことがある。その時妻から返ってきたのは、

私のため？　違うでしょ、自分のためでしょ。

という言葉だった。

自分のため。妻のためではなく、自分のため。

その言葉の裏には、「恩着せがましくしないでよ」という意味が込められている。いやそれは言いすぎか。「人のせいにしないでよ」だ。もっと言えば、

好きでやってるんでしょ。

ということだ。

好きでやっているわけではない。それは確かだ。しかしながら、自分で選んでやってい

ることもまた確かだ。

そう、僕はこの道を選んだ。自分で選択したのだ。

妻の介護をすることを。

自分で選んだのだから。好きでやっているのだから。自分のためなのだから。

だからやめることはできない。終わる時は、どちらかが死ぬ時だ。おそらく僕の方が妻より先に死ぬだろう。そのことだけは確かな気がする。つまりこの生活は、僕にとっては永遠に続く。

その時は私も死ぬから。

妻はそう言う。それは、「殉死《じゅんし》する」というようなきれいな話ではない。僕の死は、そのまま彼女の死をも意味するからだ。僕がいなければ妻は生きられない。「あなたがいないと生きていけないの」などという甘ったるい話ではない。物理的に。事実として。彼女は僕なしでは生きていけない。

僕がいなくなったら――。宿便《しゅくべん》は溜《た》まり、褥瘡《じょくそう》（床ずれ）は肥大化、組織は壊死《えし》し、細菌感染を起こすだろう。受傷時から変わらずにある原因不明の全身のしびれ感や関節の拘縮《こうしゅく》、それが悪化した形で現在膝関節にできた異所性骨化《いしょせいこつか》なるものについて対処することもできず、やがて人の手を借りても関節を動かすこともできなくなるだろう。

いやそれよりなにより。

日々の不調や気の利かないヘルパーに対する不満を誰にもぶつけることができず、彼女の精神は悪化の一途をたどるだろう。それは、死ぬよりなお辛《つら》いこと、耐えられないことであるはずだ。なので彼女は、生きてはいけない。僕がいなかったら。

それでも、それでも。彼女から、

ありがとう

の一言も言われたことはない。あなたのおかげ、だとか、あなたがいるから生きていられる、とか、そういう類《たぐ》いの言葉を一切聞かされたことはない。なぜなら。

当たり前

だからだ。

自分が選んだことだから。好きでやっていることだから。

あなたが私を生きさせているのだから。

当たり前でしょ。

やってられない。本当にやってられない。何で。何のために。誰のために。僕はこんな生活を続けているのだろう。

いやそれは分かっている。それでも無限のループを繰り返す。

何のために。誰のために。繰り返す——。

戸を叩《たた》く音に気づいて、パソコンを打つ手を止めた。

「はい?」と応《こた》えると、

「すみません」

介護ヘルパーの重森《しげもり》さんの遠慮がちな声が聞こえた。

「奥様がご主人を呼んでほしいと……」

「分かりました」

マウスから手を放し、立ち上がった。ついため息がもれる。何の用事かは、言われなくても想像がついた。

重森さんの方も慣れたもので、わたしが隣室に入ると、自分から部屋を出、戸を閉めた。

「どうした?」

それでも一応、尋ねた。

「どうしたじゃないわよ、何度も呼んでるのに」

「ごめんごめん、聞こえなくて」

詫《わ》びたが、妻の尖《とが》った声は止《や》まない。

「だから戸は閉め切らないでって言ってるでしょ」

「悪かったよ、で、何」

「さっきから何度もあるのよ。見て」

具体的な言葉は何もないが、それだけで分かる。

わたしはベッドに近づくと、コントローラーを手にした。「あたま」と書いてあるボタンを押し、ベッドを倒してフラットにする。そして妻の体を横にし、臀部《でんぶ》の辺りに手をやった。

下着は湿っていなかったが、中に手を入れると、紙オムツが濡《ぬ》れていた。まだ「小」の方で良かったと思いながら、清拭《せいしき》の準備を始める。妻は不機嫌に押し黙ったままだ。

妻のようなケイソン——頸髄損傷《けいずいそんしよう》者はみなそう自称する——は、全身麻痺《まひ》の他に、体温調整ができない、起立性低血圧《きりつせいていけつあつ》を起こしやすい、など様々な問題を抱えている。排便機能の障害もその一つで、自力で排出できないという以前に、尿意や便意を察知できない。

対処方法は障害のレベルによって異なるが、妻の場合は尿道にカテーテルを入れ、「小」の方は常に出しっぱなしで、蓄尿袋《ちくにようぶくろ》に溜める。袋が一杯になったところでトイレに捨てる、という方法をとっていた。「大」の方は、そもそも腸の動きが悪く宿便となるため、普段から下剤を服用し、週に二回、ベッド上で座薬を入れ、わたしが「摘便《てきべん》」（肛門から指を入れ、便を摘出すること）をしている。

それでも、今のように時折失禁してしまうことがある。本来はその事後処置も、介護へルパーに頼める行為だ。妻は障害者福祉制度における「重度訪問介護」の支援を受けており、その中には「身体介護」の項目も入っていた。しかし妻は、わたしにしか、それをさせない。

「大」の場合は拭きとった後にぬるま湯で洗浄しなければならないが、「小」の場合は蒸しタオルでの清拭で済ませていた。不潔にしておくと褥瘡の原因にもなり、感染症を起こしやすくなるからタオルを何枚も使い、念入りに行う。

最後に紙オムツを替え、新しい下着を穿《は》かせてようやく終わった。

「はい、しゅうりょう～」

わざと軽い口調で言ってみるが、妻からは何の言葉も返ってこなかった。

今さら労《ねぎら》いの言葉がほしいのか、と訊《き》かれれば、いやむしろ今だからほしいのだ、と答えるだろう。せめて「ありがとう」の言葉でもあれば、少しは報われる――。

「おつかれさま～」

再びベッドの頭の方を起こしてから、自分に向けて小さく口にした。嫌味な言い方。きっと妻はそう思っている。しかし、何も言わない。

「じゃあ、重森さん、お願いします」

キッチンの方に声を掛け、再び自室に戻った。

どうかこの後は何もありませんように。一時間でも二時間でも集中して「作業」ができますように。そう祈りながら、再びパソコンに向かった。

五時になり、重森さんが帰って行った。

「ありがとうございました。また来週お願いします」

見送ってから、寝室兼リビングに戻る。ベッドのコントローラーを手にし、半身を起こして座っていた妻の体を、ゆっくりと倒す。

ここからしばらくは、妻にとっての「休憩」タイムだ。ヘルパーに来てもらっている時間は、彼女にとっては「仕事」の時間なのだ。

いくらなんでも「仕事」ということはないだろう。ずいぶん前にそうたしなめたが、

「分かってないわね」

と反論された。

「『仕事』っていうのは、別に対価をもらってすることに限らないの。したくないけどしなければならないからする、それを『仕事』っていうの」

なるほど、その定義で言えば確かにそれは仕事なのだろう。

ヘルパーにやってもらうことはある程度決まってはいても、最低限の指示や作業の確認ぐらいはしなければならない。そばに他人がいればそれなりに気は遣う。ずっと寝ているわけにもいかない。したくないけどしなければならないからする。確かに仕事だ。

妻が、本当は介護ヘルパーなど頼みたくないことは分かっていた。しかし、わたしにとってヘルパーは命綱だった。なんだかんだと理由をつけてヘルパーが来る回数や時間を減らしたがる妻に、それだけは何とか抵抗し、現状を維持していた。週に三回、一日五〜六時間、今でも最低限なのだ。

重森さんは週に一回なので、次に来るのは翌週の同じ曜日だ。今の事業所に頼んだ最初の頃は重森さんが週に三回来ていたのだが、なるべく多くのヘルパーを回転させたい向こうの都合で現在の形になった。

複数人のヘルパーが出入りすることを、妻は不満に思っている。それは分からないでもない。新人はわたしから見てもミスが多いから、苛立《いらだ》ちもするだろう。

だが本当のところは、ヘルパーとしての技量にさほどの違いはない。重森さんとて、最初は妻も全く気に入っていなかったのだ。それでも時間が経《た》てば、互いに慣れる。細かく指示したり間違いを正したりする回数は減り、ヘルパーの方もこちらの希望を理解し、先を読んで行動できるようになる。

しかし、ようやくそういう状態になったところで交替してしまう。その繰り返しだった。ヘルパー自身が辞めてしまうこともあるし、事業所の都合でシフトが変更される場合もある。それについて不満を申し出ることは、利用者には許されない。代わりのヘルパーさえ補充されれば問題はない、と。

つまり、「入っていれば誰でもいい」ということだ。事業所を選ぶことはできるが、人は選べない。熟練だろうが新米だろうが良い人だろうが性悪《しょうわる》だろうが、ヘルパーはヘルパー。どんな人が来ようと受け入れるしかない。

ヘルパーが辞める、あるいは交替を告げられるたびに、どうぞ次は妻の気に入る人が来ますように、と願わずにはいられない。文句を言わず、口は動かさずに手は動かすタイプの人が来てくれますように——。

妻はおそらく、そのことに関しては何も願ってはいない。どんな人が来ようと別にいい、と思っているに違いない。気に入らなかったら辞めてもらえばいい。最終的に誰も来なくなっても困らない。

なぜなら、うちには専属のヘルパーがいるから。

勤続八年にもなる大ベテラン。何も言わずともすべて承知で何でもやってくれる、ヘルパーとしては最高の人材。

つまり、わたしだ。

洗濯物を取り込み、畳み終えると、妻に、「今『処置』していいかな」と声を掛けた。

「うん?」

不機嫌そうな声が返ってくる。「休憩」に入ったばかりなのに? ということなのだろう。分かるが、ここは折れずに「横になってる時にやっとかないとね」と主張する。

「……どうぞ」

不満げではあるが許しが出たので、準備をする。妻の臀部に、十円玉大ではあるが褥瘡ができていて、毎日最低一度は洗浄して、薬を塗りガーゼを取り換える、という「処置」をしなければならない。小さくはあっても座った時に圧がかかる部位なので、治るには時間がかかる。

妻の体であり、妻の褥瘡であり、治らないと困るのは妻であるのに（放っておけばその範囲は広がり皮膚は壊死し感染症の大きな原因となる。褥瘡が原因で亡くなる人だっているのだ）、なぜかわたしがこうして「お願い」をして、毎日処置しなければならない。どう考えても理不尽だ。だが、そんなことを言ってもしょうがない。わたしは、いつものように洗浄セットを取りに浴室に向かった。

いつの頃からか、わたしは考えるのをやめた。

わたしは、いわば妻の「手足」なのだ。

言われたことを黙ってすればいい。

手足は、ものを考えたりしない——。

夕方六時を過ぎた頃から夕食の支度を始める。ヘルパーがつくってくれるのは、原則、妻の分だけだが、暗黙の了解で少し多めにつくってくれるので、わたしも一緒に食べている。妻は小食なので二人分としては十分だった。

妻の分は、ベッドに渡したオーバーテーブルの上に、ワンプレートでご飯とメインのおかずを並べ、妻の手に装着した自助具《じじょぐ》にスプーンかフォークを挿《さ》し、一応は自分で食べられるようになっている。しかし汁物《しるもの》や、別の椀《わん》に入ったおかずなどは取れないため、わたしが介助して食べさせたり飲ませたりする。自分も食べながらだと落ち着かないので、わたしが先に済ませ、その後妻にゆっくり食べさせる、というパターンができていた。

間が持たないのでテレビをつける。妻の眉間《みけん》に少し皺《しわ》が寄るのが見えたので、ボリュームを落とした。

夕方のニュース。しかつめらしい顔をしたアナウンサーが、今日のトピックを紹介していく。

「……市の障害者施設で入所者十九人が殺害され、職員を含む男女二十七人が負傷した事件から今年で三年が経つのを前に、県などが主催する追悼式が開かれました。遺族や関係者らが出席し……」

一瞬、ドキリとし、妻の顔を盗み見た。彼女の表情は変わらない。

今年で三年――そう、この凄惨な事件が起きたのは、三年前の七月のことだった。以前の彼女だったら、すべての報道をチェックし、「その後」を注視し続けたことだろう。新聞記事をファイルするのはもちろん、事件について人々が何を語っているのか、彼らについて、どう考えているのか、深い関心を持って追っていたに違いない。

しかしその頃の面影は、今の彼女にはない。もうそんなことなど、どうでもいいと思っているのだろうか。

「ご飯はもういい」

感情のこもらない声で、妻が言った。

「ごちそうさま」

わたしが言い、テーブルの上のプレートを片付ける。しかしここで終わりではない。ここからは、妻の晩酌タイムだ。

彼女のお気に入りは、焼酎《しょうちゅう》。夏は水割り、冬はお湯割りを、三杯から四杯。わたしがおかずの温め直しや配膳などをしている段階から、実はすでに飲み始めている。

酒を用意するのも、もちろんわたしの役目だ。わたしも以前は食事中に缶ビールの一本ぐらいは飲んでいたのだが、わけあって今はやめている。

晩酌はやめる、と告げた時、妻はわたしを一瞥《いちべつ》しただけで、何も言いはしなかった。理由も聞かないし、じゃあ自分も飲まない、などとはもちろん口にしない。以降、妻は一人で飲んでいる。

飲むのはいい。いや本当は何で自分が飲まないのに晩酌の用意までしなければならないのか、という思いはあるが、それよりも問題は、アルコールが入ると妻の言葉がよりきつく、執拗になってくることだった。

決してアルコールに弱いわけではない。いくら飲んでも顔には出ず、わたしのようにすぐ眠くなったりもしない。ただ、三杯を過ぎた頃から目が据《す》わり、呂律《ろれつ》が怪しくなってくる。そして機嫌の悪い時には、わたしの言動の一つ一つにケチをつけだし、最後に、「ねえ、なんで何も訊かないの？」と酔眼《すいがん》でわたしを睨《にら》んでくる。

この日もそうだった。

「ねえ、なんで何も訊かないの？」

仕方なくわたしは尋ねる。

「何、なんかあったの」

「分かってるでしょ？」

分かっていた。飲み始めた頃の様子から、こりゃ今日、重森さんと何かあったな、というのには気づいていた。だが、訊かなかった。なるべくなら気づかない振りをしてスルーしたかった。それを、妻も察している。そのことがまた気に入らず、彼女の飲酒のペースが上がっていくのだ。分かっていながら、わたしの方も向こうから言い出すまでは尋ねない。それでまた彼女が――。

原因は、いつもささいなことだ。わたしにとっては、正直、どうでもいいことだった。

この日もそうだ。

「……って言ったら、『そうですね』って答えるわけよ。『そうですね』じゃないでしょ、そこは『はい、分かりました』でしょ。分かってんならやれ、って話でしょ？」

ここで、「いや、それは重森さんだって」などと口にしては絶対にいけない。ヘルパーの肩を持ったりしたら火に油だ。「うん、そうだな」と答えるだけでいい。妻はただ同意してもらいたいだけなのだ。それなのにわたしは、たまに「いや、でもそれは」などと言ってしまう。愚かだと分かっているが、思ったのと違うことを口にするのはやはり辛いのだ。当然、

「なんで向こうの肩持つのよ」

という言葉が返ってくる。それがキッカケで口論にまで発展することもある。それでも妻は、酒のお代わりを要求するし、何なら最後に「お茶漬け」などと言ったりする。

なぜ。何で。どうしてわたしはそこまでしなければならないのだ。

もちろん、「酒はやめた方がいいんじゃないか」と言ったことはある。だが、

「いつも全身がしびれてるのよ。分かってるでしょう？　アルコールで少しでもごまかすしかないの。昼間っから飲んでいるわけじゃないし。夕飯の時ぐらいいいでしょう」

そう言われれば、返す言葉はない。実際彼女たちが抱えるこの「全身のしびれ感」というのは、人によって程度の差こそあれ、効果的な薬も治療法もない、ひどくやっかいな症

状だった。しかも妻の場合は、しびれの強さが日に日に増しているという。

「長いこと正座していて、足がしびれたことってあるでしょう。あれが肩から下、全身にあるって想像してみて」

想像した。――はい、もう二度と酒をやめろなどと口にしません。

「もう寝る」

五杯目のグラスにはほとんど口を付けずに、妻は言った。そろそろ限界と察したのだろう。

過去には、飲みすぎて夜中に突然嘔吐《おうと》することもあった。横になっている時に吐いてしまうと、吐《と》しゃ物《ぶつ》が喉に詰まることもある。そうなったら命の危険さえある。もちろん大抵は、その兆候を感じてわたしを呼んで起こすのだったが。さすがにまずいと自覚したのか、最近はそこまで泥酔することはなくなった。

「歯磨きはいいから、倒して」

指示通りにベッドを倒し、妻の体を横にして体位交換《たいいこうかん》用の枕を添えた。

「おやすみ」

間接照明を一つだけ残し、明かりを消した。

「……まだ寝ないの」

わたしが自分の布団を敷こうとしないのを見て、妻が訊いた。

「ちょっとやることがあるから」

何か皮肉めいた言葉が返ってくるかと思ったが、彼女は何も言わなかった。

テーブルの上のものを片付け、洗い物は明日に回すことにしてリビングに戻ってくる。

妻はすでに寝息をたてていた。

わたしは、水の入ったペットボトルを持って隣室に入り、戸を閉めた。

机の前に座り、ペットボトルを開けて一口飲む。ふと、さっき妻から掛けられた言葉を
思い出す。

まだ寝ないの。

それは、遥《はる》か昔に存在した、妻からの「合図」だった。

わたしが先にベッドにいる。部屋の灯《あか》りは消え、枕元の読書灯だけがついている。そこ
に、風呂からあがり、スキンケアを済ませた妻が入ってくる。文庫本を開いているわたし
のことを見て、訊くのだ。

まだ寝ないの。

うん。

わたしは文庫本を置き、体をずらして自分の隣を空《あ》ける。妻の表情がふと緩む。何も言
わずベッドにあがり、わたしの隣に滑り込んでくる。そして、わたしに口づける。

あんなことが本当にあったのか、今となっては信じられなかった。

もちろん、さっきの言葉には何の意味もない。もう十年以上、妻との間にセックスはなかった。

それなりの工夫は必要ですが、性行為も、子供をつくることも、不可能ではありません。妻の退院が間近になった時、他の様々な「日常生活の注意点」に交えて、医師が口にした言葉だ。

しかしそんなアドバイスは必要なかった。それ以前から妻との間にセックスはなかった。今のような生活に入ってからはなおさらだ。

介助してシャワーを浴びさせる時には陰部まで丁寧に洗い、排便の処理もし、生理のあった頃はタンポンの交換もしていた。そういう相手に、欲望は湧かなかった。

ではどうしていたかと言えば、自分で処理するしかなかった。お金を払えば相手をしてくれる類いの店に行かなかったのは、ただそんな金銭的余裕がないからだ。この十数年、女性と体を交わしたことはない。これからもないのだろう。

湧いてくるやり場のない思いを、頭から振り払う。こんなことを考えて貴重な時間を無駄にするわけにはいかない。

ペットボトルを置いて、パソコンを起動させた。昼間は結局、いろいろ邪魔をされて思うほど進まなかった。妻が寝静まった後の、一人だけの時間。以前は一人で酒を飲むのを楽しみにしていたが、今は違う。わたしが酒をやめた本当の理由を、妻は知らない。

画面が立ち上がった。わたしはマウスを摑《つか》み、キーボードを打ち始めた。

真昼の月（1）

ふと見上げると、西の空にぽっかりと満月が浮かんでいた。

よし、今日、摂《せつ》に切り出そう。一志《かずし》はその瞬間に決めた。

普段は、道を歩いていても空を見上げることなど滅多にない。それなのに、夜道を歩いていて気まぐれに空を見上げると、ほぼ百パーセントといっていい確率でそこに満月が輝いている。

そして、そんな時には決まって何かいいことがある。

その話を初めて摂にした時、彼女は真面目な顔で、

「満月には不思議な力があるからね」

と言った。

「何、不思議な力って」

「『種まきは満月』って知らない？　植物の成長とかに特別な働きをするのよ」

「へえ、そうなの」

「他にも、満月は出産率が高いとか、満月にお願いごとをすると叶《かな》うとか、昔からいろいろ言われてるの。一志は無意識な分、どっかで、そういう力が働くんじゃないの」

「そうなの……。でもなんか、『種まきは満月』ってイヤらしいな」

「どこが」

「満月の時エッチするといい、って意味にもとれるじゃない」

「違うわよ、何言ってんの」

「でもそういうのもあるんじゃない？　満月にするといつもより感じちゃったりして」

「ないわよ、馬鹿ね」

もう何年も前――たぶん結婚する前に交わしたそんな会話を思い出して、気持ちも高揚してきた。

よし、これから帰って、摂がすでに帰宅していたら話を切り出すんだ。一志は改めてそう思った。


玄関を開けると、たたきには黒いパンプスがきちんと揃《そろ》えて置かれてあった。これで覚悟を決めるしかない。急にドキドキしてくる。

廊下を歩き、リビングのドアに手を掛けた。いきなり、というわけにはいかない。とりあえず少し落ち着いてからだな、と自分に言い聞かせ、ドアを開けた。

帰ったばかりなのだろうか、まだ出勤時のスーツ姿のまま化粧も落とさず、摂はダイニングテーブルに座り何かの雑誌をめくっていた。

「ただいま」

声を掛けると同時に彼女の顔がこちらに向く。

「お帰り」

「そっちも今帰ったばっか？」

「うん」彼女は再び雑誌に顔を戻す。他にも数誌、テーブルに積まれている。どれも住宅雑誌のようだ。

これはまさに奇遇じゃないか、と内心喜んだが、顔に出さないよう努めて「飯は？」とどうでもいいことを訊く。

「食べた」答えた彼女がこちらを見た。「もしかして、まだ？」

「いや、済ませた」

「そう」

妻の姿を横目に見ながら、隣の部屋に行き、室内着に着替えた。部屋に置いてあったカバン――図面ケースと呼ばれるA3サイズのもの――を手にし、リビングに戻る。

彼女はまだ同じ姿勢で雑誌を眺めていた。

ページをめくるたびに、様々な家の外観や部屋の写真が目に入ってくる。

「着替えないの？」

尋ねると、不思議そうな顔をこちらに向けてくる。

「……着替えるけど。なんか変ね。どうしたの？」

「いや別に。熱心に見てるから、何かなって思って」

「ああ、これ？　次の号で『自分らしい部屋』っていう特集をするから、ちょっと参考にね」

　摂は、女性誌の編集者だった。中途入社だったがそのセンスを買われ、今年から副編集長になっている。

「いい部屋ある？」

「うーん、あんまり。うちの読者だとまだ賃貸の人が多いから。この辺に載ってるのはみんな一軒家か分譲だからね。あくまで参考」

「いや、雑誌の特集用に、じゃなくて、自分として、さ」

「自分として？」

　摂が、怪訝《けげん》な顔でこちらを見た。

　思い切って言った。

「そろそろ考えようか、家のこと」

「ええ？」

　彼女が大げさに驚いた表情を浮かべる。

「本気？」

「そろそろ、『その時』なんじゃないか？」

結婚した時から、いつか――さほど遠くない将来、二人で相談して一志が設計し、二人で暮らす家を建てる。

そう話し合っていた。そのために、同世代の友人たちが分譲マンションを買うようになっても賃貸で過ごし、時期を待っていたのだ。人生設計がしっかりと固まり、収入が安定した「その時」がくるのを。

「『その時』ねぇ……」

呟《つぶや》いた彼女は、満更でもない表情を浮かべていた。

今しかない、と思った。手にしたカバンを持ち上げテーブルの上に置く。

「実は、ちょっと描《か》いてみたんだ」

ジッパーを開け、中から図面を取り出した。配置図に平面図。立面図も。もちろん、ラフのまたラフのものだ。

「ちょっと待って――何それ。描いたって……」

「だから、図面だよ。俺たちの家の」

摂は目を丸くしている。それでも一志がテーブルに広げた図面に目をやると、顔に笑みが広がった。

「本気なの？　いつの間にこんな……」

「時間のある時にちょっとずつね。もちろんまだラフラフだよ。君の意見も入ってないし。これから大いに聞くから、そのたたき台。何かあった方が話もしやすいだろ?」

「それはいいけど……ちょっと急すぎない……」

口ではそう言いながらも、見ていた雑誌を脇にやり、テーブルの方に身を乗り出してくる。

「現実的に考えて、敷地は最大で五十坪。建《けん》ぺい率五十パーとして、二階建てで、間取りは広めに4LDKとしてみた」

「4LDK? すごいわね」

彼女の目も輝いている。

「基本は一階にリビングとダイニングキッチン、寝室。あとはトイレに浴室、二階は客間と……」

二階部分の平面図へと移動した摂の視線が、止まった。

「この部屋は何?」

怪訝な声を出す。「客間にしては狭いんじゃない?」

「子供部屋。とりあえず一つだけど」

摂が、ハッとしたように顔を上げる。

「子供部屋?」

「……そう」

緊張感を覚えながら、一志は肯《うなず》いた。

今日の「本題」は家ではない。実はこのことだったのだ。

「――なんで子供部屋が？」

不審な顔を向けてくる彼女に、思い切って、言った。

「子供、つくらないか」

摂は、硬い表情でこちらを見つめていた。先ほどまでの笑顔は、すっかり消えている。

「子供はつくらないって……結婚する時に……」

「いや、つくらない、とは言ってないよね」

ずるいとは自覚していたが、一志も必死だった。

「君が、子供はいなくてもいい？　と訊くから、俺は、君さえいてくれればいい、と答えた」

よくそんな気障《きざ》なセリフを口にできたと思う。あの時はとにかく彼女と結婚したい、との一念だったのだ。

「同じことでしょう？　子供はつくらない。それを前提に……」

「分かった、認める」言い方を換えた。「気が変わったんだ。いや、それはちょっと軽すぎるな。いろいろ考えて、やっぱり子供がほしくなったんだ。君との子供が。家族が」

「子供がいなくたって、家族でしょう？」

彼女の表情は、硬いままだった。

「うん、そう。二人だってもちろん家族だ。君さえいてくれればいい。その気持ちに変わりはない。でも、そこに子供がいたら、もっと楽しいと思わないか？」

彼女は、何も答えなかった。

無言のまま、視線を下に落としている。視線の先には、図面があった。

「子供部屋」が描かれた、二階の平面図。

負けるな。説得するんだ。頑張れ。一志は自分を鼓舞《こぶ》すると、続けた。

「考えられるのは、今しかないと思うんだ。まずは年齢のこと。お互いに三十も後半だ。準備を始めるなら、今がギリギリだろう。それに仕事のことも。俺も今の会社に入って、落ち着いてきたし」

一志が会社を移ったのは、二年ほど前のことだった。以前勤めていた大手ディスプレイデザインの会社に比べ、今の設計事務所は規模こそ小さいが、店舗やオフィスの設計に携わることができる。建ててはバラすようなものではなく、人々が行きかい、長く使われる建物を設計できるのは、それまでにない喜びだった。そういった、いわば地に足が着いた仕事ができるようになったことも、自分の家をつくりたい、「家族」をつくりたい、と思うようになった一因だった。

それに、男の自分はともかく、女性である摂には時間に限りがある。

「私は全然落ち着いてないんだけど」

返ってきたのは、冷ややかな声だった。明らかにそこには、自分の都合ばかりね、というニュアンスが含まれていた。

「……どうしても、嫌、か」

一志は大きくため息をついた。予想はしていたが、落胆は大きかった。

「嫌、というのとは違うのよ」

摂が言い訳するように言った。

その言葉に、僅《わず》かに希望を繋《つな》いだ。

「だったら、考えるだけでも」

しかし、これには答えない。

「――なぜなの？」

落胆が、苛立ちへと変わっていた。今まで訊いたことがなかったそのことを、やはり訊かずにはいられない。

「子供がほしくないっていうのは、何か理由があるんだろう？」

摂は俯《うつむ》いたまま、答えない。

「考える余地もない？」

無言。

「……分かった。答えたくないなら、しょうがない」

諦めるしかなかった。

「これも無駄だな」図面に手を伸ばした。

「夫婦二人だけで一戸建《いっこだ》ては必要ないよな。あらためて分譲マンションでも検討しようか」

摑んだ図面をカバンに仕舞おうとした時、

「待って」

摂が顔を上げ、こちらを見た。

「――分かった。考える」

「え？」

「あなたの気持ちは分かった。私も考える。少し時間をちょうだい」

まさか。本当に？　可能性あり？　快哉《かいさい》を叫びたかったが、何とか堪《こら》えた。

「それはもちろん……俺も急だったし……もちろんゆっくり考えてくれていいよ」

「……分かった」

「うん」

「……着替えてくるね」

摂が立ち上がり、部屋を出て行った。安堵《あんど》と疲労が一気に押し寄せ、一志は椅子《いす》に座り込んだ。可能性がないところで、彼女はああいう言い方はしない。希望はある。そう思った。


「どうだかね」

中沢《なかざわ》は、興味なさそうに言って、生ビールを飲み干した。

「あんまり期待はしない方がいいんじゃないの」

仕事が終わってから、以前の会社の同僚だった中沢と新宿で落ち合い、三丁目の小さな飲み屋のテラス席で向かい合っていた。いつの頃からだろうか、どこの繁華街も大手のチェーン店に席巻《せっけん》され、お気に入りだったこぢんまりとした店はどんどん姿を消していた。この町も都知事の音頭《おんど》による浄化作戦が功を奏し、昔と比べ安全になったのかもしれないが、面白みは薄れたと感じる。そのため、最近はもっぱら中心街から少しはずれた一角で飲むようになっていた。

「やっぱりそうかな……」

あれから、ひと月が過ぎていた。その間、二人の間でその件が持ち出されることはなかった。

摂の方は再び次の号の編集作業が始まり、忘れてしまったとまでは言わないが、多忙な日々の中、考える暇などないのだろう。一志も半ば諦めかけていたのだ。

「それにしても……」と中沢は首を傾《かし》げて、言った。

「そういう大事なことをよくここまでスルーしてきたな。結婚して何年になる？」

「えーと……今年で七年……いや八年目か」

「その間、一回もそういうことについて話し合わなかったわけ？」

「まあ……そういうことだけど……」

中沢は呆《あき》れたように首を振った。

「夫婦はいろいろだから余計なことは言いたくないが……お前は前からほんとそういうところあるよ。何かあってもそのうちなんとかなるだろうって目をつぶってやり過ごすっていうか、死んだふりしてれば問題は頭の上を通り過ぎていく。そう思ってるだろ」

「思ってないよ、なんだよそれ」

「会社がやばくなった時だってそうだよ。みんな、どうする、団結して社長にかけあうか、辞めて別会社立ち上げるか、って相談してる時に、自分だけ『なんとかなるよ』って顔してのんびり構えてただろ」

「のんびりなんてしてるかよ、俺だって焦ってたよ」

二人が勤めていた会社は、「総合ディスプレイデザイン」を謳《うた》ってはいたものの、実際は展示会やイベントにおける企業ブースの設計・施工を中心とする会社だった。一志が新卒で入社した頃はすでにバブルの末期だったが、ビジネスショウやエレクトロニクスショウといった催しはまだ毎週のように晴海《はるみ》や幕張《まくはり》のイベント会場で開かれていた。入った時から即戦力を期待され、日夜図面を引き、パースを描いた。就職試験の面接では仕事をしながら建築士の試験も受けさせてくれるということだったが、とてもそんな勉強をしている暇はなかった。

しかし、そんな時期は長くは続かなかった。世の中が一気に不景気になるに従い会社の業績も見る見るうちに悪化していき、人員整理が行われるようになった。次は自分の番かと、みなが戦々恐々とし、疑心暗鬼になっていた。その頃のことを言っているのだろう。

「ま、新会社の立ち上げなんて所詮絵空事《えそらごと》だったし、お前は実際、すぐに次の仕事が見つかったからな。結果オーライだと思ってんだろうけど」

そういう中沢は、会社がつぶれた後しばらくは失業保険で食いつなぎ、今はハウスメーカーで設計と監理の仕事をしている。

「きれいな嫁さんももらって万事うまくいってるから、そうやって結果的にはどうにかなる、って思い込む癖がついてんだよ。なんでもそうお前の思う通りにいくか」

「おい、お前、酔ってんのか」

「酔ってるよ、あの嫁さんとセックスがどうとかまともに聞けるか、アホが」

妻との話し合いについて相談するにあたり、つい余計なことまで口走ってしまったのがいけなかった。

つまり、セックスについてだ。

子供をつくるということは、妻と久しぶりに「する」ということだ。果たしてちゃんとできるのだろうか？　他の同世代の夫婦は、そこのところどうなってるのだろうか。気になって中沢に尋ねたのが、そもそもの会話の発端だった。

「二人も子供いて、やってるわけないだろバカ」

と一蹴した中沢が、「まさかお前、今でもやってんのか？」と訊き返してきて、一志は、

「いや、もうずいぶんご無沙汰」

と正直に答えた。

実際、もう三年近く、摂とそういう行為をしていなかった。いやそれ以上か？　最後にセックスしたのがいつだったか思い出せない。それぐらい、していなかった。

何かキッカケがあったわけではない。特別な理由があるわけでもなかった。いつの間にか、自然にそうなった。結婚した当初は毎夜のようにあったそれが、少しずつ回数が減っていき、そしてある日、もうずいぶんしてないな、と気づく。その時が最後のチャンスだったのかもしれない。さほどしたくなくても、誘えば、向こうは嫌とは言わなかったのかもしれない。

だが、そうしなかった。「その気」になれなかった。これだけ間が空いてしまうと、切り出し方も難しい。相手の反応、なされる会話、その後の手順。それらと、得られるはずの快楽を秤《はかり》にかけると、「面倒臭い」が勝ってしまう。

彼女も同じように思っていたのかもしれない。それを乗り越え、行為に及ぶには、何かしらのキッカケ、いや「理由」が必要だった。

子供をつくろうと思えば、当たり前だがしないわけにはいかない。しかも、避妊せずに。

「ほんと、なんであんな美人がお前とくっついたかね。世界七不思議だよ、その理由の方こそ聞きたいね」

中沢が、心底分からない、という風に首を振る。

「もういいよ、その話は」話題を変えようと、言った。「そう言えばお前の方どうなった、お受験するとかしないとかって話」

中沢のところの上の子は、幼稚園の年長組になっていた。奥さんが小学校受験させると言い出し、夫婦間で意見が対立して大変だと、前回会った時に愚痴っていたのだ。

「ああ、あれはやめたよ」中沢があっさり答える。「国立だったら金もかかんなくていいかと思ったんだけど、話聞いたらやっぱりみんな、かなり前から準備してるらしいからな。大体、俺たち程度の子供が国立の小学校に受かりそうかどうか、考えなくても分かると思うけど……」

いつものボヤキが始まって、何とか話を逸《そ》らすことに成功した。

中沢と会えば深酒《ふかざけ》になるのが常だったが、その晩は「明日、急にアポ入って早いんだ」と週末にもかかわらず珍しく中沢の方から腰を上げ、帰途についた。

終電にはまだ間があるとはいえ、電車内は帰宅ラッシュで混み合っていた。ドア近くにスペースを見つけ、体をねじ込む。窓に映る自分の顔の向こうに街の灯りが流れていくのを、ぼんやりと眺めた。

中沢が口にした一言がふと蘇《よみがえ》る。

——なんであんな美人がお前とくっついたかね。世界七不思議だよ、その理由の方こそ聞きたいね。

自分でもそう思う。一志自身、なぜ摂が自分などを結婚相手に選んだのか、今でも謎だったのだ。

摂と知り合ったのは、前に勤めていた会社にいた頃だった。景気はすでに悪くなっており、社内の空気もギスギスし始めていた中、唯一の明るい出来事が、彼女との出会いだった。

もちろん最初は一方的に思いを寄せるだけで、付き合えるとは、ましてや結婚にまで至るとは想像もしていなかった。一志としては、友人としてでもいいからたまに会って、お酒を飲めるだけでも楽しかった。そのうちに向こうには恋人ができ、こういう関係も終わりを告げるのだと覚悟していたが、その時を少しでも先延ばしにしたいと、内心怯《おび》えながら関係を保っていたのだ。

それが、ある時から急に風向きが変わった。それまでは間違いなく「ただの知り合い」としてしか自分のことを見ていなかった彼女の態度が、明らかに変わったのだ。

キッカケとなる出来事は、いくら考えても思い出せない。いや、きっと二人の間にはそんなものはなかったのだ。何かあったとしたら、彼女の方だ。

――なんでもそうお前の思う通りにいくか。

しかし、思う通りになってしまった。

その結果だけに浮かれて、確かに今までは「理由」について深く考えたことはなかった。自分のねばり勝ちぐらいにしか考えてなかったが、そうではないのかもしれない。彼女の方に、何かがあったのだ。目の前にいる男を恋人として、結婚相手として見る。そう思い始めた何かが。

親から早く結婚しろとせっつかれた？　いや、彼女の親はどちらかと言うと放任主義で、進学にしろ就職にしろ、強制されたことはないと言っていた。親ではない。

周りがどんどん結婚していって焦りを覚えた？　そう言えばあの頃、摂の仲の良かった友人が近々結婚する、という話は聞いたことがあった。それに乗じて、彼女にはそういうものへの憧れはないのか確かめてみようとしたが、まるで乗ってこなかった。それが理由ではない。

となれば――男がらみか。

それしかない、と思った。

当時も、薄々感じないわけではなかった。自分以外にも誰かいるのではないか。恋人と言えるような相手が。

その相手と別れた。いや、振られたのではないか。それで急に、身近にいた自分がリアルな存在として浮上してきた。言わば、「本命の代わり」として――。

「降ります、降ります」

ホームに着くと同時に後ろから圧力がかかり、ドアが開くと、意思とは無関係に一志の体も押し出される。一定の乗客が降りたものの、再び乗り込む客の数も同じぐらいいた。その僅かなスペースに再び身を押し込むことが億劫《おっくう》になり、電車が発車していくのをホームで見送った。

もう寝ているかと思ったが、リビングの灯りはついていた。

「お帰り」

ナイトウエアに着替えた摂は、くつろいだ恰好《かっこう》でソファに腰を沈めていた。テーブルには今日も雑誌が数冊並んでいたが、今回は住宅誌ではないようだ。

「ああ、ただいま」

「早かったね」

「ああ、うん」彼女には、中沢と飲んで帰るとメールしてあった。

「中沢が明日、早いっていうから」

「中沢さん、元気だった？」

「相変わらず」

「そう……」彼女が、一志の顔を窺《うかが》うようにした。

「じゃあ、今日はあんまり飲んでない？」

「うん？　そうだね……なんで？」

「ちょっと話せる？　この前の件」

「え、あ、ああ」

この前の件――さっきまで中沢とその話をしていただけに、驚いた。

「着替えてからでいいから」

「あ、ああ、分かった」

寝室に行き、室内着に着替える。ちゃんと考えてくれていたのか……。嬉《うれ》しくはあったが、どういう結論に至ったのかと不安にもなる。さっきの彼女の表情からは、それを推し量ることはできなかった。

何を言われても冷静に対応できるようにと心を整え、リビングに戻った。

「ごめんね、帰ってきたばかりで」

テーブルで向かい合った摂が、改まった口調で言う。

「明日からまた、遅くなると思うから。今日話した方がいいと思って」

「うん」

「一志から言われて、私もいろいろ考えた。なぜ子供がほしくないのか……」

その先を聞くのが怖いような気もした。平常心、平常心、と自分に言い聞かせる。

「結婚する前、子供はいなくてもいい？　とあなたに尋ねた。その時の気持ちは、今でも覚えてる。なぜそう言ったのか、理由はもちろんあるの。だけど」

少し間を置いてから、続けた。

「あなたの言うように、気持ちは変わっていく。私も、あの頃の自分と全く同じじゃない。何より、あなたとの生活――結婚してからの時間が、気持ちの変化に全く影響しないわけはない」

「うん」

「正直言って、今まで、考えないようにしていた。考えたら、迷ってしまう気がしたから。子供がいたら、どんな生活になるんだろう。そう考える自分も、間違いなくいたから。でもまた——ううん、もう、迷いたくはないって」

また？　その言い方に引っかかった。

だが続いて摂の口から出た言葉に、そんなものは消し飛んでしまう。

「子供——できるかどうかは分からないけど、つくるように努力してみよう」

「ほんとか！」思わず腰が浮いた。

「ちょっと待って。それには、いくつか条件があるの」

「うん、いいよ、なんでもＯＫ！」

「ちゃんと聞いて」

たしなめられ、「はい」と素直に腰を下ろした。

「まず」

彼女が再び改まった口調になる。

「もし子供ができても、私は仕事は辞めない。それはいいわよね？」

「あ、ああ、もちろん、それは」

産休はとることになるのだろうが、その後、職場復帰するのは全然構わない。

「育児についてはもちろん俺も協力するから。育休をとった先輩もいるし、在宅ワークもある程度は可能だと思うし。そういうことには理解のある会社だから」

「そう」

彼女は肯き、「妊活《にんかつ》についても」と続けた。

「するなら計画的にしなくちゃならないから。ちゃんと協力できる？」

「もちろん、協力——全面的に頑張る、頑張ります」

「そういうこと言ってるんじゃないの」

摂は照れたように笑った。セックスを頑張ると言ったと思ったのだろう。そういうつもりはなかったが、久しぶりに夫婦の間に漂った「性」の気配に、胸がときめいた。

「それともう一つ」

摂が、再び真顔になった。

「計画的に妊活をする。それはいいの。でももし、それでうまくいかなかった場合。私は、不妊治療まではしたくない。それはどう？」

一瞬、答えに詰まった。そこまで考えていなかった、というのが正直なところだった。

「それは、その時また話し合えばいいんじゃない？」

一志の答えに、摂は首を振った。

「その時に揉《も》めるのは嫌なの。私は、不妊治療はしたくない。期限を区切って……そうね、一年。そう決めておきましょうか。一年間、計画的な妊活をして、できなかったら、その時は諦める。それでいいなら、しましょう」

すぐには答えられなかった。不妊治療をしてまで子供はほしくない。気持ちは分からないではない。だがそれは、子供をつくろうと決めて、長い間そういう行為を続けてきた夫婦が、最後に話し合っての結論として出すものなのではないか。これから始めようというのに、今のうちからそう決めてしまうのはどうなのか――。

しかし、不妊治療については、女性の負担の方が男の数倍も大きい、ということは一志とて知っていた。妻がそこまでしたくない、というのを夫が無理強いすることはできない。

「分かった」

一志は答えた。

「それでいいよ」

他に選択肢はなかった。

「ＯＫ」摂の顔が、ようやく晴れやかになった。

「じゃあ、しましょう」

「今から？」

「馬鹿ね」

再び照れた笑みを浮かべる。

「計画的に、って言ったでしょう」

「あ、そうか」

「まったく」

摂はクスクスと笑っている。

とりあえず和《なご》ませることには成功したようだ。

とにかく、三年振りに「する」のだ。しかも避妊をせずに。まずはそのムードづくりをすることが先決だ。一志の心は躍っていた。

しかし現実には、それは全く浮かれたところのない、文字通り「計画的」な行為となった。

まずは摂が、毎日決まった時間に基礎体温を測り、生理の周期を正確に把握することから始まった。排卵日を知るだけでなく、正常に排卵が行われているか、排卵後のホルモンが足りているかなどについて知ることも重要なのだという。

彼女はさらに、測定値をパソコンに打ち込み、体温の流れを波形で表示させ、全体の流れをとらえるようにしていた。

その間、お互い忙しい身ではあるが、できる限り規則正しい生活を送るよう心掛けた。特に睡眠、バランスのとれた食事。一志は、少なくとも排卵予定日の一週間前からは飲酒も控えた。

そうして、最初の排卵予定日を迎えた。

二人ともいつもより早めに帰宅し、アルコール抜きの食事を共にとり、入浴を済ませた。

一連の行為は神聖な儀式のようで、一志の気持ちも厳粛なものになってくる。これから行うのは、単なる「性行為」ではなく、「生命を宿すための崇高な行為」なのだと——。

灯りを暗くし、ベッドに入る。日常的な要素を排除するためにテレビは最初から消しておく。何か音楽を流そうかとも思ったが、気が散るかとやめた。

危惧したような照れくささは、さほどなかった。久しぶりに触れる摂の体は、普段接している妻のものとは違う感じがした。一志の指の動きに合わせて漏れる吐息や、ほのかな灯りに浮かぶ横顔には、美しささえ覚える。

そこまでは良かったのだ。

彼女も十分潤っていることを確かめ、いざ中に入ろうとしたその時。

一志は、萎《な》えている自分に気づいた。

おかしい。こんなはずはない。構わずそのまま進もうとしたが……入り口で、くにゃりと折れた。

慌てて指を添える。先ほどまでは確かな硬度を保っていたそれが、いつの間にか縮こまり軟らかくなっている。まずい。彼女に悟られないよう早く元に戻さなければ。焦って摑み、こすり、さすってみるが、一向に硬さを取り戻さない。変だ。今までこんな風になったことはなかった。こともあろうに、こんな時に。

「してあげようか？」

とうに気づいていたのだろう。摂が、小さく言った。

「いや大丈夫」

本当はしてもらいたかった。断ったのは、遠慮ではない。もしかしたら、してもらっても勃《た》たないのでは。そう思って怖気《おじけ》づいたのだ。その時の気まずさは、おそらく今の比ではない。何としてでも、自力でどうにかしなければ――。

しかし、焦れば焦るほどダメだった。一旦はそれなりになったのだ。あの時、無理やりにでもしていれば良かった。だがもうダメだ。さすっても、むしろ縮んでいくばかりだった。

「……ダメみたいだな」

ついに白旗を揚げた。

「うん、分かった」摂はあっさりと応えた。「今日はここまでにしよう」

「……ごめん、緊張しちゃったみたい」

「謝らなくていいわよ。久しぶりだもの、しょうがないわよ」

彼女には慰められたが、そう簡単に立ち直ることはできなかった。

下着を穿き、灯りを消して布団をかぶった後も、なぜだ、何がいけなかったのだ、と頭の中で反芻《はんすう》する。「不能」になるような年ではまだないはずだ。心理的な原因――久しぶりで構えすぎたか。「子づくり」のためということを過度に意識しすぎたのか。

あれこれ考えながらそっと下着の中に手を入れてみる。さきほど触れた摂の体を思い出す。若い時とは比べられないにせよ、まだ十分に張りとつややかさを保っていた彼女の肌——。

思い出しながら、ゆっくりと指を動かす。手応えを感じた。体の奥に快感が響いてくる。指の中のものは静かに膨張し、硬度を高めていた。

今ならできる。

彼女の方を見やったが、目を閉じたその口元からは静かな寝息が聞こえ始めていた。起こしてまで始めるわけにもいかず、さりとて兆《きざ》し始めた欲望を放り出すわけにもいかず、一志はそのまま指を動かし続けた。妻の寝顔を見ながら。

途中で目覚めてくれないかという願いは虚《むな》しく、やがて自分の手の中で果てた。

摂との「行為」がようやく成功したのは、三度目でのことだった。

「雰囲気にこだわるのはやめて、とにかくできるようになったらすぐしよう」

彼女の提案を、一志は受け入れた。本当はムードを演出したかったたし、気持ちも肉体も高まってから行為に移りたかった。だが、目的はそこにはないのだ。あくまで「子づくり」のため。

「その方が良ければ、何か見てもいいけど」

彼女はそう言ってくれもしたが、さすがに抵抗があった。自力で――つまり自分の手で、何とか奮《ふる》い立たせることに成功した。

「私の方はいつでも大丈夫だから」

言葉通り、彼女の入り口はすでに湿っていた。ベッドに入る前に潤滑剤《じゅんかつざい》を塗ったのか。そこまでさせてしまうとは……情けなくなって再び萎えかけたが、何とか行為に集中した。

完全な硬さを維持できないまま、抜けないように動くのが精一杯だった。一志は、すぐに果てた。

こんなに中途半端な状態で射精に至ったのは初めてだった。そして、実を言えば彼女の中に放出したのも、初めてのことだった。

彼女とは最初の時から、必ず避妊具をつけていた。要求されずともそうするのが当たり前と思ってはいたが、何度か行為を重ねるにつれ、たまには、と思わないでもなかった。安全日だったら、とか、最後は外に出すから、とか。だが摂は、そのたびに首を振った。

今、初めて彼女の中でイッたというのに、感慨はまるでなかった。

これは、セックスなどではない。ただ自分の精子を彼女の膣《ちつ》の中に放出しただけだ。そこには、何の悦《よろこ》びもなかった。

それは、彼女とて同じだろう。オーガズムはおろか、快感を覚える暇もなかったに違いない。

こんなことで本当に妊娠するのだろうか。

気になって調べてみたが、オーガズムと妊娠との関連性については、はっきりと分からなかった。

女性がオーガズムを感じると、通常は弱酸性の膣内がアルカリ性に傾いていく。これが酸に弱いY精子に有利な状況となり、男の子が生まれやすくなるとは言われているらしい。だがそれも個人差があり、確かなものではないようだ。

摂から子供の性別の希望が口にされたことはなかった。一志はむしろ女の子の方がほしかった。いずれにしても、快楽と妊娠とは関係ないようだ。このままでも問題ない、と結論づけた。

そんな風に計画的に子づくりに励んだが、一向に妊娠の兆候は表れなかった。

やがて、最初に彼女が期限として設けた一年が過ぎようとしていた。


「今日、生理がきたわ」

帰宅した摂が、抑揚のない声でそう告げた。

予定の周期から数日が過ぎており、今回はもしかしたら、と話していた矢先だった。

単に遅れていたということか……。落胆しながらも、もし今度もダメだったら彼女に話そう、と今日の帰り道に決めたことを切り出した。

「なあ、一度、検査だけでもしてもらわないか」

彼女の顔に、不審げな表情が浮かんだ。

「検査はしない、っていう約束じゃなかった？」

「いや、君が言ったのは、不妊治療はしたくないってことだよね。それは確かに承知した。俺が言ってるのは治療じゃなくて、検査。何が原因か、一度調べてもらわないかっていうこと」

「……調べて、どうするの」

硬い声が返ってくる。

「どうするって、そりゃあ、原因が分かれば対処法だって分かるかもしれないだろう」

「対処法……」摂は、その言葉を繰り返した。「それはつまり、不妊治療でしょう？」

「そうじゃないよ」

こういう反応が返ってくることも予測していた。準備しておいた言葉をぶつける。

「原因が分かって、それで、不妊治療しかない、っていうのなら諦める。ただ、そうじゃない方法があったら？　何かアドバイスをもらえるかもしれないし。俺たちぐらいの年齢から妊活を始める人って、そもそも医者に相談して始めるものじゃないの？」

「そういうことがしたくないから、始める前に話し合ったんじゃないのかしら」

「あれ、話し合ったたっていうのかな」つい、その言葉が口に出た。「君の意見を一方的に受け入れただけの気がするけど」

摂の顔が、強張《こわば》った。

慌てて「ごめん、今のは言いすぎ」と謝る。

それでも、ここで引き下がるつもりはなかった。

「もう一度訊くけど、君がしたくないって言ったのは、いわゆる人工授精とか体外受精とか、そういうものだよね」

「そういうのをひっくるめた、不妊治療」

「でも、俺たちが今していることも、タイミング療法っていう、一種の不妊治療じゃないの？」

摂が言葉に詰まった。にわか勉強で仕入れた知識をぶつけていく。

「自然妊娠が前提であるにしても、専門家の指導を受けた方がいいんじゃないかって思うんだ。もしかしたら俺に問題があるのかもしれないだろ？　不妊の原因の三分の一弱は男の方にあるっていうし」

不妊の要因は男性因子が二十四％、女性因子が四十一％、男性・女性ともに原因がある場合は二十四％。意外なほど男性の方に原因があることを、調べて初めて知ったのだった。

「幸か不幸か、俺はこれまで誰かを妊娠させちゃったことはないからさ」

冗談交じりで、続けた。

「俺の方に問題があるかもしれないわけだから。その場合は、俺だけ治療すれば摂は何もしなくてすむってことだから。それだったら構わないだろう?」

彼女の表情は変わらなかった。

「いずれにしても、原因が分からなきゃ、どうしようもないだろう?」

「たぶん」押し黙っていた摂が、口を開いた。

「原因は、お互いの年齢だと思う。調べたのなら、分かるでしょう? 卵子の数は年齢とともに減って、質も低下していく。男も同じ。女ほどじゃないにしろ、加齢とともに精子の質や精巣機能は徐々に低下していくの」

そんなことは分かっている。だから、三十代も後半になった男女が妊活するといったら普通それは不妊治療を受けることを指すのだ。しかし摂はそれはしたくないと言っている。つまりそれは。

「つまり」

なるべく冷静な口調を心がけようとした。

「やっぱり君は子供がほしくない、っていうことだな。最初から、そうだったわけだな」

「そうじゃない……言ったように、私の気持ちも変わってきていたの」

「じゃあ、調べるだけ調べてみようよ。加齢以外に、何か原因があるかもしれないじゃないか。俺の方もだけど、女性にもいろいろ原因となるものがあるって。君だって、調べたことはないんだろう？」

「調べたことはないけど」

「じゃあ分からないじゃないか。妊娠したことだって、今までないだろう？」

摂は、返事をしなかった。

え。

一志は、思わず彼女のことを見返した。何だこの反応は？

「……妊娠したこと、あるの？　以前に？」

摂は答えない。黙って一志のことを見つめている。

そう言えば……。最初にこの件について話した時に、彼女が口にした言葉を思い出す。

――また――ううん、もう、迷いたくはないって。

過去に、あったのだ。

妊娠して、産もうかどうしようか迷った経験が。

「いつ……」呆然《ぼうぜん》と、呟いた。

「俺と付き合う前？」

少しの間を置いて、摂が小さく肯く。

「マジかよ……。いつ。ていうか、まさか子供いるの？　どこかに？」

今度は、黙って首を振った。

「堕《お》ろしたの？　流産？」

摂は、言葉を選ぶようにして答えた。

「……産むことはできなかったのよ」

「俺と会う前だよな？」

摂が眉間にしわを寄せた。その話はしたくない、という顔だった。

「昔のことよ」小さく、そう口にした。「大昔のこと」

「なんで今まで黙ってたんだ。ずっと今まで隠して――」

「隠してたわけじゃない。あえて言う必要もないでしょう？」

「必要がないって。そんな大事なことを」

「そんなに大事なこと？」

「大事なことだろう。特に今は」

「そうね。だから話したの」

「何を言ってるんだ、開き直るなよ」

「開き直るって何」

摂の顔が再び強張った。

「私、何か悪いことをした？　あなたと結婚する前に、妊娠したことがある。子供は生まれなかった。それだけのことよ」

「それだけのことって――」

それ以上、言葉が続かなかった。胸の奥には、言葉にできない感情が渦を巻いている。

怒り？　悲しみ？　いや違う、これは――嫉妬だ。

摂が、昔、子供を孕《はら》んだことがある。

その事実以上に、相手の男に激しく嫉妬していた。

誰なんだ。いつのことなんだ。そうだ、やっぱり――。

いつか考えた、摂が自分と結婚したキッカケ。

それはやはり、誰かとの仲が終わったからに違いない。ただ終わっただけではない。妊娠が分かった。互いに望まないことだった。不倫だったのか。いずれにしろそのことでギクシャクし、子供を堕ろすことで、関係も終わりを告げたのだ。

何がねばり勝ちだ。おめでたいにもほどがある。自分はその男の代わりだったのだ。摂はその失敗から、自分との行為の時、避妊することを厳しく求めたのだ。

その男には自由にさせていたのに。自分には――。

「今日は満月だったのに」

思わずその言葉が口をついた。

摂が怪訝な顔をして見返した。一志はもう一度呟く。

「今日は満月だったんだよ」

「なんのこと?」

不審な表情で自分を見返してくる女の顔を見ながら、覚えていないんだな、と思った。

まだ妻ではなかったあの頃。目の前にいる女は、もうあの頃とは違う。

いや、自分がこの女のことをどこまで本当に知っていたのか、一志にはもう分からなくなっているのだった。

不肖の子（1）

三回コールが鳴っても誰も出る者はいなかった。仕方なくパソコンの画面から目を離し、近くの受話器をとった。外線ボタンを押し、事務的な声をつくる。

「はい、セブン・キューブです」

「すみません、橋詰《はしづめ》と申しますが」

低めの女性の声だった。さほど若くはなく、かといって年配でもない。初めて聞く声だが、もちろん誰であるかは分かった。私がすぐに返事をしなかったため、声が続いた。

「橋詰洋治《ようじ》の家の者なんですが……」

家の者、か。いろいろ考えた挙《あ》げ句の表現なのだろうが、少し滑稽《こっけい》な気がした。

「いつもお世話になっております」

クライアントからの電話に対するのと同じトーンで応える。相手の声に、少し焦《じ》れた気配が漂った。

「あの、橋詰は、電話に出られますでしょうか」

「少々お待ちください」

保留ボタンを押し、ひと呼吸置いた。確認しなくとも分かっている。橋詰洋治は自分の斜め前、三メートルと離れていないデスクに座り、パソコンに向かっている。「不在」と言おうか、という考えが頭を過《よぎ》る。一方で、私の目の前でどんな顔をして妻と会話をするのか見たい気もした。そう思った瞬間、自分でも意外なほどの嫉妬が胸に宿った。

保留解除のボタンに指をかけようとしたところで、洋治がこちらを見た。目が合ったその顔に、小さく笑みが浮かぶ。

彼のデスクの番号を押した。目の前の電話が鳴り、洋治がハッとしたように目をやる。彼が受話器をとったのを見て、

「六番に、おうちの方からです」

それだけ言って、受話器を置いた。

すぐに席を立ったので、彼がどんな顔をしたのかは分からない。トイレに行く振りをして部屋を出た。振り返りたかったが、やはりやめた。

尿意はなかったが、廊下を進み、トイレに入った。洗面台の前で手を洗い、鏡を見る。大丈夫。どこにもおかしいところはない。

こんな時間に奥さんは何の用だろうか、と考える。外線をとることは多いが、彼の妻からの電話を受けたのは初めてのことだった。

この時間は洋治の妻も仕事をしているはずだ。

雑誌の編集者。「トレインタ」――スペイン語で三十代を意味するらしいそのファッション誌を、私も以前はよく買っていた。だが彼の妻が編集していると知ってからは読むのをやめた。

くだらない雑誌だよ。

いつだったか、私がそのことを口にした時、洋治は見下《みくだ》した口調でそう言った。

そんなことないわよ。

思わず言い返したのは、半分本気だった。二十代の半ばから数年間、少し背伸びしてその雑誌を参考に服や化粧品を選んでいた。ああいった雑誌をつくるのに携わってみたいと思ったこともある。そんな自分を否定されたような気がした。

洋治は、私のことを不思議そうに見返した。君のために言ったのに、とでもいう風に。こういったさかしらな態度が、この男の嫌なところなのだ。私はその時も、そして今も、そう思う。

彼はいつでも、君の――若い女の考えていることなどお見通し、とでも言うように、先回りしてこちらが気に入るような回答をしてくる。

服なんて、似合っていれば何着てもいいんだよ。

可愛《かわい》げなんて言葉は、男が勝手につくり出したものだろ。

もちろん、私自身はそう思っている。しかし彼の口からそういった言葉が出るとイラついた。

あなたは心からそう思っているの？　私が望む言葉を口にしているだけじゃないの？　そう言い返したい衝動を何度堪えたことか。

口にしたところで、あの微苦笑が返ってくるだけだ。そういうところが好きなんだよ、とでもいいたげな、余裕しゃくしゃくの、自分では「大人の男の包容力」とでも思っているあの顔が。

ポーチからリップを取り出し、下唇に当てる。もう一度鏡を見てから、トイレを出た。部屋に戻り、自分の席へと着く。ちらり斜め前に目をやると、洋治の姿はなかった。探すことはせず、パソコンに向かった。

その日の仕事を終え、会社の入っているビルを出たところで、携帯電話にメッセージの着信があった。

〈つまようじ〉と表示されている。その登録名を知った時、彼は「ひでぇな」と笑った。

SP（セールスプロモーション：テレビや雑誌などのメディアを通さず販促活動を行うこと）を中心業務としている中堅どころの広告会社に中途採用されて、四年目を迎えていた。名刺にはアカウントエグゼクティブなどと刷られているが、要は企画営業。実際の仕事は、課長である橋詰洋治のアシスタント業務だ。

直属の上司である彼とそういう関係になって、もう二年になる。

【ごめん、今日は会えない】

妻から掛かってきた電話の後、彼がホワイトボードに「NR（ノーリターン）」と記して会社を出て行った時から半ば予想はしていたが、実際そうなると途方に暮れた。

花金《はなきん》の夜。このまま一人暮らしの部屋に帰る気にはなれなかった。携帯電話のジョグダイヤルを回してみる。今から誘って出てこられそうな相手といえば……〈かなこ〉という表示で指を止めた。ダメ元で誘ってみるか。登録されているのは携帯ではなく会社の電話だったが、まだいるはず、とボタンを押した。

加奈子が勤めているのは小さな編集プロダクションだった。電話に出た男性に、

「岩田《いわた》と申しますけど」

と名乗り、加奈子の名を告げる。

「少々お待ちください。おーい、奥井《おくい》〜」

こちらに聞こえるのも構わずに声を上げる男性に替わって、すぐに加奈子が電話口に出た。

「お疲れ。どしたの」

「うん。まだ仕事かなりかかる？」

「ううん、そろそろ終わり」

「じゃあ、今日、良かったら飲まない？」

「急だな～、さてはデートがドタキャンになったな」

図星だったが、「そんなんじゃないわよ」と笑い声を返した。「予定外に早く終わったから、このまま帰るのもつまんないなって思って」

「いいよ。そうはいってもまだ小一時間ぐらいはかかるけど、待てる？」

「それぐらいは全然。どっかでお茶してる」

「オッケー、どこにする？」

「前に行った、下北《しもきた》のお店はどう？」

「いいね。じゃあ……七時半に。南口で」

「了解、急にごめんね」

「全然。こっちも連絡しようと思ってたところだったから。ちょっと報告もあるし」

「なに、報告って」

「会ってから話す。じゃあ後程《のちほど》～」

「うん」

電話を切って、駅へと向かった。加奈子を捕まえられたことに安堵する。

大学時代の友人たちは、もうほとんどが結婚して家庭に入ってしまったこともあって、会う機会はなかった。むしろ今でもよく会うのは、同じ高校から東京に出てきてまだこっちに残っている同志――加奈子ともう一人、名の知れた企業の総合職でバリバリのキャリアウーマンを続けている坂本美香《さかもとみか》ぐらいだ。

美香の方はまだ仕事が終わらないだろうし、終業後も会食などの予定が入っているに違いない。仮に空いていたとしても、加奈子と三人でならともかく、常に「働く女」としてのプライドをひけらかす美香と二人で飲むのは気後れがした。肩に力の入らない生き方をしている加奈子と安居酒屋で飲む方が気が楽だった。

洋治とのことも、加奈子には話していたが、美香には伝えていなかった。言えば、「なに男に都合のいい女やってんの」と叱られるに決まっている。

どうせ向こうは奥さんと別れる気なんてないんでしょ、そのうち飽きられて捨てられるのがオチよ。

言われてもいないのに美香の声で再生され、そんなことは自分でもよく分かってるわよ、と胸の内で反論する。分かってはいても、他人に批判されたくはなかった。

その点、加奈子は、「まあ好きになっちゃったらしょうがないわよね。男と女っていうのは、なるようにしかならないし」と達観しているのか無関心なのか分からないが、たまにこぼす愚痴を受け入れてくれるから助かっていた。もちろん私の方も、その数倍は返ってくる彼女の社内や仕事関係者から受けるセクハラの数々に対する悪態を黙って聞いてあげるのだったが。

加奈子は、約束の時間より十分ほど遅れて南口に姿を現した。

「ごめんごめん、出がけに呼び止められちゃって」

改札を抜けて駆け寄って来る。

「いいけど。こういう時のために、加奈子も携帯持ってよ」

「ヤダヤダ、携帯なんて持ったら飲んでる時にも電話掛かってくるじゃない。そんなのごめんだわよ」

「番号教えなきゃいいのよ。買ったのも教えないとか」

「見つかったら何言われるか分かんないわよ。あんたはうちの男どもの横暴振りを知らないから」

「まあ分かるけどね」

「あそっか。それで辞めたんだもんね」

彼女の言葉に、私は苦笑を返した。実は今の会社に入る前、新卒で入社したのは加奈子と同じ業界——学術書専門ではあったが、小さな出版社だった。編集の仕事をしていたのだが、あまりの激務と社長のセクハラに嫌気がさして辞めたのだった。

なおも続く加奈子の毒舌に相槌《あいづち》を打ちながら、目的の店へと向かった。半年ぐらい前にオープンしたばかりのエスニック風料理を売りにした店で、メニューも豊富でコスパもいいので特に女性客に人気があった。予約はしていなかったので、席が空いていればいいけどと思いながらたどり着いたのだが、店の前で数人の男たちが何やら押し問答をしていた。

片方は店の制服を着ていた。その店員に食って掛かっているのは三十代ぐらいの男で、その傍《かたわ》らには電動車椅子に座った男性がいた。表情は歪《ゆが》み、両手足が不自然に曲がっている。ドキリとした。

抗議する男の声が耳に飛び込んでくる。

「他の客に椅子を引いてもらえれば通れるでしょう」

「お客様に迷惑になりますので……」

「俺たちは客じゃないんですか、差別するのか」

「いえ、そういうわけではなく、なにぶん通路が狭くて……」

どうやら、車椅子では入れない、それはおかしい、と揉めているようだった。

「別の店行こうか」加奈子が囁《ささや》く。

一瞬、迷った。

どうしたんですか。

突然割って入れば、男たちだけでなく加奈子も驚くことだろう。

「……そうね」

肯き、加奈子と並んでその店を通り過ぎた。背後からは、まだ揉めごとの声が聞こえていた。

少し先にある、これも最近できたスペイン風居酒屋の方へ足を進める。

「分かるけど、あの店、車椅子じゃ無理よね」

加奈子が小声で言った。

「ああいうの差別っていうのか、難しいとこよね」

私は、曖昧に肯いただけで返事はしなかった。しかし。

差別だ。心の中では、はっきりそう思っていた。

あの男の人が言っていたように、客が協力すれば何の問題もない。店側は、あの車椅子の男性が入ることで店の雰囲気が壊れるのを嫌がっているのだ。

明らかな障害者差別――。

「空いてるみたい。ここでいいよね」

加奈子の声で我に返る。

「あ、うん」

何年振りかで思い出したその感情に、自分でも驚くほどの動揺を覚えていた。狼狽《ろうばい》を悟られないように、「ここのアヒージョ、美味《おい》しいよね」と、努めて能天気な声を出した。

「ウソ」

加奈子からの「報告」を聞いて、思わずその言葉が口をついた。

「それがホントなのよ。ごめんね〜」

「いやいや、そうなの。こっちこそウソとか言っちゃってごめん。おめでとう〜」

慌てて言い直す。しかし、心の中はまだ「ウソでしょ」という気持ちだった。

「なんかそういうことになっちゃってさ。あたしも驚いてるんだけど」

柄にもなく照れた様子で、加奈子は答えた。

本人も驚いているのだから私が驚くのも無理はない。加奈子の報告とは、結婚アンド妊娠――少し前から月のものが来なくて心配していたのだが、妊娠検査薬を試してみたところ陽性だった、そのことを彼氏であるケンちゃんに「一応」告げてみたところ、「結婚しよう」という話になった、と――。

「あたしとしては、一人で産んで育ててもいいか、ってな感じで、それでもまあお伺いぐらいは立ててみるかって話したんだけどさ。なんか向こうの方が舞い上がっちゃって。じゃあ結婚だ結婚するしかないって。まさかそんな展開になるとは思ってなくてあたしも泡くっちゃって。その段階ではまだ病院で診《み》てもらってないからさ。もし間違いだったらどうしようかって」

「え、まだなの」

「いやその後二人で行って、診てもらった。『おめでとうございます』って、ほんとにそう言われるのね。なんか笑っちゃった。三か月だって」

「いや〜、そうなの。改めて、おめでとうございます」

「ありがとうございます」

おどけた調子で、加奈子はウーロン茶のグラスを持ち、私の生ビールのジョッキに軽くぶつけた。

最初の注文で加奈子がノンアルコールを頼んだところから、「え、どうしたの」という流れでこの告白に至ったため、まだビールは半分も減っていない。

もう少しアルコールの入ったところで聞きたかった話だな、と内心思う。

「で、式とかは」

「そんなのまだ全然。とりあえず籍だけね。お腹《なか》おっきくなったところで披露宴ていうのもどうかと思うから、簡単に身内だけで挙げるか、もしくはやらないか」

「そんなこと言わずにやろうよ。二重のおめでたなんだから」

オジサンめいた言い方だったか、と思ったが、普段はすぐにツッコんでくる加奈子は全然気にした風もなく、「まあそうなんだけどね。これから相談。まだ会社にも言ってないから」とニヤける。

「え、そうなの」

「うん、タイミングを見てね。とりあえず岩子には一番に伝えなきゃと思って」

「それは光栄ですこと」

「いやいや。それにしてもほんとびっくりよね。三人の中じゃ、あたしが一番最後だろうって思ってたのに」

「そんなことないでしょ」

答えながらも、実を言えば私も、まさか加奈子に先を越されるとは思ってはいなかった。学生時代からの付き合いであるケンちゃんとはもう八年ぐらいの仲で、フリーカメラマンとは言いながら「実際はフリーター」であるケンちゃんから「結婚」などという言葉が出る気配はなく、「そろそろ別れ時かもねえ」と、最近の加奈子の愚痴は、もっぱらそっちの方向であったのだから。

あんなこと言っていながら、避妊せずにセックスしていたわけよね。

もちろん口にはできないが、私はそう言ってみたくて仕方がなかった。

つまりそれは、子供ができてもいいとお互いに思っていたことの証《あかし》ではないか。加奈子が本気でシングルマザーでも、などと覚悟していたとは思えなかった。

「で、どうなの、そちらは」

加奈子がふいに尋ねる。

「え、聞かないでよ、そんなおめでたい話の後に」

私が本気でムッとしたのが分かったのか、彼女は「ごめんごめん」と謝った。その態度

に、なぜか自虐的な気分が湧いてきて、

「まあ相変わらず。未来のない関係よ」

などと言ってしまう。

「そっか……」

加奈子はそう肯いてから、「なんでかねえ」と続けた。

「ケンちゃんも言ってたよ。お前の友達の中では、岩田さんが一番美人なのに、もったいないって」

「もったいない？」顔色が変わったのが、自分で分かった。

「もしかしたら、ケンちゃんに話したの、私のこと」

加奈子が、しまった、という顔になった。

「ううん、ちゃんとした彼氏はいないみたいって言っただけよ」

慌てて言い訳をするが、目が泳いでいる。

ウソだ。彼氏に私の「不倫」のことを話したのだ。「二人だけの秘密」などと思っていたわけではない。だが男に、しかも間違いなく「寝物語」にその会話がなされたであろうことが許せなかった。

もったいない？　何だそれは。そこには同情、いや明らかに見下す視線があった。今まで、自分は認めている、理解している、というようなことを言っておいて、実は内心では

「いつまでも男に騙《だま》され続けている可哀《かわい》そうな女」とでも思っていたのか。

「——ごめん」

さすがにしらを切り通すのは無理と悟ったのか、加奈子が謝ってきた。

これ以上とやかく言うのは、必要以上に自分が気にしていることになる。別に何ということはない。不倫なんて、大したことではないのだ。

「別にいいわよ。私もそろそろ、新しいの探そうかと思ってるし」

何とか軽い口調を装うことができた。

「あ、そうなの？　いいじゃない」加奈子はホッとしたように調子を合わせてくる。「広告業界だったら、周りにいいのごろごろいるでしょ」

「そうでもないけど」

「えり好みしてるから」

「そりゃあするでしょ」

そう答えると、加奈子が「そうよね。あたしももっと他も試せば良かった」としかめ面をつくった。

心にもないこと言っちゃって——。浮かんだ嫌味な言葉を押し殺して、

「そうねえ、いろいろ試さないと、今のうちに」

と軽口で応える。

「試せ試せ」

すっかり屈託のない笑顔を取り戻した加奈子を眺めながら、本当にそうしようかな、と胸の内で呟いた。

実はその時、一人だけ洋治以外の男性の顔が浮かんでいたのだ。

もちろん、まだ全然そういう間柄《あいだがら》ではない。ただの仕事関係者。だが、相手が自分に好意を抱いていることは、出会った頃からはっきりと感じていた。そういうことは今までもなかったわけでもなく、私自身は何とも思っていないつもりだったが。

こうやって思い浮かんだということは、満更意識していないこともないのかもしれない。

洋治から電話が掛かってきたのは、その晩、十一時を過ぎた頃だった。加奈子との飲み会は、最初の気まずい空気が何となく残り、いつものように盛り上がることなく一軒目でお開き、となった。加奈子と別れると同時に、飲んでいる時は切っていた携帯の電源をオンにしたが、洋治からの着信はなかった。

これだったら一人で映画でも観《み》に行った方がましだったかと後悔しながら帰宅し、シャワーを浴びて、一人で飲み直そうかと冷蔵庫から缶ビールを取り出した時、ようやく携帯が着信音を鳴らしたのだった。

〈つまようじ〉と表示された画面をしばし眺めてから、通話ボタンを押した。

「もしもし」いつもと変わらぬ声が携帯の向こうから聞こえる。

「はい」

「今、大丈夫？」

「うん。おうち」

「そう。今日はごめん」

「いいけど。何かあったの」

少し間を置いてから、洋治は、

「親父《おやじ》が倒れて」

と告げた。

「え」

思いがけない言葉に、一瞬、言葉を失った。淡々とした口調で彼が続ける。

「脳梗塞《のうこうそく》。道端で倒れたらしくて、誰かが救急車を呼んでくれて……緊急手術をして、とりあえず命は助かった。一人で家にいた時だったらまずダメだったたな」

驚きと戸惑いとで、何と返せばいいか分からない。

「無事で……良かったね」

とりあえずそう口にしてみたが、

「無事ってこともないけどな。まだ意識は戻らないから」

と返され、再び言葉に詰まる。

この事態に対し、どう振る舞っていいか分からない。上司というだけであれば、通り一遍のお見舞いの言葉を掛ければそれで済むだろう。また親しい友人や恋人であれば、もっと親身になって話を聞くに違いない。そう、ただの「恋人」であれば。

だが自分たちは違う。

どういうスタンスで「愛人の身内」の災難を聞けばいいのか分からない。何と声を掛けていいのか、適当な言葉が思いつかないのだった。

そんな私の困惑をよそに、洋治は何でもないように続けた。

「仕事の方は心配ない。明日もいつも通りに出勤する。何かあったら病院から連絡がくることになってるから。予定は全部そのままで」

「……分かった。私に何かできることはある?」

とりあえず、そう口にした。

あるわけはない、とは思ったが、

「ないよ」

予想通りの言葉が返ってきて、胸がチクリとした。

それが伝わったのか、「そんなに深刻にならなくていいから」と洋治が苦笑交じりに言う。

「俺もそんなにショックを受けてるわけじゃないから。まあ年だし。不摂生な生活をしてただろうからな。自業自得だ」

その言葉の冷たさに、ヒヤッとした。

元々彼は父親とは折り合いが悪く、普段からあまり行き来がない、とは聞いていた。両親はずいぶん前に離婚していて、父親も母親も一人で生活している、とも。それにしても――。

「ただ、あまり時間はとれなくなるかもしれない」

彼の口調が、少しだけ変わった。

「いつ何があるか分からないし、病院からもいつでも連絡が取れるようにしておいてくれって言われているから」

自分たちのことを言っているのだ、とようやく気づいた。

「……分かった」

そう答えるしかない。彼の言う通りなのだろう。いくら普段は仲の良くない関係とはいえ、親が倒れて、そんなことをしている場合ではないのだ。

「あ、部長には一応伝えるけど、他言無用ということにしてもらうから、そのつもりで」

「……はい」

「じゃあ」

「おやすみなさい」

「おやすみ。また連絡する」

それで、電話は切れた。

携帯を置いて、しばしぼんやりとした。

これからどうなるのだろう。

そんなに深刻にならなくていいから、と彼は言ったが、手術をしても意識が戻らないということは、かなり深刻な状況なのではないだろうか。このまま亡くなってしまう、ということはないのか。

見ず知らずの相手であるから、心の底から案ずるというわけではなかったが、少なくとも自分に無関係の出来事とは思えなかった。

しばらくは今までのようには会えなくなる。それは間違いない。そう考えてから、「しばらく」というのはいつまでなのだろう、という思いが湧く。

回復するまで？　いや、もしかしたら、亡くなるまで——？

我ながら不謹慎なことを考えている、と思う。だが想像は止まらない。

亡くなったら、いくら仲が悪くても彼が喪主ということになるのだろう。葬儀の手伝いには会社の者が駆り出されるに違いない。いや葬儀の手配から会社が仕切ることもあり得る。彼のアシスタントたる自分が中心となり——。

彼の妻とも当然会うことになる。私は、どんな顔で彼の妻に会い、お悔やみの言葉を掛ければいいのだろう。そんなことが、平然と私にできるのだろうか。

いや、そんなことにはならないかもしれない、と考え直す。

部長以外には父親が倒れたことを内緒にする、というぐらいだ。もし亡くなったとしても、葬儀はごく内輪で済ませ、会社の人間の手は借りない、という方が現実的だ。

つまり、私は蚊帳《かや》の外《そと》になる。今と同じように。

昼間に会社に掛かってきた電話のことを、ふと思い出す。これは結局、「家族」の問題なのだ。

今、彼にとって一番身近な存在は、当然妻だ。きっと今後のことを相談したり、慰め、励ましてもらったりしているのだろう。

ないよ。洋治の声が蘇った。そう、こういう時に「愛人」ができることなどあるわけはない。自分には、何もできない。何の力にもなれない。

無力さ、というのではない。自分の存在の無意味さを突き付けられたようだった。

翌日、洋治は、言葉通り今までと変わらず出社してきた。仕事も予定通りこなしていく。途中、何度か私用らしき電話を掛けていたのは、病院へか妻へか。いずれにしても、状況に変化はないようだった。

ようだった、というのは、私が彼の振る舞いから想像するだけで、直接聞いたわけではないからだ。洋治からの連絡は、あれから途絶えていた。

以前は、仕事の後に落ち合う予定のない日でも、【接待、今終わった。疲れたよ】とか【二人で君のこと考えてる】とか、嘘か本当か分からないまでも一日に一度はメールか電話があったのだが、それもすっかり途絶えた。

もちろん会社では毎日顔を合わせ、言葉も交わしているのだが、それはあくまで上司と部下として、だ。他の社員たちと同じく事務的な、通り一遍の会話。

しばらく二人きりでは会えなくなるだろうとは覚悟していたが、まさか連絡もこなくなるとは、正直思っていなかった。

口では「そんなにショックを受けてるわけじゃない」と言いながら、私とたわいない会話をするような余裕はない、ということなのだろうか。あるいは、罪悪感か。父親がこんな時に愛人と不謹慎なやり取りはできない、ということか。

もしかしたら、私を心配させまいとしているのかもしれない。そうも考えた。会話を交わせば父親の容態について触れることになるだろう。そういう話を、私とは交わしたくないのか。

でも、私は知りたかった。父親の容態はどうなのか。会えない時間の中、彼が何を考えているのか。別に私のことでなくてもいい。彼の胸の内を聞かせてもらいたかった。

そんな日が、数日も続いていくうちに、胸の内に一つの疑念が生じた。

連絡が途絶えたのは、本当に父親のことが原因なのだろうか。

いや、たとえそのことがキッカケであったとしても、それを口実に、私との仲を清算しようとしているのではないか。

そう考えだすと、疑念は次々に湧いてくる。連絡がこないことだけではなく、仕事で接している時の洋治の態度も、妙にそっけないものに感じられる。

以前からこんな風だっただろうか。私の方には、親密な態度をとって周囲に気取《けど》られないよう注意していたところはあったが、彼は「そんな風に気を遣うと余計怪しまれるよ」と笑い飛ばし、時には他の社員がいる場できわどい冗談などを飛ばし、私をひやひやさせたものだったのに。

同じ課の先輩である女性社員の本間《ほんま》さんとランチをしている時だった。

「課長のお父さん、入院してるんだってね」

本間さんが、少し声を潜めるようにして、言った。

「そうなんですか」

なぜ知っているのか、という驚きを顔に出さないよう努めて、応える。

「うん、脳梗塞で倒れて、まだ意識が戻らないみたい」

「それは……大変ですね」

「課長も普通に仕事してるけど、やっぱ心配でしょうねぇ」

「そうでしょうね……」

当たり障《さわ》りのない返事をしながら、さりげなく尋ねた。

「この話って、誰から聞いたんですか？」

「誰からって、うちの課の横内《よこうち》さんからだけど。なんで」

「いえ。みんな知ってることなのかなって思って……私は知らなかったもので」

「どうかしら。課長はああいう人だから、自分からは言わないけど、特に内密って話でもないんじゃないの」

部長から漏れたのだろうか、と考える。あり得ることではあったが、洋治の耳に入ったら、私がしゃべった、と誤解しないだろうか。

「あ、横内さんは奥さんから聞いたのかもしれない」

本間さんが言った。

「奥さん？」

「うん、課長の奥さん。昨日、家からの電話を取り次いだって言ってたから」

「……そうですか」

いつかの、妻の声を思い出す。奥さんから聞いた——あり得ないことではない。だとしたらなぜ妻は、そんなことをわざわざ課の者に話したのだろうか。もし取り次いだのが自分だったら、どういう対応になっただろう。自分でなくて良かったと思いながらも、義父の病気を利用して仕事の場に侵食してくるような妻の態度を、快《こころよ》くは思わなかった。

国枝《くにえだ》から食事に誘われたのは、そんな頃だった。

担当するクライアントの会社でこの秋に開かれる展示会のオリエンテーションがあり、私もSPチームの一員として参加していた。国枝は会社は違うが、出展するブースの設計責任者だった。

「え、食事ですか」

誘われるのはこれが初めてではなかったが、つい最近、彼のことを思い浮かべたことがあったため、少しばかり動揺してしまった。

「あれ、もしかして今回は脈あり？」

私がすぐに断らなかったことに、国枝が分かりやすく顔を輝かせた。

思わず苦笑を浮かべてしまう。

空間デザイナーである国枝とは、半年ぐらい前にあったイベントの打ち上げの席で初めて会った。営業ほどにはそういう場には慣れてはおらず、向かいの席で手持ち無沙汰にしている彼に少し同情して私の方から声を掛けたのだが、話をした感じ、悪い印象は受けなかった。

二次会にも行き、そこでも隣同士になったのは向こうが意図したものだったに違いない。やむを得ず話しているうちに映画の趣味に共通のものがあることが分かった。何より、「一番好きな映画」が一致したことで会話が弾んだ。私や国枝の世代で、その映画を観ていること自体が珍しいのだ。

さらに、二人とも「エンディング・クレジットが終わるまで席を立たない派」であることが分かって、「終わらないうちに出て行くのは勝手だけど、前を横切られると頭にきますよね」「そうそう、エンドロールも映画のうちなのに!」と話が盛り上がった。

とはいえ、携帯の番号を交換したわけでもなく(おそらく彼は携帯を持っていない)、会うのもそれっきりと思っていたのだったが、以降も会う機会がたびたびあった。どうやら国枝の方が、特に出席する必要もない打ち合わせに、私が来ると聞いて参加しているようだと、同僚社員の話し振りから察しがついた。

そのうち「僕も携帯電話買ったんです」と番号を教えられたり、「良かったら今度食事でも」と誘われたりするようになった。だが、そのたびにやんわりと断っていた。

確かに話していて心地よさは覚えたものの、男性的な魅力はほとんど感じなかったのだ。それでも国枝は、少しもめげることはなかった。

食事ぐらいならいいか。

おそらく洋治のことがなかったら、そうは思わなかったに違いない。

「うん、いいですよ」

そう答えると、

「え、マジ？　やったぁ」

国枝は飛び上がらんばかりに喜んだ。

「いやー、言ってみるもんだなあ。嬉しいっす。いつにしましょう？　僕の方はいつでも。今日これから行きますか」

今日はちょっと、と言いながら、日程の相談をした。

次の金曜の夜。レストランを予約した、と国枝から連絡があった。

ところが結局は、その予定を当日になってキャンセルすることになった。

【急で悪いけど、今日仕事が終わってから落ち合えないか】

久しぶりに、〈つまようじ〉からの着信があったのだった。

仮面の恋（1）

照本俊治《てるもととしはる》が、〈GANCO〉というハンドルネームを持つユーザーの存在に気づいたのは、ある「障害者ボランティア板《いた》」をROM《ロム》していた時だった。そこでの発言が、「常連」たちから一斉に攻撃されていたのだ。

【ギゼンシャ、キタ——！】

【そうやっていい人に見られたいのですネ、わかります】

【ボケカス氏ネ】

最初にそれを見た時には、「馬鹿な奴《やつ》だな」という感想しか浮かばなかった。〈GANCO〉がコメントしたのは、全身性の障害者の介助にボランティアで入っている学生と思《おぼ》しき人物による書き込みだった。

【普段から何をしてもお礼を言われたことがないのは、まあそういう性格かな、ぐらいに思ってたんですけど、「余計なことをするな」って言われたことにはマジむかつきましたね。ああそうですか、じゃあ勝手にしてくれってなもんですよ。よかれと思ってしてあげたことにそんな態度とられたらやってられませんよ。明日は他の人にシフト代わってもらいます】

それに対し、

【そういう人、いますよね～、感謝の気持ちがないどころかしてもらって当たり前的な、そういうのはもうムシムシ】

【お疲れさまです！　お気持ち、分かります。私も、今の利用者からは「ありがとう」の一言も言われたことがありません。何でこんなことをしてるんだろうと自分でも疑問に思ったりして・・・せめてそういう言葉でもあればむくわれるんですけどねぇ】

といったコメントが並ぶ中、こともあろうに〈GANCO〉は、

【見返りを求めるのはボランティアの趣旨に反するのではありませんか？「してあげている」という考え方がそもそもおかしいんじゃないかと思います。突然のシフト変更は利用者にも他の介助者にも迷惑で、無責任だと思います】

というレスをつけたのだ。

間違ってはいない、その通りだ。だが、書き込んだ「板」がいけなかった。

そもそもそこは、ボランティアたちが普段は口に出せない介助対象者への文句や不満を吐き出す掲示板なのだ。そこでこんな正論を言ってどうする。飛んで火にいるもいいところで、反発を受けるのも当然だった。

【感謝の気持ちがなかったら嫌われるのは当たり前だろ、こっちも人間なんだアホ】

【金をもらってないんだから、気持ちが報酬なんだよ、それを求めて何が悪い！】

【そういうキレイごとを言う奴は偽善板に帰れ！】

それでも、〈GANCO〉は必死に反論を試みていた。

【最初からそういう上から目線でのぞんでいるから、相手にもそれが伝わってしまうのでは？】

【それって、感謝の押し付けじゃないですか？　障害者は常に介助者に「感謝」してなきゃいけないんですか？】

一連のやり取りをROMしているうちに、俊治はこのユーザーに興味が湧いてきた。

言葉遣いや書き込み内容から、プロフィールを見ずとも若い女性、おそらく学生であることは容易に推察された。常連たちからは「ネカマ」呼ばわりされ、ネカマって何ですか？　などと問い返してさらに火に油状態だったのだが。

一見カマトトぶっているように見えるが、彼女が本気で言っていることが俊治には分かった。涙目になりながらキーボードを打っている姿さえ想像できるほどだ。

もちろん彼らが言うように「偽善板」に行けばそんな手合いは掃《は》いて捨てるほどいる。だがそういう連中は、自らのホーム板からは決して出ようとしない。同じような考えを持ち、価値観を共有する者らと「清く善良な障害者とそれを支える自分たち」という安全・安心な場所で褒め合いっこをしているのが幸せなのだ。

ちなみに、その逆はままある。こっちの常連がわざと偽善板に行き、彼らをからかって遊んだり論戦を挑んだり。向こうも最近は賢くなって完全スルーを決め込み、相手をすることはなくなっているが。

だが、〈GANCO〉は違った。その名の通り頑固《がんこ》に、場違いな板に来て正論を吐いては袋叩きにあい、「もう一度勉強してきます」と退散しながらも、めげずにまたやってくる。

面白い。

俊治はそう思った。単に無知なのか、本当に愚かなのか。

しかしそのどちらでもないことを、「偽善板」のいくつかをROMしていた時に知った。

障害者のボランティアや支援者が集う板であることはこちらも同じだったが、根本的に異なるのは、誰かが傷つけば励まし、問題が提起されれば建設的な意見を述べ合う場であることだった。

障害者が描いた絵や彼らのつくった詩を紹介する板では、閲覧者からの絶賛コメントが並ぶ。

【なんて素直な表現なんでしょう！】

【心が洗われるようです】

【こういうものこそ、本当の芸術だと思います】

障害者と健常者がともに外国へ旅した過程を紹介した書き込みもある。様々な苦難を乗り越え、結果、彼らは互いに向上し合い、「今まで味わったことのない感動」を体験したと口を揃える。

それらに対するコメントの中に、〈GANCO〉の名を見つけたのだ。彼女は、こちらでも「板違い」な書き込みをして反論にあっていた。

【正直いって、私にはこの絵の良さが分かりません。私に問題があるのでしょうか。子どものいたずら描きと、この絵の違いは何なのか。誰か私に教えてください】

【そんなに楽しい旅行なのに、前回から参加者が減っているのはなぜですか？　前回参加したのに今回参加しなかった人、そういう人の感想も聞いてみたいです】

すぐに、支援者と思われる者たちから咎《とが》めるレスがついた。

【あなた、何が言いたいの？】

【言いがかりみたいな書き込みはやめてくださいね】

彼女はめげない。

【言いがかりじゃありません。なんか、きれいごとばかりのような気がして……もっと皆さんの本音が知りたいんです】

すぐにレスがつく。

【あなたは障害者の方の介助やケアをしたことがある？　もし何も経験がないんだったら、あまり勝手なことは言わない方がいいんじゃないかしら】

〈GANCO〉は簡単には引き下がらない。

【何で介助の経験がないと意見を言っちゃいけないんですか？　ここは、誰でも自由に意見が言える場じゃないんですか？　障害当事者でも介助者でもない人間は、何も言っちゃいけないんですか？】

【障害を持っている人たちは、みんな、辛い中、頑張って前向きに生きてるのよ。介助している人もそう。ただの通行人が勝手なことを言わないでって言ってるの】

【「頑張って生きてる」って言い方、なんか変。普通の人に、そんな言葉を使いますか？】

ますます面白い。

俊治は、はっきりと〈GANCO〉に好感を抱いた。

彼女は、ただ知りたいだけなのだ。建前ではなく本音を。中傷ではなく真実を。無知で愚かではあるが、恥知らずではない。謙虚さには欠けるが、傲慢《ごうまん》ではない。「教えを乞う」のではなく、率直に疑問をぶつけることで他者の知識や考え、経験さえも吸収しようとしている。そのどん欲さが、俊治にはほほ笑ましかった。

どんなユーザーなのだろう、と改めてプロフィールを閲覧する。

〈GANCO　都内在住。学生。趣味は読書と映画鑑賞。一番好きな映画は「素晴《すば》らしき哉《かな》、人生《じんせい》！」よろしくお願いします〉

学生だろうという想像は当たっていたが、それ以上の情報は得られなかった。チャットでもすればもっと人となりを知ることもできようが、チャットルームに同じハンドルネームを見つけることはできなかった。

〈GANCO〉のコメントにレスをつける気は、なかった。そもそも、「障害者フォーラム」に関してはROM《ロムせん》専門で、書き込むことはしないと決めているのだ。俊治が積極的に書き込んだりチャットしたりするのは、もう一つユーザー登録している「映画フォーラム」の方だった。

そしてある日、そこでも〈GANCO〉の名を発見したのだった。

〈テルテル〉というハンドルネームで俊治が主に参加していたのは、「映画フォーラム」の一つ、「七十年代の洋画について語ろう」という会議室だった。ここでは、「ゴッドファーザー」「燃えよドラゴン」「タワーリング・インフェルノ」「JAWS」といった誰もが知る作品の他、「木靴《きぐつ》の樹《き》」「ブリキの太鼓《たいこ》」などの渋いヨーロッパ映画等々、参加者がそれぞれに自分の好きな作品について語っていた。

俊治は、「ペーパー・ムーン」や「アニー・ホール」などの、どちらかと言うと小品佳《しょうひんか》作《さく》といった類いの映画を偏愛していたのだが、あまり同好の士がおらず寂しく思っていたのだった。

そんなところへある時、

【私は「ハリーとトント」が好きです！】

という書き込みを見つけ、おお珍しいとハンドルネームを確認した。そこに、〈GANCO〉の名があったというわけだ。

まさか、と思ったが、そうあるネームではない。プロフィール欄を見ると、

〈都内在住。学生。趣味は読書と映画鑑賞。一番好きな映画は「素晴らしき哉、人生！」よろしくお願いします〉

とある。間違いなく同一人物だった。

「障害者板」の時とは違い、俊治は早速、コメントを書き込んだ。孤独な老人と猫との旅を描いた「ハリーとトント」は、俊治にとってもフェイバリット・ムービーの一つだったのだ。

【僕も「ハリーとトント」大好きです！　前に一度感想を書き込んだことがあるんですけど、その時は誰も賛同者が現れず、寂しい思いをしました(>_<)。好きな人がいて嬉しいです。ラストの浜辺のシーンでは泣きました】

〈GANCO〉からはすぐに反応があった。

【私の他にも好きな人がいて嬉しい！　ラストも良かったですが、私は、施設にいる昔の恋人に会いに行って、ダンスを踊るシーンがすごく好きです!(^^)!】

俊治も、そのシーンには特別な思い入れがあった。もっとやり取りをしてみたかったが、

こちらのフォーラムでも〈GANCO〉はチャットには参加していないようだった。

俊治は、マメに会議室をチェックするようになった。その後も彼女はしばしば、好きな映画の感想を書き込んでいた。俊治がそれらにレスする一方で、俊治の書き込みにも〈GANCO〉は必ず反応してくれていた。「ラストコンサート」「アリスの恋」「さらば冬のかもめ」といった、ややマイナーな映画も彼女は観ており、好きなシーンやセリフなどが面白いほどに一致していた。

個人的なやり取りで会議室を独占するのはエチケット違反とされていた。チャットをしていないとあれば、互いのIDを通じて電子メールを送るしかない。さほど珍しいことではなく、俊治も、今まで何人かとそんな風に電子メールでやり取りをしたことはあった。だが今回に限っては、ためらいが生じた。よく考えた方がいい。今までのように気軽にメールを送ってしまって、後悔することにならないか……。

そんな迷いの中にいたある日、パソコン通信にログインすると、【電子メールが一通届いています】という知らせが届いていた。

その頃ひんぱんにメールを交換している相手はいなかった。もしかしたら、と思いながらメールボタンを押す。

送信者：〈GANCO〉

題名：こんにちは、GANCOです！

やっぱり！　無機質なコンピュータの文字が、まるで躍り、跳ねるように目に飛び込んでくる。

【テルテルさん、こんにちは！　会議室で何度かやり取りさせていただいた、ＧＡＮＣＯです。いつもテルテルさんの書き込みを見て、本当に好みが合うなあ、とびっくりしています。チャットはスピードが速くてついていけなくて、苦手なので、良かったらメールでお話ししませんか。私の知らない映画についてもっと知りたいので！　お返事待っています(^▽^)】

嬉しかった。もちろん望むところだ。自分でも呆れるほど、あっさりと迷いは吹き飛んでいた。

送信者：〈テルテル〉

題名：Re：メールありがとう、テルテルです

【ＧＡＮＣＯさん、メールありがとう。テルテルです。僕もかねがね、ＧＡＮＣＯさんとは好みが合うなあ、と思っていました。こちらでお話しできたら嬉しいです。どうぞよろしくお願いいたします。】

至極ありきたりな文章だったが、書いては消し、消しては書きで、これだけ打つのに数時間を要した。

翌日、パソコンを起動させると、【電子メールが一通届いています】という通知があっ

た。その文字を見ただけで心が弾んだ。

【テルテルさん、お返事ありがとうございます！　とても嬉しいです。実は、テルテルさんとお話ししたかったのは、映画の他に、もう一つ理由があるんです。テルテルさんは、福祉のお仕事をされてるんですよね。プロフィールには書いていませんが、実は私も福祉に関心があって、大学では福祉系のサークルに入ってるんです。テルテルさんがされている福祉のお仕事って、具体的にはどういうものですか？　さしつかえない範囲でいいので教えてもらえれば嬉しいです。どうぞよろしくお願いいたします。】

やはり、そうきたか……。

案じていたことが現実になってしまい、俊治は動揺した。彼女とメールのやり取りをするのを最初にためらっていた理由は、実はここにあったのだ。

俊治が自己紹介欄に記しているプロフィール。

〈テルテル　二十三歳・男。都内在住。福祉関係の仕事をしています。好きな映画は七十年代の洋画全般。よろしくお願いします〉

事実なのは性別と居住地。そして映画の趣味だけ。あとは年齢も仕事も、嘘っぱちだった。〈GANCO〉が「障害者フォーラム」に書き込んでいた内容を見れば、自分のプロフィールに関心を持つかもしれない、と危惧してはいたのだが……。

どうしようか、と悩んだ。本当のことを告げるか。いや、それはできない。このまま嘘をつき通すか、ここでメールのやり取りをやめるか……。

迷った挙句、俊治は嘘をつき通すことに決めた。バレたら、いやバレそうになったら、そこでやめればいい。実は過去にメールを交わしていた相手とも、同じような事情で「自然消滅」していた。とはいえ、できれば〈GANCO〉とは長くやり取りを続けたかった。

何とかバレないように……慎重に文面を考え、返事を出した。

【仕事は、以前は施設にも勤めたことがありますが、今は登録でヘルパーをしています。主に重度障害者の介助です。】

翌日、彼女からの返事がきた。

【そうなんですね。私も、障害児施設には何度かボランティアで行ったことがあります。大変なお仕事をされてるんですね。映画の話ももちろんですが、お仕事の話も良かったらちょこちょこ聞かせてください！】

ますますまずい展開になっていたが、もうこのままいくしかない。

【いいですよ。でも、確かに仕事は大変ですけど、そんなに大層な仕事ではないですよ。まあ僕で分かることだったらお話ししますので、聞いてください。】

【ありがとうございます！　いえ、誰にでもできるお仕事ではないと思います。いっぺんにいろいろ聞いちゃうと嫌がられるかもしれないので、今日はこのへんにしておきます。これからも、どうぞよろしくお願いします ^(_ _)^】

メールを閉じて、俊治は何とも言えない気分になった。

彼女とメールで会話をするのは、楽しかった。だがその浮かれた気持ちは、彼女に嘘をついているという事実の前にしぼんでいく。

やっぱりメールなんかしなければ良かったか。今からでもやめた方がいいのか。

だがきっと自分はやめないだろう。俊治には分かっていた。その罪悪感をどこかへ追いやってしまうほど、彼女とのメールの交換は楽しかったのだ。

次のメールで、〈GANCO〉は、本名と住所を伝えてきた。

【メールも楽しいですけど、私、実は絵ハガキを送るのが趣味なんです。旅行とかに行った時もそうですけど、そうじゃない時も友達にはしょっちゅう絵ハガキを送っています。変ですか？　変じゃなかったら、テルテルさんのお名前と住所、教えてください。絵ハガキ送りますので〜(*^_^*)】

ますます困ったことになった。

もちろん、「自分は教えたくない」と答えることはできる。実際、今までそう言われたケースでは、すべて断ってきた。今回もそうすることもできたが……。

しかしここでも、彼女から絵ハガキを送ってもらいたい、という欲求の方が勝った。

【僕の名前は、照本俊治といいます。住所は、練馬区……】

そう本当のことを記した上で、

【でも、僕のことはこれからもテルテルと呼んでください。僕も今まで通りGANCOさんと呼びますので。】

と書き添えた。彼女からはすぐに返事がきた。

【お名前、ご住所、ありがとうございます！　呼び方の件は、了解です！　じゃあこのま、GANCOとテルテルさんで！　これからもどうぞよろしくお願いします。】

それからしばらくして、〈GANCO〉から本当に絵ハガキが送られてきた。

日本アルプスだろうか、美しい山並みの写真の裏に、整った字で文面が綴《つづ》られていた。

〈テルテルさん、こんにちは！　お元気ですか？　この写真は、私のふるさと、長野県の北アルプスです。きれいでしょう？　実は、こんな田舎で生まれ育った山猿です。テルテルさんは、生まれも東京ですか？〉

俊治の方は、いつものように電子メールで返事を出した。

【絵ハガキありがとう。こんなきれいなところで生まれ育ったんですね。うらやましいです。僕は生まれも育ちも東京です。実家は板橋で、父は家の近くで町工場を営んでいます。】

それから〈GANCO〉は、たびたび絵ハガキを送ってくるようになった。最初の一枚の時のように国内のどこかの風景や海外の名所が写ったカードの裏に、その地へ行った時の思い出やエピソードを記し、自分の現況や最近思うことなどを一言添える、というもので、俊治はその絵ハガキをもらうのがすっかり楽しみになっていた。

俊治の返信は相変わらず電子メールのままだったが、彼女の方は特に気にした様子はなかった。

そんなある日、初めて〈GANCO〉から封書が届いた。便せんで二枚ほどの手紙に、数枚の写真が挟まれていた。

〈この前、サークルの仲間と障害児施設にボランティアで行った時の写真です〉

どこかの施設らしい建物の前で、揃いのポロシャツを着た若い女性が数人、ダウン症らしき子供たちを囲む恰好でカメラに向かって笑顔を向けていた。

〈私は、右から二番目です。あんまり写真写りよくなくて恥ずかしいけど〉

教えてもらわずとも、写真を見た時から俊治にはそんな気がしていた。いや、この子だったら、と期待していた。

右から二番目、カメラに向かって少し照れたようにほほ笑んでいるその女性は、今時の女子大生らしく華やかな仲間たちの中にあっても、とびぬけて美しかったのだ。

想像以上の彼女の容姿に胸を弾ませていた俊治だったが、手紙の最後の一文を読んで、凍りつくことになった。

〈良かったら、テルテルさんの写真も送ってくれませんか？　どんな人なのか、知りたいです〉

最も恐れていたことが、書かれていた。

写真——そんなものを送ることはできない。できるはずがない。

どうやって断ろうかと思案した。一番不自然じゃない断り方は何か——。

〈自分の写真を持ってない〉……さすがに一枚もないというのはおかしい。〈写真を送るなんて恥ずかしい〉……いやそれは、送ってくれた彼女を貶《おとし》めることにならないか。

〈ぶさいくな姿を見られたくない〉……それが、本音だった。だがきっと、「それでもいい」と言われるだろう。

〈私はただ、テルテルさんがどんな人なのか知りたいだけなんです〉

文面まで想像ができた。それでも断れば、きっと気まずくなる。

ここが潮時か。断って気まずくなるぐらいなら、もうメール自体、やめるべきか。どうすればいい、どうすれば……。

その時、ふいにひらめいた。

そうだ、送ってしまえばいい。あの写真を。

決して嘘ではない。自分が写っている写真を。

写真に同封する手紙はパソコンで打ってプリントアウトし、封筒に書く宛名と差出人は代筆してもらった。それを郵送した二日後、〈ＧＡＮＣＯ〉から電子メールが届いた。

【写真、ありがとうございます！　テルテルさん、想像してたより何倍もカッコいい！

一緒に写っている人が介助しているお相手の方なんですね。どうぞよろしくお伝えください。いつかお会いできたら嬉しいです。】

罪悪感はなかった。自分は嘘はついていない。彼女が、勝手に勘違いしているだけだ。

そうだ、嘘じゃない、自分も間違いなくそこに写っている。

ただ彼女が【想像してたより何倍もカッコいい！】と言っているのが、俊治の介助者である浅田祐太《あさだゆうた》のことであり、

【一緒に写っている人】【介助しているお相手の方】

それが、俊治である、というだけだ。

勘違いしたのは彼女の方だ。自分のせいじゃない。

そう思わせておけばいい。

このまま会わなければいいのだ。会わなければバレることはない——。

＊　　＊

「すみません、遅れました〜」

ドアを開けながら中に向かって声を掛けると、前のシフトに入っている女性ヘルパーがすぐに出てきた。

「十分過ぎてるよ」

むすっとした顔で言う。

「すみません」

もう一度詫びて頭も下げたが、彼女は「じゃあ、失礼しま〜す」と奥に声を掛けただけで、慌ただしく出て行った。

「遅れてすみません」

部屋に入り、電動車椅子に座っている俊治に対しても頭を下げた。遅刻は今日で五度目ほどになるか。さすがに祐太もバツが悪かった。

怒られるかと思ったが、俊治は何も言わない。右足も動かなかった。

バッグからエプロンを取り出し、身に着けながらキッチンへ入った。

「いつもの、つくります？」

食事は、前のヘルパーが調理・介助をして済ませているはずだった。俊治は食後にいつも、焼酎のレモン割りを二、三杯飲む。深夜帯のシフトは、その酒づくりから始めるのが常なのだ。

俊治の介助についてレクチャーを受けた時に驚いたことの一つが、この「障害者が酒を飲む」ということだった。

「みんながみんなってわけじゃないけど。俊治さんは好きだね。CP《シーピー》っていってもいろいろだから」

その時の山下《やました》の言葉だ。

「障害者介助の有償《ゆうしょう》ボランティアの口がある」と声を掛けてくれたのは、この高校時代の一つ先輩の男だった。

「CPってなんすか」

「ああ、CPっていうのはな……」

山下は得意げに答えた。CPとは、脳性《のうせい》麻痺の英語表記（正確には山下も知らないようだ）の略で、当事者も含め、関係者の多くはそう呼ぶらしい。

「俊治さんは、顔や手足が本人の意思と無関係に動いたり突っ張ったりするタイプのCP。言葉もはっきりしゃべれないからいかにも重度障害者って見えるけど……さっきの酒の話もそうだけど、最初に注意しとくけどよ」

山下はそこで、少し口調を変えた。

「俊治さんは頭はしっかりしてるからな。そこんとこ間違えるなよ」

「はあ」

その時は分かったような分からないような返事しかできなかったが、実際に俊治と接するようになって、少しずつその意味が理解できるようになっていった。

「俊治さん、こいつ、俺の後輩で浅田祐太っていうんだ。今度シフトに入ってもらおうと思って。今日は研修に連れてきたから、よろしく」

初対面の時、俊治は、今日と同じく電動車椅子に座って祐太のことを迎えた。

その姿は、祐太の想像する「重度障害者」そのものだった。頭はやや後方に反り返り、両手足は屈曲して不自然な姿勢になっている。承知の上で来たはずなのに、いざ面と向かうと直視してはいけない気がしてしまう。

「あ、どうも、浅田です、よろしくお願いします」

ドギマギと頭を下げる祐太を見て、俊治は顔を歪めてよく聞き取れない声を出した。

戸惑う祐太の代わりに、山下が笑って応えた。

「最初で緊張してるからさ、いじめないでね」

俊治の表情が動き、再び異様な声を上げた。笑っているのだ、とその時初めて気が付いた。

俊治の右足が動いた。指先が出るタイプの靴下を履いており、その親指で車椅子の足元に取り付けられた板を順番に指さしていく。「文字盤を一文字一文字、足の指で指すことでコミュニケーションをとる」ということを事前に聞かされていなかったら、何をしているのかと呆気《あっけ》にとられたことだろう。

山下は文字盤を覗《のぞ》き込むようにして、指された文字を追っていた。

「お・れ・は・や・さ・し・い・か・ら・い・じ・め・た・り・し・な・い？　そうかな

あ。俺、最初の時、ずいぶんいびられた気がするけど」

俊治が再び笑い声を上げ、足の指を文字盤の上で動かす。

「そ・れ・は・や・ま・し・た・の・か・ん・ち・が・い？　そうだったかなあ。まあいや、そういうことにしておくよ。とにかく、よろしくね」

祐太はもう一度「よろしくお願いします」と頭を下げながら、これほど重度の障害者が冗談交じりに会話をしている、ということに驚いていた。

だが、長く付き合うようになるにつれ分かってきた俊治の能力は、祐太の想像を遥かに超えていた。知識も豊富だったし、頭の回転も速い。祐太が触ったこともない最新型のパソコンを難なく使いこなしてもいた。文章の作成も手慣れたもので、文字盤と同じく足の指で一文字ずつキーボードを打つので時間こそかかるが、書きあがったものだけを見れば、障害など全く感じさせなかった。

「レモン割りでいいすよね」

冷蔵庫を開けながら俊治の方を見ると、彼は首を振っていた。そして、右足を上げる。足の親指で、文字盤を指していった。近くに行って、その動きを目で追った。

い・ら・な・い
初めはとにかく、これを読み取るのに苦労した。一文字一文字ゆっくり指すのではなく、流れるように指を置いていくので、その速さについていけなかったのだ。

だが今はすっかり慣れ、難なく俊治の「言葉」を読み取ることができる。

「いらないの？　どうかした？」

そう言えば、どことなく俊治の様子が変だった。元気がないというか、反応がいつもより鈍い気がする。前任者から特に引き継ぎはなかったから、体調が悪いということはないはずだが。

俊治の右足が、再び上がった。文字盤を指す親指を目で追う。

た・の・み・が・あ・る
「頼み？　なんすか？」

俊治がそういう言葉を使うのは珍しかった。介助者は、基本的に利用者からの依頼に応えて行動する立場だ。つまり、やることはすべて「頼まれごと」なのだ。改まって言う必要などない。

俊治は続いて足を動かした。

ら・い・し・ゅ・う・の・に・ち・よ・う……

「来週の日曜、一緒に映画に……ええと、シフトに入ってる日だよね。いいすよ」

外出の付き添いも仕事の一つだった。その日、映画を観に行くという予定はなかったはずだが、もちろん変更は構わない。映画に同行したことも、今までに何度かあった。

「それだけ？」

そう訊くと、俊治の顔色が変わったように見えた。知らない人には彼らＣＰの表情の変化は読み取りにくいかもしれない。だが付き合いが長くなるにつれ祐太には分かるようになった。

何か考えるような間があった後、俊治が再び足を動かした。

「お、ん、な、の、こ、も……ええ？　女の子も一緒なの⁉」

俊治が肯く。

「すげえじゃん、デート？」

どうせどこかのボランティア学生か何かだとは思ったが、茶化すように言った。

「分かりました、俺はできるだけ邪魔しないようにするから。いない方がいい時があったらそれとなく合図出して。何かサイン決めておく？」

冗談めかして応えたが、俊治は笑わなかった。いつもは大したことじゃなくても口を開けて大きな笑い声を上げるのに。

俊治は神妙な顔で、続けて足の指を動かす。

た・の・み・は・も・う・ひ・と・つ

「もう一つ？　なんすか」

お・れ・の・ふ・り・を・し・て・ほ・し・い

「俺の振り？　どういうこと？　意味分かんないすけど」

俊治が足の指で指していく文字を、祐太は読み取っていった。意味を理解するうちに、さすがに驚いた。

「ちょ、ちょっと待って」

途中で俊治を制し、そこまでの内容を確認する。

「その女の子には、自分が障害者だと話していない？　それで俺が俊治さんの振りをするの？　いや、だって、会えば別人だって分かっちゃうでしょう」

俊治が再び足を動かす。

ゆ・う・た・と・じ・ぶ・ん・が・う・つ・っ・て・い・る・し・ゃ・し・ん・を・お・く・っ・た……

「俺と俊治さんが一緒に写っている写真を送った……ええ？　だから彼女は、俺のことを俊治さんだって思ってるってこと？」

祐太は呆れた顔を俊治に向けた。

「何それ。なんでそんな嘘をつくの」

構わず、俊治は再び足を動かす。

と・に・か・く・え・い・が・に・い・っ・た・と・き・は・お・れ・の・ふ・り・を・し・て……

「俺の振りをして、彼女と話してほしい。本当のことを言ったら、絶対だめだ、って……

そんなの良くないよ。絶対バレるよ」

ば・れ・な・い・よ・う・に・う・ち・あ・わ・せ・し・よ・う・い・ま・ま・で・は・な・し・た・な・い・よ・う・も・お・し・え・る……

「いやいや無理無理。バレたらまずいっすよ。俺だってやだもの」

しかし俊治は、頑として聞かなかった。どうしても自分の振りをしてくれと譲らない。一度でいいから、と懇願する。

それでも拒否していた祐太だったが、最終的に承知したのは、その相手の女の子の写真を見せられたからだった。

可愛かった。

祐太が今まで付き合った、いや知り合った女性の誰よりも、〈GANCO〉というその女性は、美しかったのだ。

こんな人と話せるんだったら、一度ぐらいなら引き受けてもいいか。

そう思ってしまったのだった。

無力の王（2）

昼間のうちに虫干ししておいたブラックスーツに鼻を寄せ、黴臭《かびくさ》さが消えているのを確認してから身にまとった。

洗面所に入る前に時計に目をやる。夕方の六時五分前。この時間に外に出るのは久しぶりのことだ。

学生時代の友人である角田《つのだ》という男が死んだ、という知らせを受け取ったのは二日前のことだった。角田は学部の同級生ではなく、映画愛好会の仲間だった。映画を「撮る」のではなく、「観て」みんなで批評し合うサークルだ。わたしも当時は年に百本以上、劇場で映画を観ていたものだが、今ではすっかり縁遠くなっている。

訃報《ふほう》を知らせるメールには、死因は心筋梗塞らしい、とあった。突然死に近いようだ。驚きとともに「他人事《ひとごと》ではない」と受け止められていて、多くのレスに「俺たちも気を付けなきゃな」と記されていた。

葬儀の場所と日時をメモして、妻にそのことを告げた。

「できれば、通夜に、行きたいんだけど」

妻は少しの間を置いてから、尋ねた。

った。

「仲が良かったの、その人と」

「……まあサークルの仲間だからね」

その答えに、彼女は口元を小さく歪めた。

本当は大して親しくないんでしょ。そう言いたいのだろう。そして、実際にその通りだった。

角田とは他の連中と同様、年賀状ぐらいは交わしていたし、メーリングリストにも入っていたから近況は把握していたが、その程度の付き合いだった。個人的なメールのやり取りをしたこともないし、最後に会ったのがいつかも思い出せない。

だから、どうしても葬儀に参列しなければいけない、という理由はなかった。正直に言えば、参列したい、という気持ちもさほどない。ただ久しぶりに、昔の仲間に会ってみたかったのだ。

介護事業所のサ責（サービス提供責任者）にメールで「時間外だけど頼めるヘルパーさんはいますか」と訊いてみたところ、幸い都合がつくという。改めて妻にその旨を告げ、「行っていいよね」と確認をする。

「行きたければどうぞ」

返ってきたのは木で鼻をくくったような言葉だったが、許可を得たと受け止め、介護事業所に「頼みたい」旨、返事をしたのだった。

チャイムが鳴り、玄関が開いた。

「こんばんは～。スギイシ介護事業所の高野《たかの》です」

六時ちょうど。ネクタイが曲がっていないか鏡でもう一度確認をして、洗面所から出た。

「こんばんは」玄関先で靴を脱いでいる夜間専門のヘルパーさんに声を掛ける。

「遅くにすみませんが、よろしくお願いします」

「はい。行ってらっしゃいませ」

「じゃあ、行ってくるから」

一応寝室の方に向かって告げてから、玄関のドアを開けた。

陽《ひ》はすでに落ち、街灯が点《とも》り始めていた。歩き出すと、夜の冷気が心地よい。

こんな時間に外に出るのはどれぐらいぶりだろう、ともう一度考える。思い出せないほど久しぶりのことだった。友人の通夜に行くのに不謹慎だとは思いながらも、弾んだ足取りになっているのは否めない。

通夜は、角田が住んでいた町の斎場で執り行われるということだった。電車を乗り継ぎ、郊外といっていい、初めて訪れる駅で降りた。駅前からはバスも出ていたが、ふんぱつしてタクシーに乗った。斎場の名を告げると、運転手は「分かりました」と肯き、車を発進させる。

タクシーの窓から、見知らぬ町の姿を眺める。角田は本社に戻ってきたのを機に、この地に家を建てたのだった。分譲マンションを購入した者は何人もいたが、一軒家を建てたのはたぶん仲間うちでも角田だけだろう。その角田が最初に死んでしまうとは、何とも皮肉だった。

タクシーが着いた斎場には、「故角田史郎《しろう》儀葬儀式場」の看板が出ていた。さすがに浮ついた気持ちは消え、少しの緊張感を覚えながら式場へと入って行った。

読経《どきょう》はすでに始まっていた。記帳を済ませ焼香の列に並ぼうとすると、前の方に見知った顔を何人か見つけた。目が合った者たちと黙礼を交わす。

祭壇の上に、角田の大きな遺影が掲げられていた。知っているよりかなりふっくらとした顔で、にこやかに笑っていた。

こんな笑顔をする奴だったっけ、とふと思う。わたしの知る角田は、いつも仏頂面で、飲み会の席では誰彼となく議論をふっかける男だった。卒業後に数回会った席ではさすがにそういう振る舞いは見られなくなったが、角田と言えばやはりあの頃の挑戦的な姿が思い浮かぶ。

あれから、どんな人生を送っていたのだろう、と思う。

卒業してから、いや、学生の頃から角田のことなど何も知らなかったのだ。結婚式にも招待されていないから、遺族席で悄然《しょうぜん》と俯いている喪服姿の夫人にも、その横で居心地悪そうにしている大学生ぐらいの男の子と女の子についても、会うのも見るのも初めてだ。

自分の番がきて、前に進み遺影に向かって手を合わせてみるが、胸の内でさえ掛ける言葉が思いつかなかった。結局ほかに倣《なら》って形だけ合掌し、遺族に一礼する。彼らの悲しみと、自分の中のからっぽさとの落差に、引け目だけを感じながら下がった。

廊下に出て香典返しの紙袋を受け取っていると、「久しぶりだな」と声を掛けられた。河本《こうもと》という、やはりサークルの仲間だった。彼とは、角田より多少付き合いは深い。

「ご無沙汰」

「だな。よく出てこられたな」

河本は、わたしの「事情」について少しは知っていた。

「まあ、こういう時ぐらいはな」

河本は肯き、「あっちに梶《かじ》や、やっちんもいるよ。ちょっとは時間あるんだろ」と別室の方へ促す。時計に目をやった。三十分ぐらいだったらいられそうだった。

「ほんとにちょっとだけだけど」

「それでもいいよ、供養だからな」

河本の後について、通夜振る舞《ぶま》いの部屋へと入って行った。

「よう」

「久しぶり」

懐かしい仲間の顔がいくつもあった。ＯＢ会の類いにも出席していないから、こうしてみなが揃っているのを見るのは、それこそ卒業以来かもしれない。

「奥さん、憔悴《しょうすい》してたなあ」

「下の子はまだ高校生だろ、これからいろいろ大変だよな」

「角田もせっかく本社に戻ってきて、これからって時だったのになあ」

しんみりと故人を悼む会話は、しかしすぐに終わった。

「俺も他人事じゃないよ。血圧も血糖値も高いから」

「俺も、尿酸値がやばい」

「薬飲んでる？」

「飲んでる飲んでる」

「運動とかは？」

「最近、駅一つ分歩くようにしてるよ」

「あ、それ俺もやってる」

「ジム行ってもその後いつもより飲んじゃうからな、プラマイゼロだよな」

話題は、もはや仕事や家庭のことより、互いの健康のことだ。揃って五十を迎えているのだから無理もない。

「お前は大丈夫か」

河本から振られ、「ああ、体の方は大丈夫」と答えた。

「まあ、でもあまり無理するなよ」

「そうそう、たまには息抜きも必要だぞ」

梶や野上《のがみ》も会話に加わってきた。

梶は自動車メーカー、野上は石油プラントの大手に勤めている。銀行員である河本も含め、みな管理職に就いているはずだ。経済学部や商学部生が多かったサークルの中ではわたしだけが異質な存在だったから、彼らが一流の会社に就職したことや出世していく姿を見聞きしても、羨望は感じなかった。

だが、今は少し違う。

彼らのことが、羨ましかった。地位や収入に対してではない。

自由であることに。

いや、彼らとてもちろんそれなりに不自由はあるのだろう。会社で、家庭で。わたしには計り知れないプレッシャーや気苦労にさらされ、好き勝手できるわけではないに違いない。

それでも。彼らは「自由」だとわたしの目には映る。

仕事が終われば飲みに行き、時間を気にせず日ごろの憂さを晴らし、帰ればベッドにバタンキューできる。毎日毎夜、三時間置きに起きて妻の体位交換をする必要もなければ、真冬の深夜に、失禁して汚れた妻の下着を暖房のきかない浴室で震えながら洗うこともない。たまには息抜きも必要？　そんなことは言われなくても分かっている。息抜きしたくてもできないのだ、許されないのだ。

だがもちろん、わたしはそんなことは口にしない。

わたしにできるのはただ、作り笑いを浮かべ、曖昧に肯くことだけだった。

「しかし、偉いよな」

「俺には真似《まね》できないよ」

そう言われるのが苦痛だった。彼らの「俺にはできない」という言葉の奥には、「可哀そうに」という響きがある。感嘆の中に潜む憐憫《れんびん》。

同情されているのは妻ではない。わたしだ。やめろ、同情なんかするな、俺は可哀そうなんかじゃない！　俺のことを見下《みお》ろすのはやめろ……！

やがて通夜振る舞いもお開きになり、みなはどこかで飲んでいくという。わたしの方はもう、出なければならない時間だった。

「悪いけど、俺は帰るわ」

「そうか」

誰からも引き留められなかった。

「じゃあ」

踵《きびす》を返しかけた時、「待って、私も帰る」と、それまであまり会話を交わしていなかった仲間の女性の一人が言った。

「車で来てるから、駅まで送るわよ」

「ええ、やっちんはまだいいじゃん」

わたしのことは引き留めなかった彼らが、一斉に抗議の顔を向ける。

「そんなに遅くなれないわよ、これでも主婦だもの」

やっちんこと、大竹靖子《おおたけやすこ》はさらっと応えた。

「何、だんなさんうるさいの」

「そうでもないけど。まあでも今日は帰る。車だから飲めないし」

これ以上引き留めても無駄だと悟ったのか、彼らは不満げな表情を浮かべながらも、

「そうか、じゃあ気を付けてな。またな」

と見送った。

彼らがわたしに向ける顔に、先ほどとは一転してやっかみと妬みが入り交じっていることに、気づいていた。

「車、こっち」

駐車場に向かって歩き出す靖子に続いた。

「いいの」

「何が」

「俺と一緒に帰って。なんか連中に恨まれそう」

靖子はフフッと笑った。

「今さらそんなのもないでしょ」

そんなことはない、と思う。むしろ「今だから」あるのだ。

わたし以外にはみな子供もいるが、子育ての時期はとうに過ぎている。仕事に追われ会う機会も会いたいと思うこともなかった頃を過ぎ、昔の仲間が懐かしくなっているのだ。「今」についての愚痴をこぼしながら、「あの頃」の思い出話に花を咲かせる。そこに女性がいれば場は華やぎ、多少艶《つや》っぽい話題も出て盛り上がるのは間違いない。特にサークルのマドンナ的存在だった靖子には、残ってもらいたかったに違いない。

駐車場に止めてあった国産のセダンに近づいていく靖子に、

「きっと今頃、いろいろ言われてるよ」

と背後から言った。

「いろいろって？　ちょっと出すからそこにいて」

運転席に乗り込んだ靖子がエンジンをかけ、車を動かした。彼女が運転するのを見るのは初めてだった。狭いスペースから危なげなく車を出し、乗りやすいようにわたしの横につける。慣れたものだった。

「どうぞ」

彼女が言うのに肯き、助手席に乗り込んだ。

「じゃあお言葉に甘えて、駅まで」

「了解。シートベルトしてね」

慌ててシートベルトをしたところで、車は静かに発進した。

「で何？　いろいろ言われるって」

聞き流したと思っていたのに、靖子が話を戻した。

「いや、そりゃあ……二人揃って帰るなんて怪しいとかなんとか」

「言うかしら」

「言うさ」

「だって誰も知らないでしょ、私たちのこと」

わたしは、言葉に詰まった。

私たちのこと。その甘美な響きに、瞬間的に下半身に熱が宿るのを感じる。

靖子が訊く。「誰かに話した？」

「いや話してない」

「じゃあ誰も思わないわよ、そんなこと」

彼女はもう一度、フフッと笑った。

そう、たぶん誰も知らない。

靖子は学生時代、仲間の誰とも付き合うことはなかった。けん制し合っていた一年生の前半を終えたところで先陣を切って河本が告白し付き合ってくれと迫ったが、「他の大学に彼氏がいる」とフラれた。普通はそういうことがあると気まずくなりサークルをやめたりするものだが、彼女はそれからもわたしたちと行動を共にし、仲間であり続けた。「他の大学の彼氏」とは、卒業後に靖子の結婚式で会った。想像した通りの育ちの良さそうなイケメンで、みな、納得したものだった。

「××駅まででいいの？」

わたしがタクシーを拾った駅の名を口にする。

「うん、悪いね」

「もっと乗り換えのいいところまで行ってもいいよ。おうち、どこだっけ」

「いや大丈夫。新宿まで出れば一本だから」

「そう？　どうせついでだけど」

もちろん、もっと乗っていきたいのは山々だった。彼女とは、積もる話は山ほどある。

靖子が口にした「私たちのこと」――実は彼女とは、ほんの少しだけだが付き合ったことがあった。いやあれを「付き合った」と言っていいのだろうか？

キッカケは、ちょうど今日のように、飲み会の帰りに同じ沿線に住む彼女と二人だけになったことだった。混み合う電車の中でくだらない話で笑い合い、次が靖子の降りる駅になったところで、酔いも手伝い「もうちょっと飲んでいかない？」と誘ったのだった。

「うん、いいよ」

驚くほどあっさり彼女は同意した。そして「知ってる店あるから」と彼女の最寄り駅で降り、駅前のこじゃれたバーに二人で入った。

そこでどんな会話を交わしたかは覚えていない。飲んでいるうちに終電の時間は過ぎていたことに、わたしも彼女も気づいていた。気づかぬ振りをして飲み続け、店が看板になった後は自然な成り行きで、彼女のアパートまで並んで歩いた。

1Kの部屋のドアを閉めた途端、わたしは彼女を抱き寄せ、キスをした。彼女は拒まなかった。靴を脱ぐのももどかしく、抱き合いながらずるずると部屋の中を移動し、ベッドに倒れ込んだ。しかし、そこまでだった。彼女のスカートの下に手を入れようとしたわたしを制止し、「待って」と彼女が言ったのだ。「今日は待って」と。「なんで」と訊くわたしに、「私、付き合ってる人がいるの」と彼女は答えた。「知ってる」「だから待って」「だからなんで」「今日はここまで」「なんで」「なんで」堂々巡りだったが、拒否されてしまえば先に進むことはできなかった。わたしは大きなため息をついてベッドに寝転がった。「ごめんね」「謝らなくてもいいけど。今日はっていうことは次はあるの」「ちょっと考えさせて」「考えるって」「どうするか」「そいつと別れるってことを？」「ちゃんと考えるから」。いずれにしても今日はダメということが分かった途端、急激に酔いが回ってきた。「始発までいさせて」「うん、寝てていいから」こんな状態で寝られるかと思ったが、夜が明けるまでわたしは爆睡してしまい、朝、彼女の「おはよう」という声で起こされた。

靖子がつくってくれたハムエッグとインスタントコーヒーにトーストという朝食を、狭い部屋で向かい合って食べた。今思い返すと、あれが人生で一番幸せな瞬間だったのかもしれない。「希望」しかなかったあの短い時間。

だが結局、「次」はなかった。その後もサークルで顔を合わせたが、まるであの日のことはなかったように彼女は接した。わたしは、彼女からの電話を待った。こちらから掛けるということは考えなかった。「待って」と言われたのだから待つしかない。そして、そのまま何もなく、靖子との仲は終わった。一度限りのキス。一晩だけの思い出――。

もう忘れている――いや、覚えていないだろうと思っていた。だから、彼女の口から「私たちのこと」という言葉が出たことに驚き、嬉しく、そして一瞬にして下半身が熱くなったのだった。あの時のように。

「でもみんな、オジサンになったよね～」

靖子が軽い口調で言った。

「人のことは言えないけど。野上くんなんてしばらく誰だか分からなかったわよ」

確かに、見事に頭髪が後退していた野上をはじめ、久しぶりに会う友人たちはみな、驚くほど老け込んでいた。

「やっちんは変わんないよ」

「サンキュ。カズくんも変わらないよ」

「褒め合ってどうする」

照れくさくて混ぜっかえしたが、正直、嬉しくはあった。自分が口にしたこともお世辞ではない。

今日来た一番の目的は靖子に会うことではあったが、すっかりおばさんになっているのだろうと内心怖くもあった。だが、彼女は驚くほど若々しかった。もちろんよく見ればそれなりにしわやたるみはあるのだが、スタイルは昔のままで、シンプルな黒の装いが年相応の美しさを引き出していた。

「車、運転するのは意外だったな」

どうでもいいことを口にするわたしに、「だよね」と彼女は応えてくれる。

「子供が小さい頃、送り迎えに必要で免許とったの。車の名義はだんなだけど、運転するのは私の方が断然多いかな」

「家族で出かけるときもやっちんが運転するの」

「今はそういうこともないけどね。子供は二人とももう出てっちゃったし。だんなと二人でドライブなんてないからね」

そう言って、小さく笑う。

「ていうかね、今は、仕事で運転するの。食材の宅配って分かるかな。そういうのやってるのよ、パートだけど」

「そうなんだ……」

「ま、この年で働けるだけありがたいわよ」

口調は明るいが、どこか投げやりなニュアンスがあった。

靖子も他の仲間同様、卒業後は一流の会社に就職をした。彼女だったら総合職でも問題なく就けただろうに一般職の道を選んだのは、その時からすでに結婚のことが頭にあったのだろう。そして予定通り寿《ことぶき》退職をした。それから二十年以上のブランクがあり、特別なスキルがあるわけでもなければ、この年になっての再就職は難しいに違いない。

それにしても、靖子が食材の配達か……。

職業差別と怒られるかもしれないが、あの頃の輝いていた姿とのギャップに、一抹の寂しさを覚えたのだった。

「カズは今は仕事してないのよね」

「……うん」

そう、妻の介護に専念するために仕事は辞めた。今は、妻の障害年金と事故の時に得た保険金を生活費に充《あ》てている。実はこの件に関しては、わたしと妻の間では見解の相違があった。

わたしには、「仕事を辞めたのは介護のため」という思いがあった。いや、それは事実だ。たとえ重度訪問介護の制度をフルに活用したとしても、すべての時間をカバーできるわけではない。仮に支給量（行政から許可されたヘルパー派遣を利用できる時間）が今以上にあったとしても、どの事業所も人手不足の現状では、頼めるヘルパーがいないのだ。

いや、そもそも妻がそれを望まない。

それゆえ、自分が「仕事に出る」わけにはいかないのだった。

しかしそんなことを口にすると、

「私のせいっていうわけ？」

いつもの尖った声が返ってくる。

「私のお金で仕事をしないで済んでるんだからいいじゃない」

そう簡単に割り切れるものではない。できることなら、仕事は続けたかった。介護を始めるにあたっては在宅ワークも模索したのだが、以前の職場では結局それは叶わなかった。

無職の身になったことは、想像以上に不安な気持ちを抱かせた。収入面のこともあるが、それ以上に、社会との繋がりを断たれたようで心もとなかった。

しかし、実は今、わたしには「家でやっていること」があった。まだ「仕事」とはいえないが、それに繫がってくれればいいと願っていることが。

つい、それを車の中で靖子に話してしまった。

「いいじゃない」

彼女は言った。

「なんとかなるといいね。カズならやれるわよ」

本気で言ってくれていると感じて、じんわりと嬉しさがこみあげてくる。

何とかなれば。

本当にそう思う。いや、何とかしなければならない。今の生活から、この閉塞状況から脱出するためには。その思いだけが、今のわたしを支えていると言ってもいいぐらいだった。

靖子が、さりげなく口にした。

「時間あるなら、少し休んでいく?」

本当にさりげなく、そう――。

思わず「そうだね」と答えそうになり、寸前で思いとどまる。

いや、思わずではない。飲み込んだ後、その思いが本心からのものであることに気づいた。わたしも、心からそうしたい。だが。

「……帰らないといけないんだ」

わたしはそう答えた。自分もできるだけさりげない口調をつくって。

「そうよね」

彼女は何でもないように肯いた。

それきり、二人とも無言になった。

彼女がどんなつもりで、その言葉を口にしたのかは分からない。数十年振りに再会し、「私たちのこと」を思い出し、あの時果たせなかった続きを、と本気で思ってくれたのか。

だが、おそらく違うだろう。わたしが普通に結婚生活を送っていたら、彼女はそんなことは言わなかっただろう。

たぶん、同情してくれたのだ。今のわたしの境遇に。そして「昔のよしみ」で、つい、そんなことを口にしてしまったのだろう。わたしが肯かなかったことで、安堵しているに違いない。

だが、わたしは違った。

せっかくの彼女からの誘いを断ってしまったこと。断らざるを得なかったことに断腸の思いを抱いていた。本当はそうしたいのは山々なんだ。いけないことだなんて思っていない。気持ちも、体の一部も、完全に臨戦態勢なんだ。でも、できない。

言い訳でもなんでもなく、本当に「帰らなければいけない」から。ヘルパーがいてくれる時間は決まっていた。それまでに帰宅しなければならない。ただ、それだけの理由だった。

車が、駅前のロータリーに着いた。

「ありがとう」

「うん」

助手席から降り、車に向き直る。

「じゃあ」

彼女が、ぎこちなくほほ笑んで、手を振った。そして、前を向くと、車を発進させた。

出てもいいはずの「またね」という言葉は、どちらの口からも出ることはなかった。

時間ギリギリだった。駅からはほぼ駆け足で、何とか高野さんと入れ違いに帰宅する。

「ありがとうございました。遅くまですみません」

「失礼します」

高野さんを見送り、一つ深呼吸してからリビングのドアを開けた。

「ただいま」

妻はベッドの上で半身を起こしていた。寝ていてくれればいいのに、と思うが、なぜかこういう時は決まって起きたまま迎える。「お帰り」の言葉もなく、わたしの顔をじっと見つめる。

「飲んできたんだ?」

妻から出たのは、その言葉だった。「ご苦労様」とか「もっとゆっくりしてくればいいのに」などという言葉は端《はな》から期待していなかったが、さすがにそれはないだろう、と落胆する。

「そりゃ通夜だからね」

そう返すのが精一杯だった。

飲んじゃ悪いか。急いで帰ってきたのも分からないのか。ワンチャンの誘いも断って帰ってきたのに!

もちろんそんな言葉を口にするわけもなく、

「飲み足りないからビール飲むけど」

とせめてもの嫌味で応えた。だが妻から出たのは、

「私も飲むから」

という当たり前のような声だった。

部屋着に着替えてから、二人で、ほぼ無言のままビールを飲んだ。テレビには今やすっかり人気者となった大柄な異装タレントが画面狭しと映っており、いつものように素人相手に毒舌をまくし立てている。妻はこのタレントがお気に入りで、あんなに好きだった映

画はすっかり観なくなったのに、彼女の出る番組は録画してまで視聴している。今も時折笑い声を上げながら、オーバーテーブルに置かれた缶ビールに挿したストローを時折すすっている。なぜか彼女は、ヘルパーがいる時は酒を飲まない。いつものように飲めばいいじゃないかと思うが、そう言っても首を振るだけだ。

それなのに、わたしが帰ってくるとこうして酒を要求する。わたしの方は全く「飲み直し」にならず、早く終わらないかと黙ってテレビの画面を眺めるだけだ。

今日の通夜以上に沈鬱な「二次会」は、幸いにして一時間ほどでお開きとなった。空き缶を片付け、二人分の歯を磨き、妻のベッドを倒した。

隣の部屋へ行き、いつものようにパソコンを起動させる。マウスをクリックし、そのページを立ち上げた。

靖子に話した「家でやっていること」が、これだ。

――「仕事」っていうのは、別に対価をもらってすることに限らないの。したくないけどしなければならないからする、それを「仕事」っていうの。

妻の言葉を借りれば、これはあらゆる意味で「仕事」ではないだろう。今のところ対価は雀《すずめ》の涙程度だし、「したくないけどしている」わけでもない。誰から頼まれたわけでもなく、指示されたわけでもない。いや、これしかすることがないから。

したいからしている。

今まで誰にも言えなかった。今日、靖子に初めて話したのだ。

話せるわけがない。

五十を過ぎた男が、一円にもならない「文章」を、寸暇《すんか》を惜しんで書いている、などと。

最初は、誰に読ませる気もなかった。単なる愚痴のはけ口だ。それでもただ日記のようにパソコンに向かって打っているだけというのも味気なかったので、インターネット上に匿名のブログページを開設した。

書く内容は、自然、「日常雑記」になった。中心は、やはり妻とのことだ。

書くことには困らなかった。人が読んで面白いとか面白くないとかは関係ない。むしろ、誰にはばかることなく、胸の奥にため込んだ思いを、自由に吐き出せる快感があった。

その文章に、いつしか、「読者」がつくようになった。

もちろん友人・知人に知らせるわけもないから、みな、どこの誰ともしれない赤の他人だ。インターネットは世界に向けて発信されていると頭では分かってはいても、本当にそれを読む者がいるとは思いもしなかった。

そして、ぽつぽつとコメントがつくようになった。

最初は、「大変ですね」といった同情めいた書き込みや、「○○に相談してみたらもっといい介護の仕方が見つかるかもしれませんよ」というアドバイスが多かった。

それが次第に、「本音まるだしで面白い」「悲惨だけどどことなくペーソスを感じる」というように、「読み物」として評価するコメントが増えていった。

その中に、「ただブログで書いているだけではもったいないかも。今は課金してもらうコンテンツもありますよ」という助言があった。

素人が書いた文章に他人がお金を払う。そんな世界があるのを初めて知った。たとえ僅かであれお金になるのであれば、張り合いも違う。百円でも二百円でも課金してくれる人がいれば、というぐらいの気持ちで、最初は無料分として今まで書いたものの半分ぐらいを載せ、それ以降は「有料記事」にしてみた。すると驚いたことに、課金されることが増えてきたのだ。

そうなると、筆ものる。時間を見つけては文章を書きネットにあげる、ということが、今では「生きがい」になっていた。

もし、これで食べていけたら――。

そんな淡い夢を抱きながら。

わたしは再び、パソコンに向かった。

ある時、妻が突然、「カッターナイフをとって」と言ったことがある。

もちろんわたしは、「何に使うの」と尋ねた。何に使うにせよ、彼女が自分でカッターナイフを操ることはできないのだ。

「何か切りたいものがあったらやるけど」

「いいから持ってきて」

返ってきたのはいつものように不機嫌な声だ。

「だから何に使うの」

「なんでもいいから！」

しかしわたしは、妻にカッターナイフを渡すことはなかった。彼女もそれ以上言い募りはしなかった。

あの時、妻が何をしようとしていたかは、分からない。

しかしその件があってから、念のためにヘルパーにも「たとえ強く要求されても、刃物を渡すことはしないでください」と伝えた。彼女たちは黙って肯いた。もしかしたらヘルパーの職務要綱（そんなものがあるかどうかは知らないが）に「危険物は指示されても渡してはいけない」というような一文があるのかもしれない。

しかし、たとえわたしがそんなことを言わなくても、ヘルパーに妻がそういうものを要求することはないだろう。

ヘルパーがそんなことの手助けをしてくれるわけがないと知っているから。

だがわたしならば？

頼めば手助けをしてくれるかもしれない。

そう思っているのだろうか。

いつかテレビで、海外の事件ものの再現ドラマが流れていたことがあった。食事をしながらつけていただけで、特に真剣に観ていたわけではない。

病気の妻を抱えた夫が、浮気をした上、その浮気相手と共謀して妻を殺そうと企てる、というような内容だった。

いつも妻が飲んでいる睡眠薬の致死量分を、夫が騙して飲ませ、自殺に見せかけて殺すことに成功する。しかしその後、薬をいつも飲ませていたのが夫だったことを知り不審に思った警察の調べで、夫と浮気相手が共謀して殺害したことが発覚する、といったストーリーだ。

「馬鹿ね、この男は」

妻が、ふいに言った。

彼女が観ていると思わなかったので少し驚いたが、わたしは、「そうだな」と適当な相槌を打った。

妻は誰にともなく呟いた。

「罪に問われないで殺す方法なんていくらでもあるのに」

わたしは何も答えなかった。

妻は構わず続けた。

「例えば、車椅子で外に出た時ね。夫がいつも妻の車椅子を押してるんだから、誰も見てないのを見計らって、坂道とかで手を離すだけでいい」

妻の視線は、テレビに向いたままだった。

「故意か過失かなんて、誰にも分からない。私とあなたしか」

確かに妻はそう言った。

私とあなたしか。

聞き間違えではない。

だから、お願いね。

妻は、そう言っていたのだ。

私が頼んだ時には、何も考えず、そうして、と。

何も考えず――。

そう、考えるのは頭の役目。

手足は何も考えない。

わたしは、一生君の手足になると。

今から八年前に、誓ったのだから。

妻が事故に遭った、あの時に――。

真昼の月（2）

　これまで、仕事と全く無縁の相手と出会う機会はほとんどなかった。近所づきあいと言えば、マンションの管理組合の定例会で月に一度他の住人たちと顔を合わせるぐらいで、子供がいないためそっちの関係もなかった。

　それが最近、仕事終わりに一人でバーやスナックに立ち寄る習慣ができたことで、職業を尋ねられる機会が増えた。一志は普通に「建物の設計をやっています」とか「設計事務所で働いています」と答えるのだが、そうすると相手は大抵、少し驚いた顔になり「凄《すご》いですね」とか「大変なお仕事ですね」という反応をする。その時向こうの頭に浮かんでいるのは、「建築家」のイメージなのだろうと一志は思う。家やビルなどを設計している人、と。

　ほとんどが一期一会《いちごいちえ》の相手にそれ以上の説明はしないが、一志は、正確には「建築家」ではない。いや建築家というのは画家や音楽家と同じでそのジャンルを職業とする者の総称であるから、そう名乗っても別にいいのかもしれない。

　言い方を換えよう。一志は、「建築士」ではない。つまり、国家資格である一級・二級いずれの建築士の資格も持っていない。ゆえに「設計士」と言うことはできても、建築士と名乗ってしまうと詐称になる。

しかし、資格を持っていなくとも建築の仕事に携わることはできる。現在働いている事務所でも前の会社でも、設計に携わりながら資格を持っていない者は一志の他に何人もいた。会社の中に一人でも一級建築士の資格を有している者がいれば、建築士事務所の看板を出すことができ、どんな建物の設計をすることもできる。事務所や会社のトップが資格を持っていなければならないわけではない。実は名の通った「建築家」の中にも、一級建築士の資格を持っていない者もいる。世間はそんなことは知らないし、どうでもいいことに違いない。

一志ももちろん、資格を取ろうという気持ちはあった。いや、当然取るつもりでいた。しかし最初に入った会社が忙しく、専門の学校に通うどころか独学で勉強をする暇もなかったことで、とん挫した。

資格がなくとも百平米《へいべい》未満、二階建て以下の木造住宅に限っては設計ができるため、前の会社での中心業務だった展示会のブースの設計には支障はなかったし、現在の事務所に移ってからも、監理業務こそできないものの店舗やオフィスの設計チームの一員として仕事をすることには全く問題がなかった。

デザインのセンスや技術的なことに関しては社長も含め、他の社員たちからも一定の評価を得ていたため、いつの間にか今さら資格を取る必要もないか、という気になってしまっていたのだった。

実際、転職してからこれまで、仕事に不満を覚えたことはなかった。今の事務所は良くも悪くもアットホームで、人間関係の悩みもなく、給与に関しても満足していた。

これまでは。

一志が事務所の仕事の仕方に関して疑問を抱くようになったのは、自社が設計したビストロ風のレストランに客としてふらっと立ち寄ったことがキッカケだった。

ワインの種類が豊富かつすべてグラスで頼めるのが売りの店で、アラカルトも充実していてその上、低価格に抑えているという話だった。

その日、仕事が早く終わったもののいきつけのバーが開くにはまだ間があり、軽く腹ごしらえでもするかと訪れたのだった。

だから、最初は長居をするつもりはなかった。

評判通りにワインや料理は美味《うま》く、コストパフォーマンスも良かった。ベテランの建築士により設計された店内は洒落《しやれ》た雰囲気で、内装のセンスも良かった。

それで当初の予定より長居してしまったのだが、一時間を過ぎた辺りから、何となく落ち着かなくなった。店内はさほど混んでおらず、騒がしいわけではない。接客にも問題はない。考えられる理由はただ一つ——文字通り「落ち着かない椅子」のせいだった。

見た目はお洒落だが、やや幅が狭く、クッションも弾力性に欠ける。普通に飲み食いしている分には何ともないが、一時間も座っていると落ち着かなくなってくる。

店の設計をしたのは、腕は確かで、一志とも親しい伊藤《いとう》という先輩社員だった。椅子までオリジナルでデザインするところまではいかずとも、当然彼がセレクトしているはずだ。

なぜこんな椅子を発注したのか、と店を出てからも気になった。

翌日の昼休み、たまたま伊藤とランチを共にすることになり、一志は店に行ったことを話してデザインについて褒めた。

「ああ、行ってくれたんだ。結構悪くないだろ？」

「ええ、料理も美味かったし、あのレベルであの値段だったら客は入るでしょうね」

「うん、そこそこ人気らしい」

「ところで……」

一志は、彼の気に障らないよう注意しながら、気になっていたことを尋ねた。

「ああ、椅子な。あれ、クライアントからの注文だったんだよ」

全く悪びれたところなく、彼はそう答えた。

「注文？」驚いて尋ね返した。「座り心地の悪い椅子、っていう？」

「座り心地が悪いっていうのはずいぶんだな」伊藤が苦笑する。

「すみません。でも、具体的にはどういう指示だったんですか？」

「『長時間の滞在はなるべく避けたいのでそのような配慮を』ってな。要は、客の回転率を上げたいんだろ。ビストロのマック化、極まれり、だな」

伊藤はそう言って自虐的な笑みを浮かべた。

回転率？　居酒屋だったらともかく、料理や酒はもちろん、雰囲気も含めゆったりくつろいでもらうのが目的のレストランで？　それこそ回転寿司じゃあるまいし……。

その時は、ただその店の方針に呆れるだけだった。

しかし実は、同様の注文はその店に限ったことではないと、しばらくして知ることになったのだった。

「社会思想としてのアーキテクチャって知ってるか」

数日後、社長に呼ばれ、滅多に入ることのない高級寿司店で食事を共にしていた時のことだった。

社長との会食自体は、さほど珍しいことではなかった。著名な設計事務所から独立し、「大手にはできないきめ細やかな仕事」をモットーに現在の事務所を立ち上げた彼は、社員の意見を掬《すく》い上げることを大事にしており、定期的に従業員一人一人と食事をし、飲める相手なら酒を酌み交わし、普段口にできない会社や仕事への不満はないか、仕事上や人間関係で何かトラブルを抱えていないか、といったことに耳を傾ける機会を設けていた。

実際は、酒の席とはいえ面と向かって社長に本音をぶつけられるわけもなく、経営者のただの自己満足に過ぎないと誰もが面倒に思っていたのだが。

とはいえ、仕事が忙しければ断ることも可で、自腹では行けないような店で飲み食いできることも確かだったため、一志は過去にも何度か今日のような席を共にしていた。

社長が突然、妙なことを言い出したのは、目当てのネタはあらかた注文し終え、上等な日本酒でほろ酔いになりかけた頃だった。

「――社会思想としての、ですか？」

言われた意味が分からず、問い返した。

一応建築を学んだ身として、一志もアーキテクチャが何たるかは知っている。一般的には建築そのものを指し、建築学においては建築様式や構造などのことを言う。

しかし、「社会思想としての」っていうのは何だ？

「そうだよ」社長は、当然のような口振りで続ける。「建築そのものの他にも、人の行動を制約したり、一定の方向へ誘導したりするようなデザインや構造のことを『アーキテクチャ』と呼ぶことがあるんだ」

まだ合点がいかない顔の一志に向かい、社長は諭すように話した。

「例えば法律は、取締りと刑罰で人の行動を制約するものだろ？　社会規範っていうのも、道徳的な教えで人の行動を制約してるわな。市場《しじょう》も、実は人の行動を制約したり、誘導したりする」

「つまり、マーケティングだよ。派手なコマーシャルをうったり価格を変動させたりすることによって人の購買行動は変わるだろ？」

「はあ、まあ」

「それともう一つ、人間の行動を制約する手法として、建物の設計を変えることで人の行動を誘導する。そういう『アーキテクチャによる制約』があるんだよ」

「アーキテクチャによる、制約……」

いつものが始まったか、と思いながら社長の言葉をオウム返しにした。酒が進んでくると、説教モードというほどではないが、よく意味の摑めない哲学めいた教訓話をするのが社長の癖で、それがなければ会食もさほど苦にはならないのだが。

「そうだ」一志のリアクションも気にならないようで、社長は機嫌よく続ける。

「建物の設計を変えることである選択肢を選びやすくする。逆に、ある行動をとることが不快になるような環境に変える。そういったデザインをすることで、人々が自発的に一定の行動を選ぶように誘導するんだ。いわば建築が社会を、世の中を変えるんだ。凄いだろ？」

「……はあ」

社長が何を言いたいのか、さっぱり分からなかった。

「市場……」

「――お前、店の『椅子の座り心地が悪い』って伊藤にイチャモンつけたそうだな」

突然、話が変わった。

「え、あいや、イチャモンだなんて」

先日、先輩社員に尋ねたレストランの椅子のことだ。思ってもみない方向に話がいって、泡を食った。

「ああイチャモンじゃないか、親切な感想か、建設的なご意見か」社長が皮肉を込めた口調で言う。「ま、どっちでもいい。伊藤が言ったように、あれはクライアントからの指示でもあり、うちが最近、設計プランの際に提案しているコンセプトの一つでもある。つまりそれが、社会思想としてのアーキテクチャだ」

話が元に戻って、さらに戸惑う。一体どこでどう繋がるのだ？

「設計プランによってコンシューマーの動向を一定の方向へと促し、クライアントの収益へと繋げる。お前もそろそろその辺のことを頭に入れておいた方がいいな」

なおも話を飲み込めない一志に向かって、「俺はお前には期待してんだよ」と社長は続けた。

「なまじ一級建築士でございなんて鼻を高くしてる奴より、よほどプロに徹してる。汚れ仕事も厭《いと》わない。技術も確かだ。あとは、こっちだよ、こっち」

社長は、人差し指でこめかみの辺りをトントン、と叩いた。

その件を、どう受け止めていいのか、よく分からなかった。何かを忠告されたのか、ただのいつもの雑談なのか。

そして自分に対する評価――。認められているのか、けなされているのか。

中沢とは、いつものように新宿の安居酒屋で落ち合った。

「最近、尿酸値と血糖値がやばいんでな」

そう言って二杯目は生ビールから焼酎の水割りに変えたこと以外は、中沢は以前と変わらないように見えた。彼が最近抱えた案件についてクライアントや上司に対する不平・不満を聞いた後、一志も愚痴交じりに社長との会食で言われたことをこぼしたのだった。

中沢の意見を聞きたかったのは、自分に対する社長の評価についてだったのだが、彼が食いついてきたのは、意外にも「社会思想としてのアーキテクチャ」の方だった。

「それは、『排除アート』と同じ理屈だな」

中沢の口から出てきた聞きなれない言葉に、戸惑った。

「排除アート？　何だそれ」

「うん、俺も最近知ったんだけどな……俺は今、住宅の方をやってるから、都市デザインとか、パブリックデザインとかもそれなりに勉強するわけだ」

「ああ、うん」

いつも馬鹿話ばかりの中沢から、そういった専門的な言葉を聞くのは初めてのような気がした。

「最近、公園のベンチなんかが座りにくくなっているのに気づかないか？」

「公園？　うーん……あんまり行かないからな」

「行ってみろ。結構最近、変わってるから。例えば、上野《うえの》公園なんかな。……ちょっと見てみろ」

中沢が取り出したものを見て、思わず「お」と口に出た。

「お前、アイフォン買ったのか」

「ああ、だいぶ前からだよ」

「へえ」

最近、携帯電話からｉＰｈｏｎｅに切り替える者が、一志の周囲でも増えてはいた。しかし中沢まで持っているとは――自分だけ流行に乗り遅れた気分になった。

「ちょっと見てみろ」

一志の心中などお構いなく、中沢がｉＰｈｏｎｅをタッチする。何かの画像が出てきた。

「おう、画質いいな。やっぱ携帯とは違うな」

「いいから見てみろ、このベンチ。最近新しくなった上野公園のベンチだ。真ん中に鉄の仕切りがあるだろう？」

「うん？　仕切り？　このひじ掛けのことか？」

「そうだ。これ、なんのためにあるか分かるか？」

「なんのためって……一人一人のスペースを確保して座りやすくするためだろう？」

「違う。これはな、ベンチで寝そべれなくするためのものだ」

「うん？」

そんな風に考えたことはなかったので、意表をつかれた。そう言われてみれば、この仕切りがあると横になることは難しい。

「確かにそうだな……」

「それだけじゃない。写真じゃよく分からないけどな、背もたれは直角に近いから姿勢をまっすぐにしないといけないし、座面も少し傾いてるから少し前のめりになってしまう。座るにしても、こんなベンチじゃ全くリラックスできない」

「ちょっと待てよ、なんでそんな、わざわざリラックスできないようなベンチをつくる必要がある」

「ホームレス排除のためだよ」

「ホームレス排除？」

馬鹿みたいにオウム返しをしてしまう。

「そうだ、こっちのベンチを見てみろ。これは上野公園じゃない、別の場所だ」画面をスクロールして、別の画像を出す。「仕切りこそないが、横幅が短くて、横になったら下半身がはみ出ちまう。こっちは、ほら、ベンチじゃないけど、ちょっと休みたい時とかにこういうところに座ることあるだろ？」

中沢が見せたのは、駅前のロータリーなどによくある植え込みの写真だった。確かにちょっとした休息のために脇に荷物を置き、その縁に腰かけている人の姿をよく見る。

「等間隔で突起みたいのがあるだろ。これも、人が寝そべるのを防ぐためだ。こっちのはもっとひどい」

次に見せられたのは、たぶんこれもベンチの一種なのだろう、モダンなチューブ状のデザインになっていた。座面がカーブしているので座りにくそうだ。

「横になれないのは当たり前。おまけにステンレス製だから、夏は熱いし冬は冷たいときた。座るにもやっかいな代物だ」

「いや、しかし……」

見せられたものは確かに中沢の言う通り、どれも座り心地が悪そうなものばかりだった。だが、さすがにこんなのはごく一部なのではないか。とんがったデザイナーが凝りすぎて使いにくいものをつくってしまうのはよくあることだった。

そう言うと、中沢は「いや、一部とはいえない」と首を振った。

「注意してよく見てみれば分かる。最近できたもの、改装された都内の大きな公園やパブリックスペースのベンチは、みんなこんな風なデザインになってるから」

中沢はいい加減なところはあったが、「嘘」をつくことはない。こいつが言うならその通りなのだろう。しかし。

「一体いつからこんな風に——」

「俺の知る限り一番古いものは、十年ぐらい前に、新宿の西口地下街に設置されたオブジェだな。ホームレスが一斉に排除されたことがあったの覚えてないか？」

「ああ……」

それは覚えていた。段ボールハウスなどと呼ばれ、都庁に向かう通路の一角がホームレスに「占拠」されていた頃があった。再三の退去要請にも従わなかったため、都の職員によって強制排除されたのだ。

さらに別の場所の段ボールハウスから出火騒ぎが起きたこともあり、以降はその一帯での段ボールでの生活は全面禁止になったはずだ。しかしその後、どうなっていたかについては覚えがなかった。

「公園に限らず、駅前や公共施設の周辺なんかに、最近妙にこじゃれたオブジェができてるだろ？　あれなんかもほとんどが排除アートだ。意図してそういうものをつくってるんだよ。ホームレスだけじゃない。子供がスケボーなんかで遊べないようにしたりな。けどそうすることによって、車椅子の人や年寄りなんかにとっても通りにくい、歩きにくい環境になってる」

「そんなの、本末転倒じゃないか」

思わず大きな声が出た。

「そうだよ、そもそもそんなの『アート』でもないしな。でもそこまでして、奴らは社会から異物を追い出そうとしてるんだよ」

「奴らって？　行政ということか？」

「さあな。行政だけに限らないんじゃないか。無意識のうちに、俺たちもそういう風に動かされてるんじゃないか？　それこそ、『人々が自発的に一定の行動を選ぶように誘導』されて、な」

社長が口にしたのと同じ言葉だった。

社会思想としてのアーキテクチャ。

知らないうちに自分も、その片棒を担がされているということか――。


その日は中沢も遅くなっても大丈夫というので、奴が知っているスナックに二人して行った。二丁目と三丁目の境に位置しており、四十歳ぐらいの威勢のいいママさんが切り盛りする普通のカラオケスナックだったが、場所柄かゲイの客も多いようだった。

普段そういう人たちと接する機会のない一志は、初めは少し構えてしまったのだが、ママはどの客にも分け隔てなく馬鹿話に興じていて、おかげですぐに馴染むことができた。

その店に着いてからは、中沢も真面目な話を口にすることなく、ママさんが投げてくる下ネタに嬉々《きき》として応えながら機嫌よく酔っ払っていた。下手に静かな店に行ってしまったら、余計な愚痴も吐き出してしまいそうだったから、一志にとっても都合が良かった。

居心地の良さに長居してしまい、終電ギリギリに飛び乗って、家に着いた頃には日付が変わっていた。

物音を立てないよう、足音を忍ばせ部屋に入る。

一志がこれぐらいの時間に帰るのは、最近では珍しいことではなかった。家で食事をとることもほとんどなかったから、連絡をせずとも彼女は先に休んでいる。今も寝室から物音は聞こえてこなかった。

シャワーを浴び、歯を磨き、そうっと寝室に入った。

小さなスタンドの灯りに、摂の寝姿が浮かんでいた。起こさないように気を付けながらベッドに入る。

本当は一志の方はリビングで寝た方がお互い気楽なのかもしれないが、ベッドも別にしてしまったらすべてが終わってしまうような気がして、踏みとどまっていた。

二人の妊活は、あの日で終わりを告げた。

摂と体を交えることも、その肌に触れることも、もうない。それまでと同じ状態に戻ったのだと考えれば、何も変わってはいないのだろう。子供がいなくても、セックスがなくても、夫婦であることに変わりはない。

それでも、何かが決定的に違ってしまっていた。

あの時感じた彼女への疑念や不審は、時が経っても拭い切れなかった。

摂に堕胎《だたい》経験があるということ。彼女がこれまで、積極的に子供をつくろうとしなかったのが間違いなくそれに起因していること。その事実は、いつまでも消えないしこりのように胸の奥底で固まったままだ。

だが、それゆえに夫婦関係が冷え切ってしまった、というわけではなかった。

一志以上に変わってしまったのは、実は摂の方だったのだ。

元々口数の多い方ではなかったし、見るからに陽気、というタイプではなかったが、あの日を境に、以前のような機知に富んだ物言いも、涼やかな笑顔も、すっかり影を潜めてしまった。

仕事が忙しいのはお互いさまだったが、リビングで顔を合わせても、表面的な会話以上の話をすることはなくなっていた。

彼女が一人の時――一志が酒場で費やしている時間に、家で何をして過ごしているか。

そのことについて考えたことはなかった。

それに気づいたのは、数日前のことだ。

以前はスポーツ欄ぐらいしか目を通さなかった新聞を、最近は隅々まで読むようになっていた。社長に言われたからというわけではないが、社会の変化について、もう少し知らなければならない、という気持ちが芽生えていた。

朝は慌ただしくて読めないので、朝刊をゆっくり読むのは夜遅くになる。その日も、摂が寝静まった深夜に、朝刊を開いたのだった。

社会面の一部が、四角く切り取られていた。

ハサミで切り抜いたのだろう。数センチ四方のスペースがぽっかり空いていた。

切り取ったのは、摂に違いない。

そのスペースに、一体どんな記事があったのだろう。何となく気になった。

翌日、昼休みを利用して、会社から一番近い図書館を探し、訪れた。

家で購読しているのと同じ新聞の前日分、社会面を開く。

切り取られたスペースにどんな記事があったのかは、すぐに分かった。

「障害で将来を悲観」5歳絞殺容疑の母逮捕（毎朝新聞）２０１1年1月20日

5歳の長男を殺害したとして××署は19日、××市、――容疑者（33）を殺人容疑で逮捕した。「長男が広汎性発達障害と診断され、将来を悲観した」と容疑を認めているという。逮捕容疑は19日午前8時ごろ、自宅居間で、長男の首を絞めて窒息死させたとしている。

××署によると、――容疑者は飲食店勤務の夫（40）と3人暮らし。周囲の人らの説明では、容疑者は長男の障害について悩んでいた様子だったといい、事件との関連を慎重に調べている。


幼い子供を殺した三十代の母親が逮捕された、という記事だった。

こんな事件があったことを、一志は知らなかった。

なぜ摂は、わざわざこの記事を切り抜いたのだろう。

ここ数年、実親が虐待の末に子供を死に至らしめる、という事件が増えていたが、この事件はそれらとは事情が違う。母親にも同情の余地があるように思えた。そういうところが気になったのか……。

切り抜いた記事は、どうしているのだろう。

その日一志は、仕事を早めに切り上げ、酒場にも寄らずに帰宅した。まだ八時前。雑誌の校了が近い摂は、まだしばらくは帰らないはずだ。

良くないことだと分かってはいたが、それ以上に彼女が関心を抱いているものの正体が気になった。

何かを仕舞うとしたら、そこしかない。

寝室のデスク。彼女の私物が入っている引き出しに、手を掛けた。

鍵はかかっていない。多少、罪の意識が軽減される。引き出しを開けると、一番上にファイルがあった。

手に取り、開く。思った通り、一番手前に切り取られた件《くだん》の新聞記事が差し込んであった。

他には何がファイルされているのか――。めくると、次も新聞記事の切り抜きだった。

障害の長女、介護疲れで母親が殺害か（毎朝新聞）２０１０年2月19日

18日午前5時半ごろ、××市の路上に停車中の乗用車の中で二人の女性がぐったりしているのが発見された。××署員が駆けつけると、運転席で××市のパート女性（45）、助手席で女性の長女（19）が死亡しており、トランクから練炭を燃やした跡が見つかった。同署によると、長女は重度の知的障害があり、母親が介護していたという。

何だこれは……？

訝《いぶか》りながら、次を見る。

両親、次男の殺害認める（南西新報）２０１０年2月3日

２００9年9月に自宅で無理心中を図って、身体・知的障害者の次男＝当時（30）＝を殺害したとして、殺人罪に問われた××町の会社員の父親（63）と無職の母親（58）の裁判員裁判初公判が2日、××地裁であった。２人は起訴事実を認めた。母親の弁護側は母親が次男を健康に産んであげなかったことに責任を感じていたなど、背景などを説明し、量刑を考慮するよう訴えた。

その次も。そしてその次も。

難病の息子殺害後、「死にたい」と願う妻を夫が殺害（報毎新聞）２００9年9月15日

××県警××署は14日、「死にたい」と願う妻を殺害したとして、殺人容疑で××市××町、会社員――容疑者（60）を逮捕した。同署幹部によると、妻の――さん（58）は、難病の筋萎縮性側索硬化症（ＡＬＳ）だった長男＝当時（38）＝を自宅で介護して……

障害のある長女と母親が無理心中（サンヨミ新聞）２００7年7月20日

19日午後7時半ごろ、××県××市、――さん（50）方の室内で、長女――さん（20）があおむけに倒れ、妻――さん（48）が首をつっているのを、帰宅した――さんが発見

し……

知的障害の息子殺害　母逮捕（海北新聞）２００６年4月5日

××県××署は4日、自宅で長男（29）を殺害したとして、殺人容疑で同県××市の無職――容疑者（48）を逮捕した。長男は××市内の知的障害者施設に入所、――容疑者も介護していた。調べに対し「介護に疲れた」などと供述して……

入退院繰り返す娘を殺害　父逮捕（サンヨミ新聞）２００６年3月18日

××県警××署は17日、××市、――容疑者（50）を殺人容疑で緊急逮捕した。調べでは、――容疑者は同日午前6時ごろ、自宅居間で寝ていた無職の次女（20）の首を絞めて殺害した疑い。次女の殺害後、玄関先で首をつって死のうとしたが……

障害の25歳長男絞殺、父も首つり（毎朝新聞）２００５年2月22日

21日、××市のマンションの一室で、住人の無職男性（50）が首をつり、男性の長男（25）がふとんの上で、いずれも死亡しているのを……

母が長男刺殺　自らも命絶つ（毎朝新聞）２００５年1月12日

11日午後6時半ごろ、××市内の民家で、勤務先から帰宅した夫（58）が1階の玄関先で妻（52）と長男（24）が血を流して倒れているのを見つけ、119番通報した。長男は自閉症で、近所の人によると、数年前まで通所施設に通って……

母親に猶予判決　ALSの娘殺害、無理心中図る（サンヨミ新聞）2005年1月10日
運動神経が侵され、体が動かせなくなる難病「筋萎縮性側索硬化症（ALS）」の長女（当時30歳）の人工呼吸器を切って殺害し、心中を図ったとして、殺人罪に問われた母親に……

障害のある次男と母が無理心中か　長男が発見（サンヨミ新聞）2004年1月8日
7日午前10時半ごろ、××市の――さん（60）方を訪れた長男（34）から、「母親と弟が死んでいる」と110番通報があった……

筋ジス娘殺害　介護25年の父親に猶予刑（神阪新聞）2003年10月5日
筋ジストロフィーの長女＝当時（25）＝の将来を悲観し、人工呼吸器を止めて殺害したとして殺人罪に問われた父親（49）に対し……

障害のある子供　家族の苦悩浮き彫り（神阪新聞）２００３年6月22日
パニック症状を起こす高機能自閉症の長女＝当時（15）＝の将来を悲観し、殺害した父親（50）に××地裁は……

まだまだ続いている。

購読しているはずのない地方紙も含め、すべて「親が、障害のある子供を殺害した」という事件を伝える記事だった。

一つや二つは目にしたような気もするが、まさか同種の事件がこれほどあるとは、考えたこともなかった。

最後までめくると、一番古いもので一九九九年の記事だった。

一九九九年と言えば、摂と出会った頃だ。

その頃から彼女はこういった記事を見つけては切り抜き、ファイルし、結婚してからもずっと手元においていたのだ。

そして今でもそれを更新しているのだ。

一体、何のために――。

不肖の子（2）

洋治と二人きりで会うのは、ほぼひと月振りだった。

いつものように、赤坂《あかさか》にあるホテルのレストランで待ち合わせた。一人で待つのは嫌だったのでわざと約束の時間から十分ほど遅れて行ったのだが、店の中に洋治の姿はなかった。席に着いた時、【悪い、十五分ほど遅れる】と携帯にメールが入った。

その時間からさらに遅れ、ようやく洋治は現れた。テーブルに近づいてきた彼が、すでに半分ほど減っている私の生ビールのグラスを見て眉をひそめたように見えたのは、気のせいだと思うことにした。

料理の注文は、いつものように彼に任せた。最初に二人で食事をした時には好みを訊かれたが、その時、「分からないから任せます」と答えたためか、以来、一度も尋ねられたことはない。もちろんいつも素敵に美味しくはあったのだが。

「お父さんの具合、どう？」

グラスを合わせた後、私が尋ねたのはやはりそのことだった。

「良くも悪くも変わりなし。もう意識が戻ることはないんじゃないかな」

洋治は、感情のこもらない口調で答えた。

「そんな……」

思わず口にしたが、次の言葉が続かない。

「いや実際、そうみたい。もちろん医者ははっきりとは言わないけど。仮に意識が戻ったとしてもかなり大きな後遺症が残るっていうし。この先、辛い思いをするよりも、このまま逝《い》った方が本人にとってもいいんじゃないかな。今まで好きなことをやってきて悔いはないだろうし」

「それは……ちょっと、言いすぎじゃない？」

「言いすぎじゃないよ。本人も、俺たちなんかに迷惑掛けたくないと思ってるさ。人に迷惑を掛けられるのを人一倍嫌がってた人だからな。無能な奴の尻拭いをするのは馬鹿のすることだ、とか言ってさ。自分にも他人にも厳しい人だったから」

無能な奴の尻拭いをするのは馬鹿のすることだ。

似たような物言いを、洋治の口から聞いたことがあるような気がした。

いや、実際にあった。確か、ある得意先のCI刷新に関し、新しいロゴについていたキャッチコピーを「ダサい」と部長の一言で変更してしまい、それが後で得意先の社長が考えたものだと判明して契約取り消しだの出入り禁止だのと大騒ぎになった時のことだ。結局、直接の担当だった洋治が先方に平謝りに謝って何とか事なきを得たのだった。

あの時、確かに洋治は苦々しげに口にしていた。

無能な奴の尻拭いをするのはほんと馬鹿げてる。こんなことをするために会社に入ったわけじゃない、と。

嫌っているはずの父親と同じ言葉を口にしたことを、洋治は覚えていないのだろうか。もちろん、覚えていないから、私に向かって平気で告げたのだろう。

悪口ばかり言っているが、案外、似た者親子だったのではないか。私は、ひそかにそう思った。


エレベータに乗ると、洋治は当たり前のように上階のボタンを押した。私も何も言わなかった。このレストランで待ち合わせた時から、同じホテルに部屋をとってあることは分かっていた。

分かってはいたが、引っかかるものがあった。その前に、何か一言あるべきではないのか。少なくとも、説明すべきではないか。なぜ今まで会えなかったのか。その間、何を考えていたのか。私との関係をどうとらえていたのか。会えない時間を。関係そのものを。

しかし私は、その言葉を口に出さない。彼の後に続いて廊下を歩き、彼が開けたドアが閉まらないうちに、部屋の中へと身を滑らせる。

室内は薄く灯りが点り、ガラス張りの窓の向こうには無数の小さな光が見えた。スーツの上着を脱いだ彼が、手を洗いに洗面所へと行く。私はブラインドを下ろしに窓際へと歩み寄った。窓に自分の姿が映る。

最初からここに来ると分かっていればもう少しましな恰好をして来たのに、と思う。

思ってから、ふいに虚しさが突き上げてきた。

私は何で、こんなところにいるのだろう。

「——会いたかったよ」

洗面所から出てきた彼が、背後から私の肩を抱き、初めてその言葉を口にした。そして、首筋に口づける。

振り向いた私の唇に彼の唇が近づく。私が薄く口を開けて応えると、その隙間から彼の舌が入ってくる。舌を絡ませながら、彼の手が動く。右手は私のうなじから首筋を通って背中へ。左手は尻をなぞっている。私もゆっくりと彼の背中に手を回す。

もう何度も繰り返されたそれらの動きに、私の体はすぐに反応する。彼が次にどうするかは、もうすべて分かっている。その次も、そのまた次の動きも。

私が予想するその通りに、洋治の手が、指が動く。慣れてしまったというより、すっかり馴染んでしまったのだ。新鮮さはなくなった代わりに、深い安堵があった。

私はゆっくりと準備をしていけばいい。しかし久しぶりの彼の指の感触は、予想より早く私の体の奥へと届いた。最初は下着の上から。そしてその下に。洋治の指がたどり着いた時には、もうそこはすっかり準備ができている。

「濡れてる」耳元で洋治が囁く。「凄いことになってるよ」

私は首を振り、自分の手を彼の下腹部へと持っていく。すでに硬くなっているそこを優しく愛撫《あいぶ》し、ズボンのチャックを下ろす。下着の間から彼のペニスを取り出し、さらに愛撫した。それに応えるように、彼の指も私の中へと深く入ってくる。私が吐息を漏らすと、その口を激しく吸った。

彼は、互いに着衣で立ったまま、ここまでするのが好きだった。そのためにまずは自分の両手の指をきれいに洗ってくるのだ。

彼はその先へと進みたがったが、「シャワーを浴びてから」と制し、共に服を脱ぐと浴室へ向かった。

その日のセックスは、いつになく激しいものだった。

久しぶり、というだけではない、どこか刹那《せつな》的な。ひたすら快楽だけを求めるような洋治の動きに、私の体も強く応えていく。

昂《たかぶ》りとともに透明になっていく意識の中で、もしかしたら今日が最後になるのかもしれない、そんな思いが過った。

これで終わりにしよう。肉体を通して、彼がそう告げているようだった。

何を一人で決めてるの。そんな身勝手なことは許さない——。

寸前で、動きが止まった。彼が出ていこうとする。いつものように行為の途中で避妊具をつけるためだ。その腰を両手で摑み、引き寄せた。怪訝な顔を彼が向けてくる。

「大丈夫だから」耳元で囁いた。

「え？」

「いいからそのままきて」

「でも」

「いいから、やめないで」

私は彼の腰を摑んだまま、もう一度中へ引き寄せる。そして小刻みに下半身を振動させた。

「あ……」

彼が声を漏らす。

「きて」

「いいのか」

「いい。大丈夫だから。そのまま」

私の腰の動きに、彼も合わせた。互いの動きが激しくなり、一つになる。もうどちらが動いているのかも分からない。やがて、絶頂がきた。頭の中が真っ白になる。

「ああ」

うめくと同時に、彼が私の中から逃げていった。腹の上に温かいものが放出される。結局、外に出したのか。まだ彼の形を体の中に感じながら、頭の片隅で思う。私の言うことなど信じられないのか、あるいは持ち前の慎重さゆえか。快楽に溺れているようでいて、理性は失わない。いや、違う。単に臆病なだけだ。そう思ってから、それは私も同じだ、とおかしくなる。似た者同士だから、惹《ひ》かれたのだ。

最初は、今までに会ったことのないタイプの男だと思っていた。常に自信に満ちあふれ、繰り出す言葉は淀《よど》みなく、どんなことに対しても自分の意見をはっきりと持っていた。それでいて周囲への気配りも怠りなく、気遣いを忘れない。そんな、自分にないものをすべて持っている男だから惹かれたのだと、好きになったのだと。

だが、結局は違った。二年の付き合いですっかり色あせてしまった彼の正体は、自分と変わらぬつまらないものだった。保身のために周囲の顔色を窺い、ただおのれが傷つかないよう立ち回る。

しかしそれ以上に醜いのは、そういう男だと承知で、自分からは別れを言い出せず、もしかしたら、と心の片隅に希望を抱いている、もうすぐ三十になろうとしている女――。

しばらく、まどろみの中にいた。気づくと、隣に洋治の姿はなかった。

トイレの水を流す音がして、彼が現れる。すでに下着を着けていた。

「ああ、起こしちゃった？」

洋治がスーツのズボンを拾いながら、言う。

「……もう、そんな時間」

部屋をとっても泊まることはない。いつものことだった。

「いつもよりちょっと早いけど。悪いな」

「いろいろ大変だものね」

洋治は苦笑するだけで何も答えなかった。ワイシャツをはおり、ボタンを留めていく。

「君は？　泊まっていく？」

「そうしようかな……」

いつもは二人一緒に出るが、今は動きたくなかった。

「泊まっていけばいい。精算はしておくから」

「――ねえ」

「うん？」

なぜそんなことを尋ねようと思ったか分からない。自然とその言葉が口をついていた。

「お父さんが入院している病院って、どこ？」

「え？」

洋治が驚いたようにこちらを振り向く。

「なぜそんなこと訊くんだ」

「なぜってこともないけど……秘密？」

「別に秘密ってことでもないけど……聞いてどうするの」

「どうもしないわよ。ただ、知りたいだけ。お父さんが倒れたことも、私だけが知ってるかと思ってたらみんな知ってたし」

「ああ」洋治は少し顔をしかめた。「横内が余計なことを言ったらしいな」

「奥さんから聞いたって」

洋治は何も答えなかった。どうやら図星だったようだ。

「いいじゃない、病院ぐらい教えても。お見舞いになんて行ったりしないわよ」

洋治は「別に教えてもいいけど」と苦笑を浮かべ、御茶ノ水《おちゃのみず》にある大きな病院の名前を口にした。

「親父のことがはっきりするまで、またしばらく会えなくなると思うけど」

着替え終わった洋治が、言う。

私は小さくほほ笑んだだけで何も答えなかった。彼は少しだけ怪訝な表情を浮かべたが、

「じゃ、また連絡する」

と告げ、部屋から出て行った。

途端に、一人になる。

シーツは乱れ、名残りも露《あら》わなベッドの上で、一人裸の私がいた。

突然みじめな気分になった。

重い体をベッドからひきはがし、浴室へと入る。いつもより熱めの湯を浴びる。体の隅々まで洗い流した。腹に放出された洋治の体液は、彼が自分でティッシュで拭いていたが、そこも丁寧に洗う。

ふと思いついて、膣の中に指を入れた。取り出した人差し指を、鼻の近くに持っていく。

やはり。彼の残り香がする。慌てて出ていったが、半分は間に合わなかったのだろう。

自分のついた嘘を、ふいに不安に思った。

なぜあんなことを言ったのだろう。生理が終わって十日過ぎ。むしろ危険な頃だった。

信じなくて正解だったのだ。自分の馬鹿さ加減が嫌になり、湯の温度を下げて膣の中も丁寧に洗い流した。

体を拭きながら、浴室から出る。

静かだった。こんな部屋に、一人でいたくなかった。かといって、自分のアパートに帰るのも嫌だった。

時計を見る。すでに十一時過ぎ。加奈子に電話しても、さすがにこれから出てはこないだろう。

今からでも出てきてくれそうな相手に、一人だけ心当たりがあった。

携帯を取り出し、しばしためらう。ここで電話をしたら「特別なもの」になってしまう気がした。

それでも結局、私は通話ボタンを押した。二回、三回とコールが鳴る。やっぱりやめようか、そう思った瞬間、電話の向こうから声がした。

「もしもし、国枝です！」

分かりやすく弾んだ声だった。自分の電話に喜んでくれる人がいる。そう思ったらふいに目の奥が熱くなった。

「もしもし」

「はい、どうしました」

「こんな時間に、ごめんなさい」

「いえいえ、こっちは全然大丈夫ですよ。何かありましたか。いや別に何もなくても電話してもらってもちろん構わないんだけど……」

「あの、私から約束キャンセルしてしまってなんですけど、今から飲んだりできません？」

「今からですか」一瞬間《ま》があったが、「いいですよ、すぐ行きます！　今どちらです？」と一オクターブ高くなった声が返ってきた。

「今は赤坂なんだけど、どこでもいいですよ。国枝さんのおうちってどっちの方ですか。

っちゃうか」

「あいや、もちろん僕の方から行きますけど。あ、でも赤坂まで行くとちょっと時間かかっちゃうか」

「行きますよ、どこです」

「えーとじゃあ、中野辺りでどうですか。僕のアパート、西荻《にしおぎ》なんで……中野だったら赤坂からも丸《まる》ノ内《うち》線で来ればそんなに面倒じゃないと思うので」

「分かりました。中野ですね。何分後ぐらい？」

「ええと、三十分後ぐらいだったら」

「じゃあ、着いたら電話します」

「はい！　じゃあ後程！」

電話を切ると、今まで冷え切っていた心が、ほんの僅かだがぬくもっているのを感じた。

国枝と中野で落ち合ったのが、すでに十二時近かった。

朝までやってる店を知ってるから、と連れて行かれた店は、カウンターと小上《こあが》りがあるだけの小さな沖縄居酒屋だった。遅い時間なのにほぼ満席だったが、国枝は常連らしく、店主は他の客を移動させてカウンターの隅に席をつくってくれた。

泡盛《あわもり》のロックというものを飲むのは初めてだったが、口に合った。「度数高いから気を付けてくださいね」と国枝は注意したが、口当たりがよく、いくらでも飲める気がした。「そこのネーネーいい飲みっぷりだね」とカウンターの向こうから声を掛けてきた濃い顔の男がお代わりを奢《おご》ってくれた。国枝に任せたおつまみは、ゴーヤチャンプルに島らっきょとすべて馴染みのないものだったが、それらもみな美味しかった。

店内に流れる沖縄民謡の調べも心地よく、あちこちで飛び交う方言交じりの会話も愉快だった。初めのうちはまだ胸の内でくすぶっていた洋治との逢瀬《おうせ》の残り火は、杯を重ねるうちにいつしか消えていた。

よし、今日はとことん飲もう。そう決めたところまでは覚えている。

気づいたら、タクシーの中だった。胃の奥からムカムカとしたものが湧いてくる。「すみません、止めてください」と出した言葉に、運転手からではなく隣から「気持ち悪い？吐きそう？」という声が返ってきて、こいつは誰だとぼんやり考える。ドアが開くとダッシュして道端に駆け、胃の中のものを全部戻した。見たこともないものが次から次へとあふれてきて、一体自分は何を食べたのだと思う。「そう、全部出しちゃって、全部」。背中をさする手が温かかった。そこでようやく、ああ、あいつか、と思い出した。国枝と飲んだのだ。泡盛のロック。沖縄民謡。〆《しめ》に食べたソーキそば……そこでもう一度、吐いた。もったいない、美味しかったのに、と思ったが仕方がない。もう何も出てこない、というところまでいって、国枝に手をとられタクシーに戻った。道路を汚してごめんなさい、明日掃除にきますから、と頭の隅で謝った。タクシーの座席に腰を下ろしたところで再び記憶を失った。

　次に目覚めた時には、知らないところにいた。

　シーツの匂いも胸に巻かれたタオルも、違和感だらけだった。一体ここはどこだ。何で私はこんなところにいるのだ。まだ夢の中にいるようにおぼつかない思考を巡らせていると、離れたところから鼾《いびき》が聞こえてきて、ハッとした。

　恐る恐る周囲を見回してみる。

　見覚えのない天井、壁、自分が寝ているベッド……離れたところで毛布にくるまって鼾を立てているのは、国枝だった。

　やってしまった――。後悔と羞恥《しゅうち》が怒濤《どとう》となって押し寄せてくる。そっと毛布の下で体に触れてみると、服はそのまま着ていた。少しだけ安堵し、昨夜の記憶を蘇らせる。

　前後不覚になるまで酔って、タクシーに乗った。住所を聞かれて、「帰りたくない、あんなところに帰りたくない」とだだをこねていたことは何となく覚えていた。国枝は仕方なく、自分のアパートへと連れてきたのだろう。

　彼を責めることはできない。全部自分のせいだ。

　音を立てないよう気を付けて、ベッドから降りた。ワンルームの部屋を横切り、キッチンで顔を洗い口をゆすぐ。本当は歯を磨き、シャワーを浴びたかったが、我慢するしかない。

時計を見ると、朝の七時。朝食ぐらい用意して彼の厚意に応えるのが礼儀なのだろうが、音を立てて彼を起こしたくなかった。正直な気持ちを言えば、顔を合わせたくない。

思案した末に、名刺の裏に、「昨夜はごめんなさい。泊めてくれてありがとう」とだけ書いて目につくところに置いた。バッグはすぐに見つかった。財布をあらためてみると、ほとんど減っていない。飲食もタクシー代も国枝が出してくれたのだろう。お金を置いていこうかと迷ったが、かえって失礼かと思い、やめた。

足音を忍ばせ玄関に向かい、音を立てないよう気を付けてドアを開け、外に出た。ドアを閉め、アパートの階段を下りる。ここを上ってきた記憶も全くなかった。

道に出て、はたしてここはどこなのか、と途方に暮れた。

その日は自分の部屋に戻ってからも体調が戻らず、一日横になって過ごした。国枝が起きれば電話をしてくるだろう。申し訳ないが、携帯はオフにした。

翌朝になってすっかり体は回復した。一人で部屋にいるとまたいろいろ考えてしまいそうで、シャワーを浴び、よそ行きの服に着替えて外に出た。

映画、ショッピング、と考えたが、どうも気が乗らない。駅で情報誌を買い、面白い催《もよお》しでもないかとページをめくる。ふと、美術館はどうだろう、と思いついた。

普段しないことをしてみたかった。洋治のことや国枝のこと、一昨日《おととい》の晩のことを考えたくない。何か美しいもので心を洗いたい。絵画、というのはいいかもしれない。

上野駅で降り、目的の美術館へと足を運んだ。著名な画家たちによる「子供」に焦点を当てた企画展が催されていた。百点以上もある作品を、一つ一つゆっくりと眺めていく。

その中の一つの絵の前で、足を止めた。

見覚えがあった。作品名は『夜、少女に導かれる盲目のミノタウロス』。ピカソの銅版画だ。

背景は暗く、その中を半人半獣の怪物・ミノタウロスが、鳩を抱いた少女に手を引かれ歩いている。

この絵のミノタウロスは肉欲の象徴だね。

洋治の声が蘇った。

少女は救いの象徴だ。

ずいぶん前に連れて行かれたフレンチの店にこの絵のレプリカが飾ってあり、「なにこの暗い絵」と非難交じりに呟いた私に、「俺はこの絵、好きなんだ」と彼が応えたのだった。

子供の純粋な魂によって、自分の醜い欲望が救済されると信じてたんじゃないかな。

その時は、理解も共感もできずに、やっぱりただの暗い絵、としか思えなかった。だが、今こうしてオリジナルを前にすると、あの時とは別の印象を受ける。

洋治はこの絵のモチーフが救済だと言ったが、違う気がした。伝説では、この怪物はいけにえにされた子供たちを食っていたが、ある時、そのいけにえの一人である少年に殺されたのではなかったか。しかしこの絵の中でミノタウロスは、盲目になりながらも生きながらえ、いけにえの一人であったはずの少女に手を取られ、導かれている。

彼女は、救済などではない。

これは、復讐なのではないか。行きつく先は、怪物にとって死よりも恐ろしいどこか――。

そんなことを、誰かと話したかった。洋治に言えば、きっと、

そういう解釈もあるかもね。

などと高みからの言葉が、あの笑みとともに返ってくるだけなのかもしれない。

それでも良かった。何かを見て、感じ、考えたことを、頭の中だけでなく、誰かに話したかった。答えてくれなくてもいい。口にするだけでも。頭の中であれこれ考えているだけなのは、虚しかった。

加奈子に電話してみようか、と思う。だが、日曜日はきっとケンちゃんと一緒だろう。携帯をオンにすれば、国枝からの着信か伝言が入っているに違いない。それを聞けば詫びの電話をしなければならない。まだそういう気分にはなれなかった。

美術館を出て、駅へ向かうのとは反対の道に向かう。少し歩きたかった。本郷《ほんごう》か御茶ノ水まで歩こうか。そう思った時、ふいに「病院」のことが頭に浮かんだ。

一昨日の晩に聞いたばかりの、洋治の父親が入院している病院――確か御茶ノ水にあった。

行ってみようか、と思う。別に何をするというわけではない。ただ、どんな病院に入院しているのか。その病院がどんなところか、見てみるだけ。

しかし今日は日曜日だ。彼が見舞いに来ることもあるかもしれない。来るとしたら一人ではないだろう。おそらく、妻と。もし鉢合わせしたら――。

そうなったらそうなった時、だ。むしろ面白いじゃないか。彼がどんな顔で、どんな風に自分のことを妻に紹介するのか、見てやろう。そんな邪気めいた気持ちも湧いた。

大きな大学の付属病院なので、場所はすぐに分かった。

正面入り口から入ると、外来診療が休みのためかロビーは閑散としていた。案内板で脳神経外科の病棟を確認してみる。三階のようだ。

本当にここに入院しているのか、確認だけでもしてみよう。そう思って総合案内と書かれたカウンターの方へ歩み寄った。

笑顔で迎える女性職員に、おずおずと切り出す。

「あの、苗字《みようじ》と病棟しか分からないんですが……」

「ご面会ですか？　調べますのでお名前をお聞かせください」

「え、私のですか？」一瞬、まごつく。

「いえ、入院されている方の」

「ああ——橋詰です。七十代の男性で。脳神経外科に一か月ぐらい前から入院しているはずなんですが」

「少々お待ちください」

職員がコンピュータを操作し、再び顔をこちらに向けた。

「橋詰誠治《せいじ》さまですね。脳神経外科病棟の三〇三号室です。そちらの面会票にご記入ください」

そう言われてしまえば、記入するしかなかった。少し迷ったが、「橋詰」姓に適当な名を合わせ、「家族」のところに〇をした。確認されることはないだろう。面会人の札を渡され、エレベータの場所を教えられる。こうなったら行くしかない。

エレベータに乗り、三階で降りる。目の前にナースステーションがあった。中に看護婦が二人いたが、忙《せわ》しげに働いており、こちらに注意を向けることはない。三〇三号室……教えられた部屋を案内図で確認する。すぐ近くにある個室だった。

廊下を進みながら、さすがに動悸が激しくなった。ほんとに行くの？　行ってどうするの？　部屋に誰かいたら——しかしここまで来たら引き返せない。覚悟を決めて、三〇三号室の前に立った。

深呼吸を一つし、ドアをノックした。

一秒、二秒……返事はない。見舞客は来ていないようだ。

「失礼します」

小さくそう口にして、そっとドアを開けた。

カーテンが開いていて、明るい部屋だった。

真ん中にベッドが置かれ、洋治の父——橋詰誠治が横たわっていた。人工呼吸器や点滴などの管をつけられてはいるものの、穏やかな表情で目を閉じている。

髪は短く刈り上げられ、無精ひげがだいぶ伸びてはいたが、洋治に似ている、と思った。親子なのだから当たり前か。だが彼から何度も疎遠な関係と父親への嫌悪を聞かされていたため、その相似が意外だった。彼は自分で気がついているのだろうか。父親にこれほど似ていることを。

部屋は、静かだった。聞こえるのは、人工呼吸器から出るシューシューという小さな音だけだ。

ベッドサイドに椅子があったので、それに腰かけた。もう一度、誠治の顔を見る。まるで洋治がそのまま老けたみたいで、不謹慎だが、少しおかしくなった。

「すみません」

笑ったことを謝り、そのついでに自己紹介をする。

「初めまして」

名乗ろうかと思ったが、やめた。

「息子さんの——洋治さんの愛人です」

誠治の表情はもちろん変わらない。目も閉じたまま動かない。

「付き合って、もう二年になります」なぜこんなことを言っているのだろうと思いながらも、言葉が口をついて出る。「いけないことだとは分かってるんですが、すみません。離れられませんでした」

機械を通した、人工的な呼吸音だけが聞こえる。

「洋治さんから手取り足取り仕事を教わりました。尊敬の念がいつしか恋愛感情に変わっていきました。上司だし、奥さんもいる方だし、そういう気持ちは表に出さないように気を付けていたんです。元々、学生時代にいろいろあって恋愛には臆病なところもありました」

話すほどに、気持ちが落ち着いていくのを感じる。

「キッカケは、あるプロジェクトが終わって、慰労会みたいな感じで初めて洋治さんと二人だけで飲みに行ったことです。今日は特別、みたいな感じで。私もそれまでで一番大きな仕事を無事終えられてホッとして、今日ぐらいは特別も許されるかな、なんて思って」

まだあれから二年しか経っていないのか、と思う。もう遠い昔のことのようだった。

「一軒目のお店は居酒屋で、実際慰労会っていう感じだったんですが、二軒目でホテルのバーへ連れて行かれて。最上階の、夜景のきれいなお店でした。私も結構飲んでいたので、すっかりリラックスして、プライベートなことも話したりしたんです」

以前勤めていた会社のこと。学生時代のことなども話した。今恋人はいないのか、と訊かれ、いない、と答えた。そう問われたのも初めてのことだった。ちょっと危ない雰囲気を察し、自分から「奥さん」という言葉を出した。妻との出会いや結婚生活のことを尋ねた。

「お子さんができなかったことで、なんとなく夫婦の仲がぎくしゃくしてきた、というような話をされました。直接向き合いすぎたのがいけなかったのかもしれない、口にしてはいけない言葉を互いにぶつけ合うようになって……今ではほとんど家庭内別居のような形で、仮面夫婦のようなものだ、と」

ああこれはまずい方向に話がいっているな、と頭の隅では分かっていた。既婚男性が若い女を口説く際の常套句《じょうとうく》ではないか。それなのに、一方では彼に同情しかけている自分も感じていた。

「家に帰るのが嫌で、一人でこういう店に来て自分だけの時間を過ごすのが唯一のストレス解消法だって。じゃあ今日は私なんかと一緒でいいんですか、って訊いたら、一人よりももっといい時間を過ごすことができた。ありがとう、って言われて」

そんな言葉を真に受けたわけではない。たぶん、利用したのだ。以前から、そうなりたいと思っていた。それを越えるハードルを、彼が少しだけ低くしてくれた。飛び越えやすいように。だから、飛び越えることを決めた。

「今日は遅くなっても大丈夫かと訊かれ、大丈夫と答えました。いつもバーで飲んだ後に部屋で少しだけ休んでいくんだ、と言われ、黙ってついていきました」

こんな話をするのは、初めてだった。加奈子にもここまで詳しくは話していない。

誰かに話したかったのだ。何も言ってくれなくていい。いや、むしろ言わない方がいい。黙って、聞いてくれるだけで。

「馬鹿ですよね。分かっています。奥さんには申し訳ないことをしています。いつまでも続くとは思っていません」

穏やかに目を閉じている誠治の顔を見つめる。

「――今日は聞いていただいてありがとうございました」

答えるはずのないその顔に向かって、続けた。

「また聞いてもらっていいですか。またここに来ても」

気づくと、思いのほか長い時間が経過していた。椅子から立ち上がった。

「また来ます。どうぞお大事にしてください」

そう告げて、部屋を後にした。

仮面の恋（2）

俊治は、自分にとってパソコン通信は一種の「仮面」だと思っていた。誰も自分の素顔《すがお》を知らない。それを見ることはない。

しかし仮面の下にあるのは、本当の自分だ。たとえ無機質なコンピュータの文字を通してはいても、それを書いているのは偽りなく自分である。むしろ外見を知らない分、こちらの方が「本来の自分」なのではないか。そう思うことすらあった。

俊治は、出産時の異常で、無酸素性脳障害《むさんそせいのうしょうがい》を生じて生まれた。幸い命はとりとめたものの、その瞬間からCP（Cerebral Palsy　脳性麻痺）者となった。

残念ながら、現在の医学の力では脳性麻痺を治すことはできない。ただ、早期の運動訓練や整形外科手術、投薬などにより、障害となっている箇所を多少なりとも改善することはできる。また、補装具《ほそうぐ》や座位保持装置《ざいほじそうち》、電動車椅子や各種コミュニケーションツールを使用することで、日常生活で必要な能力をある程度向上させることが可能になった。

CPにも様々なタイプがあるが、俊治の場合はアテトーゼ型というもので、顔面や四肢の筋肉に不随意《ふずいい》運動があり、自分の意思に反して身体が勝手に動く、という特徴があった。また、筋肉が過度に緊張して体を動かしにくく、手足を曲げ伸ばしすることが難しい。バランスもうまく保てない。さらには、重力に逆らって体を持ち上げる力が弱いために、首が据わらない。寝返りもうまくできない。自力歩行はもちろん、まっすぐ立ち上がることもままならなかった。

だから俊治にとっての最初の記憶は、「床」の感触とともにある。家の中の畳やじゅうたん。病院やリハビリ訓練室のビニルシート。その上を、俊治はいつも這《は》っている。まだ歩行訓練も受けず、車椅子もない頃、俊治の移動手段は床を這うことしかなかった。

成長するに従い電動車椅子の操作を覚え、他のこともできるようになったが、体の中で一番自由に動かすことができるのは右足だった。やがてその右足の指を駆使して、字や絵を描いたり、パソコンのキーボードを打ったりすることを覚えた。文字盤を指して他人と会話をするのも、全部右足だ。

発話にも障害があり、言葉を話すことはできるがかなり不明瞭で、聞き取れるのは身内やよほど慣れた介助者だけだ。

だから知らない人が俊治のことを見れば、「ああ、重い障害があって可哀そう」と考える。さらに「きっと知的に遅れているのだろう」と思い込む。

CPは障害箇所や程度により知的障害を合併することもあるが、多くは運動麻痺が主だ。俊治も知的障害はないのだが、「見た目」に併せて言葉がうまく話せないため、誤解されることが多かった。

しかし、パソコン通信の世界だけは、違った。

誰もが、自分が障害者であることなどとは関係なく接してくる。知らないのだから当たり前だ。だがその「当たり前」が、俊治にとってはこの上なく心地よいのだった。

パソコン通信の仲間からは、俊治——〈テルテル〉は、多方面にわたって知識が豊富で、適度なユーモアがあり、ウイットに富んだ会話ができる。そういう人物だと思われていた。これは実際に何人もの人から言われたから、うぬぼれではない。

これこそが、「本来の自分」なのだ。俊治はそう思っていた。

〈GANCO〉から「会いたい」と言われた時、もちろん最初は、断ろうと思った。オフ会へは、これまでにも何度も誘われていたが、俊治はすべて断ってきた。特にそれで気まずくなることはない。パソコン通信はあくまでオンライン上のもので、実際に会ったり本名を教え合ったりすることに抵抗を覚える者は自分だけではない。むしろ、そちらの方が主流だとも言える。

だから〈GANCO〉の誘いを断ったとしても、別にこちらが引け目を感じることはないのだ。彼女はがっかりするかもしれないが、「メールだけのお付き合いにしましょう」と言えば、おそらく納得するだろう。

それでも。

最終的に会うことを決めたのは、やはり「実際の彼女に会ってみたい」という欲求に逆らえなかったからだった。

しかし、会うのは照本俊治ではない。あくまで〈テルテル〉だ。そのためには、パソコンに代わる「仮面」が必要だった。

「仮面」なしで彼女に会えばどういうことになるか、俊治には痛いほど分かっている――。

彼の「初恋」は、養護学校の小学部に通っていた頃の担任だった女の先生だった。今でもはっきりと覚えている。とてもきれいな人だった。母親と年は大して変わらぬはずだったが、全然違った。一度、母親からなぜあの先生が好きなのと訊かれ、「だってきれいだから」と答えたことがあった。

その時母親が、

「あなたもきれいな女の人が好きなのね……」

となぜか悲しい顔で呟いたのを、今でもよく覚えている。

「初恋」のほとんどがそうであるように、小学部の先生への思いは、淡い憧れを抱くだけで終わった。俊治にとって初めての本当の恋は、同じ養護学校の中学部に上がった頃のことだった。

相手は、中学部一年生の時に転校してきた女の子だった。ポリオ（いわゆる小児麻痺）の後遺症で、尖足《せんそく》といって右足のかかとが地面に着かない障害があった。だがそれ以外は健常者と変わらず、彼女もそれまでは普通校に通っていた。背が高く、頭も良く、何より、きれいな顔立ちをしていた。

俊治もクラスでできる方だったため、何となく優等生同士ということでコンビを組まされることも多く、「似合いのカップル」のように言われることもあった。俊治はもちろんのこと、彼女の方も満更ではないような態度を見せていた。

その彼女が、高等部進学にあたり、再び普通校に進むことになった。合格したという知らせを聞いた時には、「おめでとう」の気持ちと「これでお別れ」という思いの間で心が引き裂かれるようだった。

一大決心をして、中学部が修了する最後の日、彼女を学校の裏庭に呼び出し、「告白」した。

結果は、「ごめんなさい」だった。見事にフラれた。

心のどこかに、もしかしたら、という期待があったのは間違いない。だがダメなら仕方がない。潔く諦めよう。そう自分に言い聞かせた。

本当のショックを受けたのは、その後だった。

高等部に上がってしばらくして、彼女と親しかった女子から聞いたのだ。

もう付き合いないから言うけどさ。

彼女とは仲がいいと思っていたその女の子が、告げ口をするような口調で言った。

照本くんに告白された後、「よくあたしと付き合えると思ったわよね」って見下すように笑ってたのよ。ひどいよね。

その子が自分に好意を寄せていたことは知っていたから、ただのやっかみだと思った。嘘だ、あの彼女がそんなことを言うはずはない、と。

それからしばらくして、駅の近くで彼女の姿を見かけた。

普通校の制服に身を包んだ彼女は、一層可愛くなっていた。そして、今まで見たことのない、輝くばかりの笑顔を隣にいる同じ学校の制服を着た男子生徒に向けていた。

男子生徒は、健常者だった。ルックスも良かった。恋人かどうかまでは分からない。だが俊治には、はっきりと分かった。

自分には決して向けられることがなかった「好きな男の子を見る目」で、彼女がその男子のことを見つめているのを。

あの子の言っていたことは、本当だったんだ。俊治は悟った。

彼女は、初めから自分のことなんか眼中になかったんだ。

――よくあたしと付き合えると思ったわよね。

もう二度と、そんな思いはしたくなかった。

こんなことを頼めるのは、祐太しかいない。最初から俊治はそう思っていた。一緒に写っている写真を送った時から、どこかでこうなった時のことを考えていたのかもしれない。

頼みを聞いて初めはしぶった祐太だったが、彼女の写真を見せると、結局は承諾をした。たぶん彼女に会いたくなったのだ。きれいな女性と知り、話してみたくなったに違いない。現金な奴だ。

俊治は、祐太がそういう奴だと分かっていたからこそ、「仮面」に使ったのだった。他の介助者は融通の利かない「善人」が多いから、嘘をついたり人を欺《あざむ》いたりすることに抵抗を覚えるに違いない。その中で祐太だけは、普段から時間にルーズだったり介助が雑だったりすることはあったが、「おためごかし」なところは一切なかった。

祐太は、スラッと背が高く、顔も悪くなかった。

ただ、右の目の下、頰の辺りに、うっすらとだが痣《あざ》があった。

本人が気にしているか尋ねたことはないが、初対面の人間と会う時など、何となく手を痣の辺りに持っていっていることがあった。無意識のうちに隠したいという思いがあるのかもしれない。

そんなところにも、他の介助者には感じない親近感のようなものを覚えていた。

だが。

今は、後悔していた。

やはり、こんなことはするべきではなかったのだ。〈GANCO〉と会うことなど、考えない方が良かったのだ――。

＊　＊

承知したのは良かったが、「デートに二人で行く」のはいいのかと、祐太は俊治に確認をした。そもそも初めて女の子と会うのに誰かを連れて行くこと自体あり得ないのに、さらに――本人には言いにくいが――「障害者を同伴する」など、普通に考えれば非常識な提案に違いない。

そ・れ・は・か・の・じ・ょ・も・し・ょ・う・ち・し・て・い・る

俊治はそう答えた。

何でも、その〈GANCO〉というニックネームの女子大生は、大学で福祉サークルに入っており、障害者に理解と関心があるのだという。自分がCPの青年の介助をしていると話したら（実際はその逆なのだが）ますます興味を持ち、その人にも一度会ってみたい、と言い出したのだと言う。

その話の流れで「一緒に映画を観に行く」予定が組まれたので、CPの青年（つまり自分）が一緒に行っても何の問題もないのだ、と。

「はー、なるほどね……」

ややこしい話ではあるが、一応は納得した。

つまりこれは、「デート」ではないのだ。

向こうがそのつもりだったら、いくら福祉に関心があったとしても、初めて会うのに他人を、それも障害者を同行することをOKするはずはない。

向こうにとっては、課外ボランティア活動みたいなもんだな。

もちろんそんなことは口にはしなかった。映画と、その後のお茶と。かわい子ちゃんとお話しできるだけでも、他の介助に比べれば格段に楽しいはずだ――。

それから当日まで、祐太は、今までのパソコン通信での書き込みや、俊治が出したメールを読ませてもらい、どんな会話を交わしたか教えてもらった。

本当は彼女からきたメールも読ませてもらいたかったのだが、「彼女に無断で他人には見せられない」と俊治が抵抗した。ここまで頼んで今更何を、とは思ったが、〈GANCO〉に関する情報はすべて教えてもらったので、会話に困ることはないはずだ。

〈テルテル〉の方については、あらためて確認する必要はなかった。俊治のことは熟知していたし、その上、驚いたことに俊治は、写真だけでなく年齢その他プロフィールについても、祐太のそれを騙《かた》っていたのだ。本当のことを言ってしまうと障害者であることがバレてしまうから仕方がなかったのだろうが、

「ひでえな、勝手に」

祐太は苦笑交じりに文句を言った。とはいえ、ほとんど素《す》のままでいればいいわけであるから、その点は助かる。

「つまり、今まで交わした会話以外の部分は、俺のままでいいわけね」

そう言うと、俊治は顔をしかめた。そして、足の指を文字盤の上に滑らせる。

あ・く・ま・で・て・る・て・る・と・し・て・ふ・る・ま・っ・て・ほ・し・い・ゆ・う・た・で・は・な・く
「ああ、うん、もちろん分かってますよ、俺じゃなくて『テルテル』ね。分かりました」

俊治の足が動く。

お・れ・と・い・う・の・も・や・め・て・ぼ・く・あ・る・い・は・わ・た・し
「え、俺はダメなの？　俊治さんだって俺って言うじゃない」

俊治が首を振る。

だ・め・か・の・じ・ょ・の・ま・え・で・は・ぼ・く
「はいはい、分かりました、僕ね、僕」

まだ疑い深い顔でこちらを見ている俊治に、祐太は答える。

「大丈夫、任せておいてよ。バレないようにやるから」

あ・ま・り・し・ゃ・べ・り・す・ぎ・る・と・う・そ・が・ば・れ・る・か・ら・し・ゃ・べ・り・す・ぎ・な・い・よ・う・に

「はいはい、分かりました。万事ＯＫ、任せてくださいって」

それでも俊治は不安らしく、何かあったら自分が文字盤を使ってメッセージを送るので、彼女には分からないように自分の足の動きに注意しておくように、と念を押した。

「はいはい、分かった、分かりましたよ」

安請け合いする祐太のことを心配そうに見ていた俊治だったが、やがて、
よ・ろ・し・く・お・ね・が・い・し・ま・す
と頭を下げた。

普段は自分たちヘルパーを顎で使っている俊治が、ここまでへりくだった態度を見せるのは初めてのことだった。

そこまでしてその女の子と会いたいのか、と祐太はおかしくなった。


そして、当日がきた。

待ち合わせは、それが一番分かりやすいと映画館の前にした。「名画座」と言われる、繁華街からはずれたところにある小さな映画館だった。

その日上映される「ミツバチのささやき」というスペイン映画のことを、祐太はタイトルすら聞いたことがなかった。映画を観た後は当然その感想を語り合うことになる。自分の思ったことを話せばいいだろうと思ったが、それはダメだと俊治は言う。

お・れ・が・ま・え・に・み・た・か・ん・そ・う・を・か・い・た・か・ら

そう言って、パソコンでプリントアウトした紙を渡してきた。

「ええ〜、これをそのまま話すの？　覚えなきゃいけないってこと？」

そ・う

「まいったな、自分の感想じゃなんでいけないの」

俊治が言うには、今までいろんな映画の感想を伝え合っているから、たぶん彼女の方にも〈テルテル〉が言いそうなことは分かっているはずだ。それと全く反したことを言ったら怪しまれる、と。

確かにそうかもしれないが、では他の映画の話になったらどうするのだと訊くと、それもレクチャーする、という。

それから、介助の間はほとんど映画についての勉強の時間となった。

今まで二人のやり取りの中で話題に出た映画、出そうな作品。祐太が観ていたものもあったが、ほとんどは知らない映画であり、その感想や分析もかなりマニアックで祐太の感覚とは全く違うものだった。覚えなければならない映画のタイトルや監督、俳優の名前も山ほどあった。それらをプリントアウトした紙も渡され、当日までに覚えろというのだ。

「こんなの無理だよ、全部覚えられるわけないじゃない」

祐太が匙《さじ》を投げると、しばらく困った顔をしていた俊治だったが、やがて仕方がない、という風に右足を文字盤に滑らせた。
ぼ・ろ・が・で・そ・う・に・な・っ・た・ら・わ・だ・い・を・か・え・る
「変えるって、なんの話題に」
し・ょ・う・が・い・し・ゃ・か・い・じ・ょ
「ああ、そうか。そっちは得意だからね」
〈GANCO〉は映画以上に福祉に関心がある。「テルテルさんと会って話したい」というのも、そもそもはそっちの方の理由が大きいらしかった。
自分の経験だったら、難なく話すことはできる。俊治が伝えている職歴はそのまま自分のものだから矛盾も生じない。映画よりも介助の話題を中心にしていくことに、異存はなかった。

＊　＊

待ち合わせ時間より五分ほど前に映画館に着いたが、〈GANCO〉は、俊治たちより先に来て待っていた。

遠くからでも、彼女だと分かった。白地にブルーの花柄があしらわれた膝上丈のワンピースを身にまとい、少し不安げにたたずんでいる姿は、写真で見た時より数倍も美しかった。

　声を掛けるより早く、彼女の方がこちらに気づいた。それはそうだろう。特別仕様の電動車椅子を操作する俊治の姿は、嫌でも目立つのだ。

　俊治のことを見ても、〈GANCO〉は全く驚かなかった。まずは隣に立つ祐太、そして俊治へと同じ笑みを向け、「こんにちは、初めまして」とはにかみながら頭を下げた。

「すみません、遅れちゃって」

　祐太がやや顔を上気させて口にする。さすがに奴も実際の彼女を目の前にしてあがっているのだろう。もちろん俊治は祐太以上に胸を高鳴らせていた。表情からそれを悟られることはないはずだが、こういう時はいつも以上に筋緊張《きんきんちょう》が強まり、両手足だけでなく顔もひきつってしまうのだ。

　大丈夫ですか？　というように彼女が俊治のことを見た。

「ああ、大丈夫です。彼もGANCOさんに会えて喜んでるんですよ」

　祐太が軽口を叩く。余計なことを言うんじゃない、と思ったが、彼女が「本当ですか？　私もお会いできて嬉しいです」と顔を近づけてくるものだから、余計に筋緊張は強くなる。

「じゃあ、入りましょうか」祐太が言った。

「あ、私、係の人呼んできます」

「そうですか？　じゃあすみませんが、お願いします」

「はい」

〈GANCO〉は、ためらうことなく階段を下りて行く。今日来ることは映画館には連絡済みだったが、中へ入るのには階段があり、祐太一人では運べない。そのこともちゃんと心得ているのだ。

スカートを翻《ひるがえ》して階段を下りて行く後ろ姿をぼうっと見送っていると、

「いい子っすね」

声が降ってきた。

見上げると、祐太がニヤニヤと見下《みお》ろしている。

「あんないい子騙すの、気が引けちゃうな～」

にやけ顔で祐太が言う。明らかに楽しんでいるのが、分かった。

何度も来ているので映画館のスタッフも慣れており、祐太に加え〈GANCO〉にも介助の経験があるため、客席の椅子へのトランスファー（移乗《いじょう》）はスムーズにいった。周囲の客たちは何事かと好奇の視線を向けてきたが、〈GANCO〉は全く気にした様子は見せなかった。

通路側に俊治、隣が祐太、その隣が〈GANCO〉、という並びだった。トランスファーの手順を考えれば仕方がなかったが、祐太が彼女の隣に当たり前のように座っているのがしゃくだった。

あまりくっつくな、と目で合図を送ったが、祐太は気づかないのかわざと無視しているのか、映画が始まるまでの間、馴《な》れ馴《な》れしく彼女に話しかけている。

「いやー、なんか初めて会ったような気がしませんよね」

「そうですね、たくさんメールでお話ししてますものね」

「写真でも見てるし。でも写真よりずっと可愛いですね」

「そんな」

〈GANCO〉が照れたように俯く。

バカ、そんなことを言うな。俊治は内心で毒づく。〈テルテル〉はシャイなんだ、初対面でそんなに軽々しく話しかけることはしない。

だが彼女の方は初対面の緊張もほどけてきたのか、祐太の話すことに楽しそうに相槌を打っている。

「何か飲み物でも買ってきますか?」祐太が尋ねた。

「いいえ、大丈夫です。テルテルさんは」

「え? ああ俺……僕は、大丈夫」

「そちらの……ええと、なんとお呼びすればいいですか」

「ああ、ええと、祐太さん」祐太がこちらを振り返る。「祐太さん、お茶飲みます?」

祐太が笑いを噛《か》み殺したような顔で訊いた。

俊治は、いらない、と首を振った。それより、あまり馴れ馴れしくするな、と伝えようとするが、前の席の背もたれとの間は狭く、足が思うように動かず文字盤を打てない。

「ああ、あんまり水分とるとおしっこ出ちゃいますもんね」

祐太がそう言って笑った。

彼女の前でなんてデリカシーのないことを言うんだ！　思わずカッとなった。彼女の顔を盗み見ると、やはり困ったような顔をしていた。

「トイレ、大丈夫ですよね。行くなら今のうちですけど」

祐太がまだその話題を引っ張る。俊治は無視した。

「ここはトイレ、車椅子のままで大丈夫なんですか」〈ＧＡＮＣＯ〉が訊いた。

「ええ、専用のトイレはないですけど、大の方のドア開けっぱなしでやれば」

「そうですか、やっぱり大変ですよね」

彼女が興味深そうに肯いている。

関心を持ってくれるのは嬉しいが、排せつについて話題にされるのは嫌だった。別の話に移ってくれないかと願っているところに、開映を告げるブザーが鳴った。

「じゃあまた後で」

彼女の声とともに、館内が暗くなった。

映画館を出た後は、予定通り、近くの喫茶店に入った。ここも何度か来ており、車椅子でも問題なく入れることが分かっている。

店員と言葉を交わし、狭い店内をテーブルの間を縫って俊治の車椅子を押す祐太の姿を見て、

「やっぱり慣れていますよね」

〈GANCO〉が感心したように言う。

「まあ、何度も来てるから」

「そうなんですね。やっぱりどの店もスムーズに受け入れてくれるわけじゃないんですよね」

「そうだね。断られることの方が多いね」祐太が偉そうに答える。「通路が狭くて入れない、っていうのはまだしも、床が傷つくからって言われたこともあるし」

「えー、ひどい……」

彼女が顔を歪めた。

祐太の言うように、入店拒否や乗車拒否などの露骨な差別は、今まで嫌というほど味わってきた。

国や地方自治体の音頭もあり、最近は住宅の設計を中心に「バリアフリー」などという

言葉が生まれてきたようだが、「街の中」に関してはまだ全くと言っていいほど浸透していない。俊治の先輩たち——CPの当事者団体の人たちが、路線バスで車椅子での乗車を拒否されたのを機に激しい差別撤廃運動を行ったのはもう十年以上前のことだ。

しかしそういう出来事があっても、今でも人々の意識は全くといっていいほど変わっていなかった。

階段や段差、出入り口の狭さなどにより物理的に利用できないのは仕方がない。だが、明らかにそうではないのに「迷惑だから」とあからさまに拒否された場合には、俊治は徹底的に戦った。この店とて、実は最初は嫌な顔をされたのだ。「それは差別じゃないですか？」と多少強引にでも道を切り開いてきたのは、祐太や他の介助者でもなく、俊治自身だった。

テーブルに着き、それぞれ注文をする。祐太と〈GANCO〉はアイスコーヒー。俊治はいつものレモンスカッシュだった。

一息ついてから、「映画、どうだった？」と祐太が尋ねた。

「ああ、すごい良かったです！　感動しました！」

〈GANCO〉が目を輝かせて応える。きっと彼女は気に入るだろう、と俊治は思っていた。どうやら、期待以上だったようだ。

「テルテルさんは前に観てるんですよね」

「え？　ああ、俺……僕はね。うん、封切りの時」

「うちの近くではやらなかったんですよ……評判は聞いてて、観たかったんですけど」

彼女がくやしそうに言う。

「そっか、その頃、GANCOさんまだ中学生か」

「ええ、中三だったかな。テルテルさんはもう働いてたんですよね」

「うん、えーと……そうだね」祐太が、俊治と打ち合わせたことを思い出すようにして、答える。

「高校卒業して、バイトしてる頃かな……映画、良かったよね」

本当は退屈だったに違いない。上映中、祐太が何度もあくびを噛み殺しているのを見て、ひやひやしていたのだ。幸い〈GANCO〉の方は、映画に夢中で気づいた様子はなかった。

「アナのあの黒くてつぶらな瞳が、今でも目に焼き付いてます」

「ああ、可愛かったね、あの子」

祐太の口調は、すっかり気安いものになっていた。

「テルテルさんに言われてスペイン内戦のことも少し勉強していったので、映画の背景もよく分かって」

「うん、あの辺のことを知ってると、より理解が深まるよね」

自分が教えたことをそのまま棒読みするのに、俊治はまたひやっとする。〈GANCO〉はもちろんそんなことには気づかず、感極まったように続けた。

「本当に静かな映画で……なんか私にも精霊の囁きが聞こえてきそうで……」

「精霊の囁きね……そうだね、なんか聞こえてきそうだったね」

祐太の方は馬鹿みたいにオウム返しをするだけだ。もっと細かな感想を教えたはずなのに、どうやらすっかり忘れてしまったようだった。このままだとまずい。

俊治は、おい、と小さく呼びかけた。

突然の声に、祐太が驚いたようにこちらを見る。

俊治は急いで右足を動かした。祐太が慌ててその動きを目で追っている。

わ・だ・い・を・か・え・ろ

〈GANCO〉も二人のやり取りに気づいて、「何か？」と心配そうな声を出した。

「あ、いや。大丈夫です。なんか、話に入ってきたいらしくて」

また余計なことを――。

「あ、そうなんですか。どうぞどうぞ」何も知らない〈GANCO〉は、俊治に笑顔を向けてくる。

「足の指で文字盤を指すんですよね、すごいですよね。私にも読めるかな」

「どうかなあ、慣れないと無理かも。俺……僕が通訳するから大丈夫ですよ」

「そうですね、テルテルさん、ほんと慣れてますものね」

「まあ、付き合い長いからね」

「どのぐらいになるんですか」

「えーと、介助に入って二年かな」

自然に介助の話題になったことで、ホッと息をついた。

「そうなんですか。生活全般の介助って大変でしょうね。私なんか、ボランティアっていっても、施設に何回か行って、子供たちと遊んだぐらいですから。っていうか、こっちが遊んでもらったみたいで」

〈GANCO〉が恥ずかしそうな笑みを浮かべる。

「きっと、本当のところは全然分かってないんでしょうね」

「いや、まあ、まずは経験することが大事だから。それと慣れね。慣れると、なんてことないよ」

偉そうな祐太の言い方にまたカチンとくる。だが彼女は素直に肯いた。

「分かります。いえ、実際の大変さはもちろん分からないですけど——『慣れる』ことの大切さ、っていうのは、ほんとその通りだと思います。結局私たちって、普段障害者に接する機会が少ない——変な言い方ですけど『慣れてない』んですよね。だから突然障害のある方が目の前に現れると慌てちゃって、目を逸らしたり、どうやって接したらいいか分からなくてアタフタしちゃったり。なんか怖いんじゃないかって思ったり……少しぐらい経験しただけでこんなこと言うの偉そうですけど、実際に障害のある子供たちと長い時間接していると、ほんと普通の子供たちと全然変わらないって……ああ、普通っていう言い方も良くないですよね。なんて言うか……あ、ごめんなさい、私ばっかりしゃべっちゃって。何も分かってないのに」

「あ、いや」

ぽかんと彼女の話を聞いていた祐太が、慌てて応える。

「GANCOさん凄いね、いろいろ考えてて。俺なんか普段何も考えずにやってるから」

これは本音だろう。〈GANCO〉は素直に、「そんなことないです」と首を振る。

「何も考えずに、っていうところが逆に凄いんです。自然体っていうことですもの。さっきから見ていても、本当に普通に、あ、また普通って言っちゃった。……全然構えることなく、周囲の目も気にせず、当たり前のように祐太さんのケアをしていて。ほんと、尊敬しちゃいます」

「いや尊敬なんて、大げさ……マジで何も考えてないだけだから、ハハハ……」

柄にもなく祐太が照れていた。

何、真に受けてるんだと思いながらも、俊治は〈GANCO〉の言葉に感心していた。

実際、彼女の言う通りなのだ。福祉にかかわる人たちは、「差別のない社会」を謳い、

「理解」や「支援」という言葉をたびたび口にする。だがそれより何より必要なのは、みんなが自分たちに「慣れてくれる」ことなのだと、俊治は常々思っていた。

今のところ自分たちは、世間一般の人たちにとって「異形《いぎょう》の者」なのだ。偏見や差別以前に、そもそも「自分たちの世界に存在しない者」なのだ。それゆえ、出会うと恐れ、忌避しようとする。

だからまずは、自分たちが間違いなくこの世に「存在する」ということを世間の人たちに分かってもらわなければならない。障害の種類や程度にかかわらず、「あなたたちと同じ人間」としてこの世界で生きているのだと。

人は、どんなものにも「慣れる」生き物だと、俊治は思っていた。身近にいて、頻繁に接していれば、やがて偏見や差別は——なくなる、とまでは言わないにしても——薄まっていく。少なくとも「在るものとして受け入れる」ようになる。すべてはそこから始まるのだ。

だから俊治は、ある時点から、自分の身をことさら世間にさらすようにしてきた。施設を出て自立生活を送り、部屋に閉じこもるのではなく積極的に外に出ていた。そうやって外の世界に出た時、自分と同じような重度の障害者と（当事者たちの集まりは別にして）出くわす機会が本当に少ないことに気づいた。

いくら何でももう少しいてもいいだろう、と思う。いないから、気づかない。会わないから、知らない。誰も、自分たち障害者の存在を。あなたたち健全者と同じように、悩み、苦しみ、喜び、笑い、欲し、怒り、悲しんでいることを――。

「あ、もうこんな時間ですね！」

〈GANCO〉の声で、我に返った。

「すみません、なんだか私ばっかりしゃべっちゃって」

「いやそんなことないよ、いろいろ勉強になった」

祐太が、満更お世辞でもない口調で応える。彼女の予定とこちらのシフトの都合もあり、「デート」は五時までと決めていた。その時間をもうかなり過ぎていたのだ。

「そんな、私こそ、とても勉強になりました。映画もとても良かったし。すごく楽しかったです。祐太さんにもお会いできて、良かったです」

最後の言葉は、俊治にきちんと顔を向けて、伝えてきた。俊治は何と答えていいか分からない。

「俺もすごい楽しかった。また会いましょう」祐太が軽薄に答える。

「ホントですか、是非」

立ち上がり、財布を取り出そうとする彼女を、祐太が制した。

「あ、いや、今日は奢るから」

「いえ、誘ったのはこっちですし」

「いやこっちの方が年上だし、社会人だから、ホントに」

「そうですか……すみません、ではご馳走《ちそう》になります」

「いやいやこれぐらい」

祐太は偉そうに言っているが、もちろんこれは俊治の財布から支払われるのだ。

喫茶店の入り口で、別れることにした。

「今日は本当にありがとうございました」

「いやほんとに、また会いましょう」

「はい。実は来る前はかなり緊張してたんですけど、テルテルさんが気さくに話しかけてくれたおかげで、緊張がほどけました」

ドキリとする。やはり祐太の受け答えは、メールとはかなり印象が違ったのだろう。

「うん、またメールちょうだいね」

「はい」

「勉強も頑張って」

「テルテルさんも、お仕事頑張ってください。祐太さんも、またお会いしましょうね」

最後は、俊治にそう声を掛け、一礼して、彼女は去って行った。

その後ろ姿が角の向こうに消えたところで、

「やー、なんとかバレずにすみましたねー」

祐太が体をくにゃくにゃと動かした。

本当にバレなかったのだろうか。一抹の不安は残ったが、そう信じるしかない。

「でも、あんなにいい子をこの後も騙し続けるんですか、ちょっと罪ですよ」

祐太が冗談めかして言った言葉が、俊治の胸に深く突き刺さった。

＊　＊

祐太は、俊治の介助に週に四日平均で入っていた。大体が深夜帯、土日や祝日など、他のヘルパーや学生ボランティアが入れない、入りたがらない日や時間帯が中心だった。その分、報酬が高いので、祐太の方で希望したのだ。一日、四〜五時間入れば七千円ぐらいになり、それだけで月に十万強。空いている日は日給で配送のバイトもしていたから、月に十八万は稼いでおり、安アパートで暮らすには十分だった。

俊治のところには、区から派遣されるヘルパーが三人、学生ボランティアが登録されているだけで十人。他に山下や祐太のような有償ボランティアが五人、交替で入っていた。

山下は昔ながらの「有償ボランティア」という言葉を使っていたが、正式には「全身性障害者登録ヘルパー」というらしい。障害者の当事者団体が、区から派遣されるヘルパーとは別に「自分たちが選んだ人間をヘルパーとして登録する」ための運動を行い、そのおかげで山下も祐太も無資格でヘルパー登録することができている。とはいえ、区から出る登録ヘルパー費には上限があり、それ以上の支出に関しては俊治がかなり負担しているらしい。

俊治が趣味のパソコンを使って、プログラミングとかソフトの開発とかをしているのは知っていたが、そんなものでさほどの稼ぎが得られるとは思えなかった。

「なんか親の遺産とかなんとか、って聞いてるけど」

その件について尋ねた時、山下はいい加減な口調でそう答えた。

「へー、遺産。そう言えば俊治さんって、家族いないんですか。みんな死んじゃってるの?」

「そうみたいだな」

山下は関心なさそうに答えた。

「一人で大変ですね」

祐太が言うと、

「そうでもないらしいぞ。他の障害者は親に全面介護されてるからオナニーも満足にできないって。一人の方が自由でいい、って俊治さん言ってたよ」

と山下は笑った。

「へ? オナニー? するんですか?」

祐太は驚いて聞き返してしまった。

「そりゃするよ。あっちの機能は問題ないんだから」

「へー」そういうものなのか、と不思議だった。「でも、さすがに童貞でしょう？」

山下は首を傾げたが、「たぶんな」と答えた。

「前に、ソープに連れて行ってもらったけど断られたってぼやいてたから」

「へー、そりゃやすげえや」

妙なところに感心してしまった。

そういうことがあったため、祐太も、俊治に性欲や「女性への関心」があることは承知していたのだ。

それにしても、と祐太は思う。

まさか、マジで女の子を好きになるとは思わなかったよな——。

「なんで、もったいない！」

俊治から、「もう彼女とは会わない、メールもしない」と聞いた時、祐太は思わずそう叫んでしまった。

「あの後、メールで喧嘩《けんか》でもしたんすか」

俊治は、違う、と首を振る。

「じゃあなんすか。この前会った時、何かあった？」

特に二人の間で何かあったという覚えはなかった。大体あの時、俊治は祐太で、祐太が俊治だったのだ。直接言葉を交わすこともなかったはずだ。

俊治は、ゆっくりと右足を動かした。

と・に・か・く・も・う・あ・わ・な・い
少し考えるような仕草をして、再び動かす。

も・う・お・し・ま・い
「……そうなんですか……まあそりゃ、しょうがないですけど」

そう答えはしたが、本音を言えば、かなりがっかりしていた。また近いうちに彼女と会えるものと楽しみにしていたのだ。

俊治の振りをしなければならないのは面倒臭かったが、実際に口をきくのは自分だ。前回だって、結局ほとんど素のましゃべっていた。彼女の方もすっかり自分を〈テルテル〉さんと思い込んで、尊敬の眼差《まなざ》しすら向けてきたではないか。

そうだ、あの眼差しは、間違いなく自分に向けられたものだ、と祐太は思った。

自分が介助に慣れていることや、俊治への接し方――彼女から「凄い」と言われるようなことをしているつもりはなかったが、彼女の目には、そう映ったのだ。

自分が気さくに話しかけたから緊張がほどけた、って嬉しそうに口にしていたじゃないか。「また会いましょう」って約束もしたのに。

何でもう会わないなんて——。

だが、それからいくら訊いても、俊治はその「理由」を話してくれなかった。

さては。

祐太は、やがて理解した。

マジであの子に惚《ほ》れたな。

そう考えれば、納得がいく。

だから、騙していることが辛くなったのだ。自分が冗談めかして言ったように、「罪の意識」を感じるようになったのだ。

いや、もしかしたら、と祐太は思った。

自分に嫉妬しているのかもしれない。いくら俊治の振りをしていると言っても、直接話しているのは祐太だ。彼女が尊敬の眼差しを向け、いやそれどころか明らかな好意を向けているのは、俊治ではなく、祐太だった。

そのことに、俊治は嫉妬を覚えたのだ。一緒にいて、それを見るのが辛くなったのだろう。

分からないでもない。でも。

馬鹿な奴だ、と祐太は思った。そんな欲など出さずに、前回と同じように自分を間に挟めば、少なくとも彼女に会うことはできるのに。あとは、メールを介してやり取りをすることで満足していればいいのだ。

土台《どだい》、彼女とどうこうなろうなんて、無理なことなのに――。

とはいえ、このまま終わりにするのはもったいない、と祐太は思った。

俊治が会わない、というのなら――代わりに自分が会ってもいいのではないか？

いや、そもそも自分こそが、彼女にとっては〈テルテル〉さんなのだから。

パソコン通信については全然詳しくなかったが、使い方さえ分かれば自分にだってメールを出せるはずだ。

そうだ、どうせ俊治はもうメールをすることはないのだから、自分が〈テルテル〉という名でメールすればいいんだ。

よし、パソコンを買おう。それぐらいの出費は、何てことない。

最初は俊治が自分を「仮面」として使ったが、これからは自分が〈テルテル〉という仮面をかぶって、〈ＧＡＮＣＯ〉と付き合うのだ――。

無力の王（3）

「あまり長くは困ります。十分程度でお願いします」

看護師からそうクギを刺され、わたしは部屋の前まで進んだ。

入り口で両手を消毒し、防護服に帽子、手袋、マスクを着用する。看護師の案内で、ＩＣＵ：集中治療室の中へと入った。

中は暗かった。部屋いっぱいにベッドが置かれ、何十人という重篤患者たちが横たわっている。聞こえるのは、シューシューという人工呼吸器の音と電子音のようなものだけ。モニターの青白い光に浮かび上がる患者たちは、みな管《くだ》でベッドサイドの機器と繋がれている。

妻もまた、そうだった。

驚いたのは、肩まであった髪がばっさりと切り落とされ、丸刈りにされていたことだった。さらに顔の両サイドと額がギプスで固定され、動かせないようになっている。喉から出た管は、ベッドサイドの機器へと伸びていた。

「自発呼吸ができないので、喉を切開してカニューレを入れています」看護師が言った。

「そのため、お話はできません。もちろん、こちらの声は聞こえますので」

「はっきりしています。あ、でも今は寝てらっしゃるかもしれません。起こしましょうか？」

「あ、いえ、そのままで」

看護師はそうですか、と肯き、「面会が終わりましたらナースステーションにお声掛けください」と去って行った。

しばらく、そのまま妻の姿を見つめた。

髪型と彼女を囲む機器のせいで、見知らぬ女性のようだった。

ほんの数時間前までは元気に動き、しゃべり、わたしの隣にいた妻が、今は全く身動きができず、口もきけない姿で横たわっている。そのことが現実のものとは思えなかった。

事故の瞬間のことが蘇る。

マンションの階段の下で倒れている彼女に駆け寄った。声を掛けても反応がなかった。身動きもしない。

死んでしまったのか――。パニックに陥りながら、それでも鼓動を確かめなければ、と彼女の胸に耳を当てた。よく分からない。先ほどからどっくんどっくんと全身に響いているのは自分の心臓の音だ。彼女の心臓は――はっきり鼓動の音がした。動いている。死んでない。

わたしは部屋に駆け戻り、携帯電話を掴んで再び玄関を出た。階段を駆け下りながら一一九番を押す。すぐに相手が出た。

「一一九番消防です。救急ですか、火災ですか」

「救急です。至急、救急車を。こちらは」

動転していて、自分の住所をすぐに言えない。

「大丈夫ですか？」

声に振り返ると、見覚えのある同じマンションに住む女性が、心配そうにこちらを見ていた。気づくと、近隣の人たちも何人か表に出てきている。

「すみません、ええと、ここの住所は、杉並区……」

女性が口早にマンションの住所を告げる。それをそのまま電話の向こうに伝えた。オペレーターが名前と電話番号も尋ねてくる。そんなことといいから早く来てくれ、と思いながら必死に答えた。

「事故に遭ったのは妻です……階段から転げ落ちて、意識がありません。早く！」

その時、妻の目がうっすらと開いた。

焦点の合わなかった目がわたしのことをとらえ、それからしばし宙をさまよい、再びわたしのことを見た。

「……私、どうしちゃったの……」

弱々しい声だが、確かにそう口にした。

「意識取り戻しました！」携帯電話に向かって叫ぶ。

「ねえ……」彼女が苦しそうな顔で言う。

「私の体、どうなっちゃった……？　何も感じない……手は、足はある……？」

わたしは、妻のことを呆然と見下ろしていた。「もしもし？　どうしました？　救急車がそちらに向かっています。もしもし？」電話の向こうから、オペレーターの声が流れ続けていた。

救急車は、数分で到着した。その間に何人もからどうしたのかと尋ねられたが、答える余裕はなかった。彼らは口々に「地震」について口にしていたが、ほとんど頭に入らなかった。

ストレッチャーで運ばれる彼女に続いて、わたしも救急車に乗り込んだ。

すぐ後には、鉄道がすべて運行を停止したことや、高速が通行止めになったことにより都内の道路では大渋滞が発生することになるのだが、この時はまだ車は流れていた。

息苦しさを訴える妻に救急隊員が酸素マスクをあてがったため、そこからは会話をすることが叶わなかった。救急車の中でわたしはずっと妻の手を握っていたが、妻は顔を歪ませながら何度も首を振った。手を握られているのが分からない。そう言っているのだった。

救急車が着いたのは、近隣では一番大きな総合病院だった。ストレッチャーのままエレベータに載せられ、診察室へと運ばれる。わたしは廊下で、看護師から事故の時の状況、彼女の状態について聞き取りを受けた。その後、妻はレントゲン室へと運ばれたが、容態についての説明はなかった。

所在なくロビーに出ると、テレビの前に人だかりがしていた。

「地震」についての速報が出ているのだろう。人々の口から漏れる「大変」「信じられない」「嘘でしょう」などという言葉から、ただならぬものを感じた。

彼らの体の間から、テレビの画面が見えた。

押し寄せる津波が、どこかの岸壁を越えていた。

さらに、流されるトラック――一台だけではない。波に浮かぶ大量の車、そして家の屋根――。

息を呑《の》んだ。これは一体なんだ……？

テロップには、釜石《かまいし》、大船渡《おおふなと》などの地名や震度を伝える文字が流れていく。

宮城県北部で震度7、宮城県南部・中部、福島県中通《なかどお》り・浜通《はまどお》り、茨城県北部・南部、栃木県北部・南部で震度6強、岩手県沿岸南部・内陸北部……。

頭が整理できない。震度以上に、何か大変なことが起きている。分かるのは、それだけだった。

「――さん」

自分を呼ぶ声に、我に返った。振り向くと、看護師が立っていた。

「先生が、お話しできるそうです」

「は、はい」

看護師について、診察室へと向かった。


「ご主人ですか？」

診察室に入ると、レントゲンを見ていた医師がこちらを向いた。

「はい」

「脳の方には異常ありません。ただ、落下した時に首の骨を脱臼していますので、至急、手術を行う必要があります」

冷静な医師の言葉が、うまく頭に入ってこない。首の骨を脱臼？　意識もはっきりしていて、直後は口もきけたのに？

「こちらが、脱臼箇所です」

医師が、レントゲンの首の辺りを指す。

「ここに亀裂みたいなものが走っているのが分かりますか。これが脱臼箇所です。脱臼自体は手術をすれば整復《せいふく》することは可能ですが」

少し間を置き、医師は続けた。

「ご本人は、手足がしびれていて、感覚がない、と言っています。脱臼時にこの部位の脊《せき》髄《ずい》が損傷したのだと思われます。呼吸障害や手足の麻痺などは、脊髄損傷の典型的な症状です」

脊髄損傷――。聞いたことはあった。まさか。

「治るんですか」

咄嗟《とっさ》に、そう訊いた。

「手術後、ギプスと特殊な装具で骨を固定します。時間をかけて安静を保てば、脱臼については治ります。ただ」

そこまでは淡々とした口調だった医師が、少しだけ言いにくそうにした。

「麻痺が回復するかどうかは、まだ分かりません。受傷直後は完全麻痺と不全《ふぜん》麻痺の区別が付きにくいんです。脊髄ショックの期間を脱しても麻痺が続けば、一般的に予後《よご》は期待できません」

予後は期待できない？　どういう意味だ……？

「その場合には、残っている機能を使用して日常生活でできることを増やすために、リハビリテーションを行う必要があります。最低でもひと月、場合によっては三か月ほどの経過観察が必要です。容態についてはご本人も気にされると思いますが、はっきりするまでは具体的なことについてはお伝えにならない方がいいと思います」

「……分かりました」

そう答えるしかなかった。

それから数時間。無事手術が終わり、ＩＣＵに移された妻と面会できることになったのだったが――。

気づくと、妻が目を開け、こちらを見ていた。

「……起こしちゃったな」

そんな言葉しか出てこない。

妻の口が動く。何と言っているかは、すぐに分かった。

あなたは、大丈夫？

こんな姿になりながら、わたしのことを心配するのか。あふれそうになる涙を堪えながら、言った。

「俺は大丈夫だ……。大きな地震だったな。震源地は大変みたいだけど、こっちの方はそれほどでもない。君も、もう心配ない」

妻が、安心したように肯いた。少し余裕ができたのか、かすかに笑みを浮かべた。

その口が動く。何と言っているか分からない。首を傾げると、目を上の方に動かし、もう一度何か言う。

「頭？　髪のこと？」

妻が、目を閉じ、再び開ける。頭を動かせないから、肯きの代わりなのだろう。ゆっくりまばたきをするのは、イエスか。

「そうだね、丸坊主だね。可愛いよ」

そう言って笑った。つもりだったが、本当に笑みに見えるかどうかは心もとなかった。

妻が眉根を寄せ、短くまばたきをする。ノー。可愛いわけはない。

「髪はじき伸びてくるさ。呼吸も時間が経てばできるようになるって」

彼女が口を動かした。やはり何を言っているかは分からない。だが、想像はつく。

感覚がない。体が動かないの。指も足も。

しかし、分からない、とわたしは首を振った。

再び妻の口が動く。

え？　いや、て。手だ。視線を下に動かす。そしてもう一度何か言う。

握って。

今度は分からない振りはできなかった。

妻の体にかけられた薄いシーツの間から、手を入れ、彼女の手を探した。

以前と変わらぬ、やわらかな手が、そこにあった。ぬくもりも変わらない。以前と違うのは、その手を握っても、握り返してこない、ということだった。指一本、動くことはない。

妻がわたしの顔を凝視した。そして、何か尋ねる。わたしは肯いた。

「ああ、握ってるよ」

妻の顔が大きく歪んだ。何度もまばたきを繰り返す。

分からない。感じない。

わたしは、妻の手から自分の手を離した。

「時間がかかるんだ」

かろうじて、そう言った。

「今はいろいろ考えず、安静にしてなきゃいけない。とにかくそれだけを心がけよう」

妻は不満そうだったが、やがて一つまばたきを返した。

「あまり長くいちゃダメだって言われてるんだ。また明日来るよ」

彼女は一瞬、悲しそうな顔になったが、小さく息をつくようにして、大きくまばたきをした。

「じゃあ、また、明日」

妻の口が動いた。じゃあね。

小さく肯きを返し、ＩＣＵを後にした。

だがわたしは結局その日、家に帰ることは叶わなかった。

「それほどでもない」どころではなかった。首都圏の大規模な交通障害により、多数のテレビでは官房長官が会見し、帰宅の自制を呼びかけていた。夜になり、少しずつ鉄道の運行再開情報なども報道されるようになったが、それ以上に衝撃的なニュースが飛び込んできた。

政府による「原子力緊急事態宣言」。今回の災害が「地震・津波」だけでなく、原子力発電所の深刻な事故を伴う「複合災害」であることが明らかになった瞬間だった。

都内での事故についても、発表がなされていた。建物の全壊・半壊は六千四百五十五戸、火災が三十四件発生。東京・晴海では最大一・五メートルの津波を記録し、液状化などの被害にも見舞われた。

さらに立体駐車場の一部崩落や天井の落下などにより、七名が死亡、九十四名の負傷者が出ていた。

妻もまた、その「負傷者」のうちの一人なのだった。

各地では停電も発生しているようだったが、病院には自家発電装置がある。ここにいた方が安心だった。他にもそういう人たちがたくさんおり、病院から毛布が支給された。

わたしは同じような事情を抱えた人たちとともに、ロビーのソファで一夜を明かした。

のちにそう呼ばれるようになる大地震の全貌が、やがて明らかになっていった。それは、わたしの想像を遥かに超えるものだった。

東日本大震災《ひがしにほんだいしんさい》。

三陸《さんりく》海岸全域で木造家屋等が跡形もなく流失し、壊滅的な状態になっていた。東北地方に限らず、かなりの規模の余震が断続的に起き、人々の不安を煽《あお》った。

さらに追い打ちをかけるように、原発関連のニュースが次々に飛び込んでくる。福島第一《だいいち》原発《げんぱつ》における「全交流電源喪失《ぜんこうりゅうでんげんそうしつ》」「一号機建屋《たてや》の爆発」「避難区域の拡大」「国内初の炉心溶融《ろしんようゆう》事故」「さらなる炉心溶融と爆発」「格納《かくのう》容器の損傷と火災」——。

事態は悪化の一途をたどっていた。

そんな中、わたしは毎日、妻の面会に通っていた。仕事が終わってから駆け付けるので面会時間ぎりぎりになったが、いずれにしても会えるのは十分程度だ。会話らしい会話もできない。顔を見ることができればそれで良かった。

二日目に行った時、彼女が泣いていた。何があったのか——後で看護師に聞いたところ、彼女の隣のベッドにいた患者が今朝《けさ》、亡くなったのだという。

その日だけでなく、毎日のように妻の周囲では人が死んでいった。テレビの中でも大勢の人の死が告げられていたが、隣に寝ていた人間が次々に死んでいくという恐ろしさは本人にしか分からないだろう。

しかしやがて、彼女は涙を流さなくなった。死に「慣れた」のだ。ここはそういうところなのだった。

自発呼吸ができるようになったら一般病棟に移ることができる、と医師からは言われていた。その日は、意外に早くやってきた。

震災の影響は、都内でもまだ続いていた。

スーパーやコンビニからは物がなくなり、食品や日用品の品薄《しなうす》状態が続いていた。計画停電が始まり、どこの建物や施設でも灯りは半分ほどに落ち、昼間でも薄暗かった。テレビでも会社でも、話題は震災のこと一色だった。原発事故による放射能の影響を恐れ、都内を離れる者も出てきた。

これからこの国は一体どうなってしまうのだろう。誰もが同じ不安を口にしていた。わたしも不安だった。それでも妻のことが、かろうじてわたしを支えていた。自分がしっかりしなくてどうする。今は妻のことだけを考えるのだ。そう言い聞かせ、毎日病院へと通った。

ある日、いつものようにICUに入ったところ、妻がいたベッドに、顔一面《かおいちめん》人工呼吸用のマスクで覆われた総白髪《そうしらが》の男性が横たわっていた。

彼女は、一体どこに……？　恐る恐る看護師に訊くと、あっさり「ああ、さっき一般病棟に移りました」と言われ、胸をなでおろした。

教えてもらった病棟階でエレベータを降り、四人部屋の五〇五号室へと向かった。

女性ばかりの病室であるため気後れがしたが、そんなことは言っていられない。「失礼します」と周囲に頭を下げ、妻のベッドを探した。奥の仕切りのカーテンで半分覆われたスペースが、それのようだった。

カーテンを開けると、喉に包帯は巻かれているものの、すべての器具をはずされてすっきりとした姿の妻が、ベッドに寝ていた。背中に大きな枕のようなものを入れられ、体を横にされている。

「良かったな、ＩＣＵから出られて」

そう声を掛けると、彼女はにっこり笑い、

「声も出せるようになったよ」

と言った。少しかすれてはいたが、聞きなれた妻の声だった。

「……良かったな」

万感の思いを込めてその言葉を繰り返し、近くにあった丸椅子を引いて腰かけた。

「大変なことになってるのね」

妻が言った。

「あいや、まだどうなるかは分から」答えかけて、妻の表情から自分の勘違いを悟った。

「ああ、そうだね、東北の方は本当に大変なことになってる」

慌てて言い繕《つくろ》う。病室にテレビはないが、ＩＣＵから出て「世間」のことが耳に入るようになっているのだ。

「どうなるか分からない、って私のこと？」

「いや」

「先生から何か聞いてるの？」

彼女が眉をひそめた。

「まだ感覚が全然戻らないのよ」

「……焦っちゃだめだよ。時間が必要なんだって。経過観察期間っていったかな」

それは、嘘ではなかった。完全か不全か見分けるのには、最低でもひと月。場合によっては三か月ほど要する。もちろんその間、何もしないのではなく、リハビリを進めていくのだ。不全であれば、その中で少しずつ感覚が戻っていく。しかしそれが全くなければ——。

嫌な想像を頭から振り払い、言った。

「少しずつリハビリも始まるんだろう？」

「うん、ＩＣＵにいる時も、リハビリの先生が来て少しは手足を動かしてくれてたんだけど。これからは車椅子に乗って、訓練室に行ってやるんだって」

「そうか」

妻は、呟くように言った。

「……リハビリを始めれば、動けるようになるのかな」

「なるさ」

わたしは、強い口調で応えた。

そう信じることだ。まずは自分が。絶対に治ると。再び動けるようになると、そう信じるのだ。


原発の事故が一向に収束しないことで、世の中は騒然としていた。そんな中でも、善意の人々が被災地へと向かい、ボランティア活動に尽力していた。「絆《きずな》」という言葉が時代のキーワードとなり、こういう時だからこそ日本人が一つになり、困難に立ち向かっていくのだと前向きに語る人がいた。

だが不謹慎なようだが、わたしたちにとっては、それよりも優先すべきことがあった。

妻のリハビリが始まったのだ。

リハビリは、まずはベッドサイドでの関節可動域訓練《かんせつかどういきくんれん》、というものから始まった。

ＰＴ（理学療法士《りがくりょうほうし》）が病室まで来て、妻の手足を慎重に動かし、硬くなった関節の動く範囲を拡大する。その次は、筋力増強訓練。ベッドの上で上半身だけ起こし、本人が自分で動かせる範囲を確認する。

彼女は、肩を動かすことだけはできた。肩を動かせば自然に腕も動く。その動きにＰＴが手で抵抗を加えたり、おもりを使用したりして、筋力の低下を少しでも防ぐのだ。

一般病棟に移ってから一週間ほどが経った頃、初めて訓練室まで行くことになった。まだ車椅子には移れないので、ストレッチャーのまま移動する。

この時はわたしも仕事を半日休み、付き添った。訓練室は広く、ちょっとした体育館のようだった。

あちこちに敷かれたマットの上に患者たちが寝そべり、ＰＴの補助を受けて体を動かしている。バーに摑まって歩く練習をしている者もいる。柱に取り付けられた大きなスピーカーから最新のポップスが流れてくるところなどは、スポーツジムを思わせる雰囲気だった。

訓練室で妻が最初に行ったのは、起立訓練というものだった。

ストレッチャーから、斜面台《しゃめんだい》というものに移される。全体を傾斜させることのできる台で、別名起立台《きりつだい》とも言うらしい。寝かされた状態で胴と足をベルトで固定され、台ごと体を起こされていくのだ。

「長期間寝ていて急に起き上がると、起立性低血圧と言って、立ちくらみが起こります。その予防というか、慣れのための訓練です」

そう説明しながら、PTが角度を上げていった。妻が小さく叫ぶ。

「あ、ちょっと……怖い……あ、目の前が見えな……」

「ちょっと上げすぎちゃったかな」

PTが慌てたように角度を戻す。だが妻は気を失ったように目を閉じていた。

「大丈夫です。立ちくらみ、ただの貧血ですので、すぐに戻ります」

PTは、何でもないように言った。


リハビリは始まったが、妻は面会に行くたびに、

「まだ感覚が戻らないのよ。こういう状態でリハビリしたって意味ないんじゃないかな」

「いつになったら感覚戻るのかな……少しずつは感じるようになってもいいように思うんだけど……」

不安そうな顔でこぼしていた。

毎日のように病室を訪れるうち、同室の患者たちとも少しずつ会話を交わすようになっていた。当たり障りのないやり取りではあったが、それぞれの人となりは自然に分かってくる。

妻以外の三人のうちの一人、藤橋《ふじはし》さんは、入院して一年弱という妻と同年代の女性だった。独身で、入院前はばりばりのキャリアウーマンだったらしい。受傷の原因は、交通事

故。助手席にいて事故に遭ったかと思いきや、自分で運転していたという。にもかかわらず、退院後も運転するつもりだというから中々の豪傑だ。

もう一人は、五十代の主婦の葛西《かさい》さん。仲間と山登りの最中に事故に遭ったらしい。同年配のご主人と、成人した息子が二人いる。長男には結婚を考えている恋人がいるのだが、彼女はその相手が気に入らない。長男が恋人を連れて見舞いに来ると、いる間はニコニコと対応しているのだが、帰った後にその彼女の悪口を言いまくる。これで結婚したらどうなってしまうのだろう、と他人事ながら恐ろしくなるほどだ。

そしてもう一人、柴田《しばた》さんという、常にカーテンを閉め切っている古参患者がいた。この病棟の患者はみな一年から一年半で退院するのが普通だが、柴田さんはもう何年もいるらしい。何か事情があるのだろう。

「みんな、もうあれ以上は回復しないみたいなの」

妻の車椅子を押してデイルームに行き二人きりになった時、彼女はそう言った。

「ケイソンっていうらしい。頸髄損傷の略。藤橋さんはC7、葛西さんはC6っていうレベルだそうよ」

彼女の口からその言葉が出たことに、ドキリとした。

「それでも車椅子を漕《こ》げるだけいいけど……柴田さんはベッドから降りてるの見たことない」

わたしは黙って肯いた。

「……私はどっちなんだろう」

妻がぽつりと言う。

「とにかくリハビリ頑張ろうよ」

そんな言葉しか出てこなかった。

妻からの返事は、なかった。


テレビには、避難所の光景が映し出されていた。パーティションで仕切られた体育館の「部屋」で、年老いた女性がうつろな表情を浮かべ座り込んでいる。その近くでは、ボランティアの若い女性にお菓子をもらって笑みを浮かべている子供の姿もあった。

画面は切り替わり、自衛隊員や消防士などが荒廃した土地の一角で黙とうを捧《ささ》げる姿や、まだ残る瓦礫《がれき》の中、何かを探している男性の姿などが映し出される。今でもなお、震災地には復興の兆しは見えない。

ロビーのテレビから目を離し、わたしは病室へと向かった。

あれからひと月が過ぎた。「その日」が近づいていた。

ある日、わたしだけが面談室に呼ばれた。主治医とともに、「ケースワーカー」という肩書の伊原《いはら》という男が同席していた。

「ひと月以上経過しましたが、麻痺に改善の様子はないようですね」

主治医は、淡々とした口調で告げた。

「つまり」訊くのが怖かったが、確かめなければならない。

「完全麻痺ということでしょうか」

「そうですね。C5レベルの頸髄損傷です」

医師は何でもないように肯いた。

目の前が真っ暗になる。

同室の二人よりも重症なのか――。

病室の中の、常にカーテンを閉め切った一角が目に浮かんだ。

一度も姿を見たことがない、柴田という同室患者。

では妻も、あんな風に――。

「『障害の受容《じゅよう》』には、一般的に四段階のステップが必要です」

伊原が横から言った。

「まずはショック期。ICUから一般病棟に移った頃の、自分の身に何が起こっているのか分からずただ途方に暮れる、という時期を経て、否認期――自分の身に起こっていることを認めたくない、自分にこんなことが起こるはずがない。それだけが頭を占め、誰が何を言っても耳に入らない、という時期に入ります。その後さらに混乱期を経て、努力期と言われる、苦しみの中から障害を受容することができるようになります」

障害を受容する——。そんなことが本当にできるのだろうか。

「これから時期を見て、告知を行います。告知の後は、患者さんは一層心理的に不安定になり、依存性や攻撃性が高まったりします。身近にいる方が、しっかり支えてあげることが何より重要です」

身近にいる方——つまり、自分だ。

「同時に、退院後の生活についても少しずつ考えていかなくてはなりません」

そこからは、伊原が話を主導した。

「ご自宅に戻られるか、あるいは施設に入るかですが、ご自宅に戻られるにしてもかなりの部分をバリアフリーに改造しなければなりません。今のお住まいは、賃貸ですよね」

「は、はい……」

「改造については、これからPTやOTの意見を聞きながら、地域のケースワーカーと相談していくことになります。転居などを考えられる場合には、その地域の自治体が相談窓口になりますので、まずは居住先をお決めいただく、というのが先決となります」

「あの、転居、というのは……」

「現在のお住まいだと改造が難しい、という場合、改造が可能な物件や、最初からバリアフリー構造になっているお住まいに退院とともに移る、という方もいらっしゃいます。それからまれに、実家に帰る、という方も。そういう可能性はありますか？」

「あ、いえ、実家は長野で……」

妻の両親は、事故を知らせた数日後には、長野から飛んできた。二人とも、七十をとうに超えている。妻への面会もそこそこに、わたしに向かって何度も頭を下げ、「娘をよろしくお願いします」と繰り返し、肩を落として帰って行った。

あの老いた二人に、彼女の面倒をみさせるわけにはいかない。

「施設というのは……」

先ほど伊原が口にした、「もう一つ」の可能性について聞いてみたかった。

「ええ、肢体《したい》不自由者《ふじゆうしゃ》入所《にゅうしょ》施設《しせつ》というものが、都内にも何か所かありまして。ケイソンだけじゃなく、脳疾患系や脳性麻痺などの方で、自宅では生活できない、という方が長期入所するところですが……」

伊原の口調は、どことなく歯切れが悪かった。

「施設の数が少ない上に、常に定員いっぱいで、入所待機中の方がかなりいらっしゃいます。一応申し込んでおくことはできますが、入所できるのは何年先になるか、正直なんとも言えません」

いずれにせよ、いったんは家に戻らなくてはならない、ということか。

介護するのは、わたしだ——。

本人の意思も確認しなければならないため、退院後の具体的な計画についてはまだ定まらないまま、わたしは「介護・介助者」としてのレクチャーを受けることになった。

それからたびたび会社を半日抜けて、あるいは一日休んで、妻のケアやリハビリに立ち会った。

担当看護師からは、排尿・排便についてのレクチャーを受けた。排尿は、尿意を感じないため、二、三時間ごとにタッピング（下腹部を軽く叩くこと）し、膀胱《ぼうこう》を刺激して行う。それでうまく出ない場合は、「導尿法《どうにょうほう》」といい、カテーテルと呼ばれる清潔な管を、尿道から膀胱へ差し込み排尿するという。妻の場合は後者で、ICUにいた時から、カテーテルを入れっぱなしだった。

排便は、あらかじめ座薬を入れた上でトイレに行き、便を出し切るまで（その際の目安は、肛門を直接触り、指が入らないほど締まったのを確認することだという）便器の上でねばる。早い時で二、三十分、長い時は一時間近くもかかる場合もあるという。しかし妻の場合は便座に座ることはできないので、すべてベッド上で行うことになる。看護師はわたしだけに、

「自力では出せないので、放っておくと宿便になります。なので『摘便』と言って、硬くなって出てこない便を肛門に指を入れて掻《か》き出す、ということを最低でも週に二回はしな

くてはならないと思います」

と伝えた。

主治医からは、主に感染症と褥瘡の予防について話を聞いた。ほとんどの感染症は尿《にょう》路《ろ》感染《かんせん》するため、水分をたくさんとらなければならないこと。常に尿の色や浮遊物などをチェックすること。褥瘡予防については、車椅子上でのプッシュアップ、ベッド上での体位交換などを怠らないこと。

「ちょっとしたスリ傷やひっかき傷でも褥瘡の原因になるので、本人には見えない臀部のチェックは介助者がやってください」

主治医は、当たり前のような口調でわたしに告げた。

リハビリには肉体的な訓練をする理学療法と、技術的な訓練をする作業療法の二通りがあり、午前中は理学療法の時間だった。

担当PTの説明を聞きながら、わたしは彼女の訓練を見守った。この頃には妻も車椅子に移れるようになっていて、自走用の車椅子をグローブをした手で漕ぐ、という訓練をしていた。とは言っても妻は手を動かすことはできない。肩の動きだけで何とか車輪の外側にあるハンドリムというところをこするようにして車椅子を動かすのだが、十分やっても数センチ進むかどうか、という有様だった。

そういう訓練とは別に、自分では動かすことのできない膝や足首、股関節は放っておくと拘縮《こうしゆく》していく傾向があるので、できれば毎日動かしてやることが望ましい、とPTはつけ加えた。

午後は、作業療法に付き添った。

若い男の子が、ソックスを履く練習をしていた。ソックスの履き口につけた輪ゴム大三個のループに指をひっかけ、引っ張り上げて履く。普通より数段難しそうに見えるその行為を、車椅子の青年は難なくこなしていた。

「服の着替えも、同じように一人で行えるようにします」

年配のOT（作業療法士《さぎようりようほうし》）が説明する。

「ただ、指で物を摑むということはできません。従って、食事や歯磨きは、スプーンや歯ブラシを自助具と呼ばれる装具につけ、行います。ペンを持つこともできないので、ここでは僅かな力で入力が可能なワープロやパソコンの使い方を教えています」

妻は、それらの説明を黙って聞いていた。

この頃から、彼女の口数は極端に少なくなっていた。

理由は、わたしにも分かる。

PTやOTの説明は、すでに彼女が、自分の力だけでは何もできない、ということを前提にしていた。ADL（日常生活動作）という言葉を彼らは使うが、それがほぼゼロであること。生活するにおいて、すべての行為で介助が必要であるということ。

正式な「告知」を受ける前から、すでにわたしたちはそれを悟らされていたのだった。

そして、「その日」がきた。

いつものように病棟へ行くと、病室に行く前に看護師から呼び止められた。

「主治医からお話があるそうです。ご本人も一緒に」

ナースステーションの奥にある小部屋には、主治医の他に、看護師長と、伊原の姿もあった。

「ケースワーカーの伊原といいます」伊原は、初対面の妻に挨拶をした。「まだ先のことですが、退院後の生活や役所との手続きなどをお手伝いいたします」

「よろしくお願いします」

何も応えない妻に代わって、わたしが頭を下げた。

「受傷から三か月が過ぎました」主治医が口を開いた。「脊髄損傷の場合、受傷して三か月が経過観察期間とされています。この期間を過ぎると安定期に入り、症状はほぼ固定されます」

何度も聞かされた話だった。だが妻にとっては初めてだ。どんな顔をして聞いているのか、彼女の方を見ることができなかった。

レントゲン写真を指しながら、主治医が淡々と説明をする。

「ご覧のように、脊髄のうち頸髄の五番と六番の間の神経が切れてしまっています。このようなレベル――専門用語でC5といいますが、このC5レベルのケイソンの場合は、胸から下、肩から下の感覚を失います」

医師はそこで、少し間を取った。

「これからは、残った神経、残った機能を最大限に使って、どうやって生活していくかを考えていかなくてはなりません。リハビリもそういう方針で行います。例えば電動車椅子を操作する。自助具を使って食事をする。退院後の生活のために最低限どんなことをしなければならないか、PT・OTの担当だけでなく、ケースワーカーとも協力して進めていってもらいます」

主治医は、最後にわたしたちのことを見て、「退院は、来年の三月末を予定しています。以上、何かご質問があればどうぞ」と締めくくった。

妻は、何も言わなかった。

面談室を出たが、病室には戻らなかった。車椅子を押し、デイルームへと行った。これからのことを、二人で話し合わなくてはならない。

デイルームで二人になった時、それまで押し黙ったままだった妻が口を開いた。

「――知ってたの」

「え？」

妻は、視線を落としたまま、続ける。

「あなたは、知ってたの」

「何を」

「もう治らないってこと。一生このままだっていうこと」

その言葉を、妻が口にしたのは初めてのことだった。わたしは、言い訳するように答えた。

「……経過観察期間が過ぎないと、分からないって言われてた」

「ある程度は聞いてたのね」

わたしが黙って肯くと、妻は吐き出すように言った。

「聞かされていなかったのは私だけってこと」

妻が、怒っているのが分かった。

口には出さないし、表情も変わらないが、彼女が全身で怒っているのが、わたしには分かった。

なぜ私が。なぜこんな目に――。

彼女は、全身でそう言っていた。

「今日はもう、帰って」

そう言ったきり、彼女はわたしが帰るまで一言も口をきかなかった。

それからもわたしは毎日のように面会には行ったが、妻は最低限の用件しか口をきかなくなった。

それでも退院というゴールが設定された以上、こなさなければならない予定は山のようにあった。

リハビリも、段々現実的なものになる。

それまで自分で漕ぐべく訓練していた車椅子も、電動車椅子へと代わった。都の心身《しんしん》障害者福祉センターというところで判定を受け、体に合わせた特注のものができてくるまでの間は、病院の電動車椅子を借りて、操作に慣れていかなければならない。

ある日、PTから、わたしも一緒に「外出訓練」をするように言われた。

病院の中は、どこもフラットで滑りのいい床だが、一歩、外に出ればそういうわけにはいかない。舗装された道路でも凹凸《おうとつ》があり、傾斜がある。そういう環境で電動車椅子を操作する練習をするとともに、駅での電車の乗り降りや店舗への出入りなど「介助の訓練」も兼ねるため、「二人だけで外出」するのだという。

「デートだと思って、楽しんで」

「……分かりました」

無言の妻に代わって、わたしが返事をした。

電動車椅子を操作する妻と並んで、病院を出た。二人きりで病院の外に出るのは初めてのことだった。見送るPTや看護師たちの姿が消えると、妻は操作をやめた。

「押して」低い声で、言う。

「自分で操作しなけりゃ意味ないだろう」

「疲れるのよ。いいから押して」

不機嫌な声でそう言われれば、従うしかなかった。仕方なく後ろに回り、車椅子を手動モードにする。

車道は歩けないから、もちろん歩道を歩いた。歩道には確かに凹凸があり、僅かではあっても傾斜があった。舗装されていないところはさらに歩きにくかった。

さらに、結構な数の人が行きかう。自転車が来たりもする。それらを避《よ》けながら、横に広がって歩くグループや、ゆったりとした歩きで前をふさぐカップルなどには、いちいち「すみません」「通してください」と声を掛けたりしなければならない。

病院の中で車椅子を押しているのとは、まるで世界が違った。これが、「外」なのだ。

地下鉄の駅に入るにはエレベータに乗らなければならない。PTと一度来たことがあるという妻がその場所を指示したが、知らなければ探すのも一苦労だろう。

地下に降り、自動券売機で切符を買う。改札に近づいて行くと、窓口にいた駅員が「どちらまでですか」と声を掛けてきた。行き先を告げると、「少々お待ちください」と言われる。改札を通ったところで待っていると、しばらくして別の駅員が折りたたみスロープを持って現れた。エレベータを使い、目的のホームまで案内してもらう。乗る位置も決められる。この間に、電車は数本行き去っていた。

やがて、電車が来た。ドアが開くと、他の客がすべて乗り降りしてから、駅員がスロープを渡し、車椅子を押して通るのだった。

「お気を付けて」と笑顔で見送る若い駅員にわたしは礼を言って頭を下げたが、妻は無言のままだった。

電車の中でも、彼女は終始無言だった。わたしも話し掛けるのがためらわれ、中吊《づ》り広告などをぼんやり眺めているうちに目的のターミナル駅に着いた。

その駅のホームにも、すでに駅員が一人待機していた。来るときと逆のコースで電車から降り、エレベータに案内され、改札まで向かう。

エレベータで、外に出た。

平日というのに、学生などは早くも休みを迎えているのか、街はかなりの人出だった。

「すみません」と「ごめんなさい」を繰り返し、車椅子を押していく。中には露骨に邪魔そうな顔を向ける若者もいて、わたしはひたすら頭を下げながら目的地とした商業ビルまでたどり着いた。

二十代の若者たちが頻繁に出入りするそのビルは、メインの入り口にはかなりの段差があり、スロープのある出入り口は別の場所にあった。入ってからも通路は狭く、人も多く、車椅子で移動して歩くにはかなりの苦労があった。

わたしは、ここでも「すみません」と「ごめんなさい」を繰り返し、人込みを縫うように車椅子を押した。階を移動するには当然エレベータを使わなくてはならない。目の前に階段やエスカレータがあっても、迂回《うかい》し、エレベータを探して、その階に止まるのを辛抱強く待つ。そしてようやくやってきたエレベータは買い物客で満員で、ドアが開いても誰も降りようとしない。

しょうがない、次のを待つか。

妻が突然、低い声を出した。

「降りてもらえませんか」

手前にいた女性の二人組が声に気づき、「すみません」と降りた。だが、まだ車椅子が乗れるだけのスペースはなかった。

「降りてって言ってるんですけど」

妻の声に驚き、二人、三人と降りてくる。まだ乗っている者も、みな戸惑いの表情を浮かべていた。

「ちょっと」

わたしは思わず声を掛けたが、彼女はなおも言い募った。

「全員降りて」

「何だよ、乗れるじゃないか」

奥にいた男性が咎める声を上げた。

「あなたは階段でもエスカレータでも移動できるでしょ」妻がその男に向かって言い放つ。

「みんな降りてって言ってるの」

あまりの剣幕に恐れをなし、全員がエレベータから降りてきた。

「すみません……」

頭を下げるわたしに、先ほどの男が、

「障害者だからってずいぶん横暴なんじゃないの？」

と強張った顔で言った。その隣にいた中年の女性も、「ご主人も大変ねえ」と同情するようでいて、あからさまに非難する顔を向けてきた。

妻は構わず、「行くわよ」とわたしに告げる。

仕方なく車椅子を押してエレベータに乗り込んだ。

ドアが閉まるまで、みなの冷たい視線がわたしたちに注がれていた。

一時間以上ビルの中にいたが、結局彼女は何も買おうとしないまま、そこを後にした。

この後は、食事の予定だった。車椅子で入ることができるところを探したが、手ごろな店は中々見つからない。前もって当たりをつけてくれれば良かったと後悔しながら、人込みの中を三十分近く探し回った。

「駅の中でいい」

妻の言葉に従い、駅に向かった。駅ビルの中のレストラン街でようやく入れそうな店を見つけ、入った。

だが、今度はテーブルの下に車椅子の足が入らない。どうしてもテーブルから大きくはみ出るような恰好になってしまう。それだけなら体裁が悪いだけで済むが、テーブルから離れているため、自分で飲み食いすることができない。どうしようか……思案しているわたしに、妻が感情のない声で、

「食べさせて」

と言った。

「でも、できることはなるべく自分でって」

「PTみたいなこと言わないで。食べさせてって言ってるの。私はカレーでいいから。早く食べて出ましょう」

わたしも同じものを頼み、先に妻に食べさせた。早く済ませたいのだろう。彼女はろく

に咀嚼《そしやく》もせず飲み込んでいく。

妻が食べ終わってから、自分も、と思ったが、もはや食欲もなく、冷めきったカレーを口に運ぶ気にもならなかった。

来た時と同じコースをたどって病院に着いた時には、すでに日が暮れようとしていた。

普段だったら看護師と二人がかりでベッドに運ぶのだったが、その日は一人でベッドに移すまでがコースだと言われていたので、わたしは、看護師に見守られながら一人でのトランスファーに挑んだ。

やり方は、何度も練習していた。

まず、ベッドサイドにつけた車椅子の前に立ち、右足を半歩出して自分の足を妻の両足の間に差し込むようにする。次に彼女の両脇に手を入れ抱きかかえるようにして、軽く前の方に倒し自分の体に近づける。脇から入れた両手を彼女のお尻に回し、浮かせるようにしてさらに引きつける。妻の体が車椅子から離れたら、素早く上半身を回転させ、その腰をベッドの端に乗っける。

段取りをもう一度確認して、車椅子の彼女の両脇に手を入れた。

「痛い」

すぐに妻から不満の声が上がり、「ごめん」と力を緩める。

彼女の体を前の方に倒し——、

「ちょっと！」

「危ない！」

横で見ていた看護師が、すかさず手を差し伸べる。いきなり前に倒したことで、彼女の体が車椅子からずり落ちそうになったのだ。

「何やってんの！」

妻が小さく叫ぶ。

「ごめん……」

「もういい。今日は看護師さんにお願いする」

どうします？　というように看護師がわたしのことを見た。

「すみません、お願いします」

そう、頭を下げた。

ベッドに移った妻は、「もう寝る」とカーテンを閉めさせた。

病院を出た途端、疲れがいっぺんに押し寄せてきた。

「デートを楽しむ」どころではなかった。体はもちろん、心も疲れ切っていた。たった半日のことなのに、大きなダメージを受けていた。

退院したら、これが毎日続くのか――。

本当に自分にできるのだろうか、とわたしは思った。

今の状態のまま退院して、「生活を共にすること」など本当にできるのか。日々必要な介護・介助の中で、まだ経験していないことは山ほどある。夜中に二度の体位交換。着替え。洗顔。歯磨き。調理。配膳。排せつ。入浴——。

とても無理だ、と思う。ケースワーカーの伊原や、PT、OTたちは、「なるべく自分でできることは自分で」と何度も繰り返す。

しかし、実際に妻が「自分でできること」などほとんどない。

彼女を置いて、外に出るわけにはいかない。ホームヘルパーを頼むにしろ、時間枠に限りがあるという。

わたしは、仕事を辞めざるをえない。しかしそうなったら、経済的にはどうなるのか。

それより何より。今日の、いや最近の、彼女の態度。言動。

「告知」を受けて以来、常に苛立ち、わたしに対しても心を開かなくなっている。

努力期？　そんなものが本当にくるのか。こんなことで、退院して二人でやっていけるのだろうか。

この先、まだ何十年と続く人生を——。

退院の日、同室の患者さんたちに挨拶をした。

「いいわね〜、私も早く退院したい」

「旦那さんと仲良くね」

妻が入院した時とは顔ぶれは一変していた。あの頃にいた患者は、みなとうに退院している。今では妻が一番の——いや、常に最古参の患者が、一人いた。

妻が、柴田のベッドの方を見た。カーテンを閉め切ったまま、中の様子を窺い知ることはできない。

妻は、そちらに向かって電動車椅子を動かした。

「柴田さん」

小さく声を掛ける。

「長い間、お世話になりました。今日、退院することになったので——」

その時、思いがけないことが起こった。

カーテンが、開いたのだ。

開けたのはケア中の看護師だったが、ベッドの上で柴田が、上半身を起こし座っていた。いや、正確には「座らされている」といった方がいいだろう。板のようにつっぱった体を、倒れないようにベルトで固定している。四十代ということだったが、その髪は真っ白で、まるで老婆のようだった。腕などは触れただけでも折れそうなほど痩せこけている。

顔には、表情というものが全くない。その中、目だけが強い光を放ち、妻のことを見つめていた。

看護師が、「柴田さんもお別れを言いたいそうよ」と言う。

続いて柴田の口が動いた。今でも喉にカニューレを入れているため、声は出ない。看護師は慣れているらしく、その口の動きを読むと、「通訳」をした。

「『リハビリ、頑張って』って」

「ありがとうございます」

妻は、頭を下げた。

柴田の口がまた動く。

「『生きていれば、必ずいいことがあるから』って」

妻は一瞬返事につまったが、かろうじて「はい」と声を出した。

その時、柴田の顔が奇妙に歪んだ。どこかが痛んだのだろう、とわたしは思った。

それが「ほほ笑み」ではなかったのかと気づいたのは、カーテンが閉まった後だった。


病院の玄関を、二人並んで出た。

妻は見送りの姿が見えなくなった途端、車椅子を操作するのをやめる。

仕方なくわたしが後ろに回り、車椅子を押して駐車場まで歩いた。

車椅子スペースに停めた車の後部座席を開け、先に荷物を入れる。トランクは車椅子を仕舞うスペースとして空けておかなければならない。

続いて助手席のドアを開け、椅子を引けるところまで引いて、背もたれを少し倒す。トランスファーの時と同じ要領で、彼女の背中に右手を回し、少し前に倒す。左手を彼女の膝の下へ入れ、腰を落とす。そして、持ち上げる。助手席にまず足から差し込み、彼女の頭がぶつからないように気を付けながら全身を中にいれ、そうっと下ろす。足を整え、背もたれを調節すると、助手席のドアを閉めた。

車の後ろに回り、車椅子を少しだけ畳んでトランクへと入れる。何とか閉まってくれた。運転席のドアを開け、乗り込んだ。自分のシートベルトを締め、彼女にも、と手を伸ばしたところで、妻が泣いているのに気づいた。

事故に遭った時も、「告知」を受けた時も涙を見せなかった妻が、声を上げて泣いていた。

声を掛けることができなかった。

「どうしてあんなことが言えるの……」

嗚咽《おえつ》交じりに彼女が呟く。

何のことだか分からなかった。

「生きていればいいことがあるなんて、なんで言えるの……」

別れ際に柴田から言われた言葉だと、気づいた。

「そんな風に思えない……思えないわよ……」

わたしは黙って彼女の肩を抱いた。妻の手は動かない。動かしたくても動かせないことは分かっている。

彼女を抱き寄せ、離さないように、しっかりとその体を抱きしめた。

「大丈夫、大丈夫だから」

わたしは言った。

「俺がいるから。俺がついてるから。大丈夫、どんなことがあっても大丈夫」

「本当にいてくれるの……こんな体でも、一緒にいてくれるの……」

「いるよ。もちろんいるよ。決まってるだろ。ずっと一緒だ……」

涙があふれるのを堪えきれなかった。

あの妻が――プライドが高く、自分の前で一度とて弱みを見せたことがなかった彼女が、今、子供のように震えている。

ようやく「受容」したのだ、と思った。

可哀そうでもあり、同時に、愛《いと》しくもあった。

初めて、妻と一つになれたような気がした。

そう、わたしがいる。わたしが君の面倒をみる。たとえ治らなくたって、わたしは、ずっと君のそばにいる。君の手足として、一生、君を支えていく――。

「ただいま戻りました」

帰宅するのと同時に、重森さんが急ぎ足で玄関に向かってくる。なぜだかこちらを見ようとしない。

顔を伏せたまま、早口で告げる。

「私はおやめになった方がいいと言ったんです。どうしても必要なファイルを探さないといけないからとおっしゃって……私はただ言われるままに……」

何のことだか分からなかった。

重森さんは一方的にそう告げると、「すみません、失礼します」と慌ただしく出て行った。

訝りながらリビングに入ると、妻がベッドの上で座っていた。

目の前のオーバーテーブルには、僕のノートパソコンが置かれてある。

ハッとして妻のことを見た。

「よくこんなに嘘ばかり書けるわね」

何があったのか、一瞬で悟った。

ベッドに駆け寄り、オーバーテーブルからパソコンを持ち上げる。閉じるとき、そこに映し出されていた画面が見えた。

僕の「文章」だった。

「――読んだのか」

僕の声は怒りで震えていたはずだ。しかし妻に、全く動じた気配はなかった。

「何を毎晩、熱心に書いてるかと思えば」

冷ややかに言い放つ。

「そんなもの書いて、どうするつもり？　小説家にでもなるつもりなの」

怒りと屈辱とで胸が押しつぶされそうだった。

「何を書くのも勝手だけど、せめて本当のことを書いたら？」

妻はせせら笑うように言った。

「友達のお通夜で再会した元カノとよりを戻したとか」

声が出なかった。

「何が時間ギリギリよ。ヘルパーが帰ってから一時間近く経って帰ってきたんじゃなかったかしら？　私が寝てると思ったんでしょう。しびれが強くて寝るどころじゃなかったのよ。石けんの匂いぷんぷんさせて帰ってきて、何も気づかないとでも思ってるの」

「な、何を――」

かろうじて口にしたが、言葉にならない。

「自由がほしいのなら、ここを出ればいいんじゃない？　残念ながら私が出ていくことはできないから」

　彼女の言葉は続く。

「でもそうすると、あなたはもう書くことがなくなってしまうわね。奥さんを介護している立派な人っていう肩書もなくなってしまって、周りからの尊敬も集められなくなるし。同情して相手をしてくれる女の人もいなくなっちゃうんじゃないかしら」

「ふ、ふざけたことを――」

　しかしそれ以上、言葉が出てこない。

「それと――坂道で車椅子の手を離すのもいいけど、それで本当に殺せるかしら？　また中途半端な怪我《けが》をして、これ以上苦しむのはご免なんだけど」

　全部、読んだのか。僕が書いたものを、全部――。

「ま、いいわ」

　妻の口調が、ふいに変わった。

「デスクの引き出しを開けて」

　デスクの引き出し――。かつて妻の「大切なもの」が入っていたあの引き出し。もう何年も開けたことはなかった。

　その場から動けない僕を見て、妻がどうでもいいような口調で続ける。

「まあ後でもいいけど。施設への申込用紙が入ってるから。そう、肢体不自由者入所施設。

ずっと待ってたけど、ようやく空きが出たって伊原さんから連絡があったの。その用紙を送れば、あとは伊原さんが手続きをしてくれる。たぶん来月には入れる」

妻は、僕のことを見た。

「せめて『ありがとう』の言葉でもあれば、って書いてたわよね」

静かな目が、僕を見つめていた。

「私がその言葉を使わなかったおかげで、あなたは私を憎むことができた。そして今、私を捨てることができる。そうでしょう?」

僕はただ、その場に立ち尽くすしかなかった。

真昼の月（3）

引き出しで見つけたファイルのことを、摂には訊けなかった。勝手に見てしまったという負い目もあったが、それ以上に、訊いてどんな答えが返ってくるのか怖かった。

しかしその出来事は、一志の行動を改めるキッカケになった。

このままではいけない——。

摂も自分も、いつまでも子供のこと、彼女の過去にとらわれていては二人ともおかしくなってしまう。

前を向かなければ。子供がもう無理なのだとしたら、それに代わる何かを。

夫婦が再び向き合える共通の目標——。

「二人の家」だ、と思った。

「子供」のことを切り出した時も、最初は「家」の話をしていたのだ。彼女も満更ではない表情だった。

あの頃は、一志の中で「家」と「子供」はセットだった。だが今となってはもう仕方がない。

考えていた「家」のイメージの中から「子供」の像を消す。夫婦二人で一軒家は贅沢《ぜいたく》かもしれないが、この先、人生はまだ長い。一志だけでなく、摂の方も転職してからは収入も増え、互いに金のかかる趣味も持たない。子供にかかるはずだった分を「家」につぎ込んでも、分不相応とは言えないだろう。

よし、彼女に今日、話そう。そう決めて一志は夜空を見上げた。

雲で覆われた空は真っ暗で星一つ見えない。どこを探しても満月など見つけられるわけもなかった。


【今日は俺が飯をつくるから家で一緒に食べよう】

事前にメールを入れた上で早めに帰宅し、得意の沖縄料理をつくるための食材をキッチンに広げた。

雑誌が校了を迎えたこともあってか、摂も七時過ぎには帰宅し、調理の後半は協力して行った。二人して料理をする、というのも久しぶりのことだった。ゴーヤチャンプルにナーベラーイリチー、酒も泡盛に加えオリオンビールを大量に買い込んできていた。

どうしたの、と彼女は訊かなかった。何か話があると察しているのだろう。いつにもまして口数は少なめで、一志がしゃべるのに静かに相槌を打っていた。

食事を終え、泡盛が入ったグラスだけが残ったテーブルを挟み、切り出した。

「家?」

意外だったのか、摂はきょとんとした顔になった。

「そう、いつかの続き。もう一度、あそこからやり直そう」

「――てっきり離婚でも切り出されるのかと思った」

摂は下を向き、薄く笑った。

「まさか」そう言ってから、不意に不安にかられた。

「そうしたいと思ってるの？」

彼女は黙って首を振る。

安堵して続けた。

「俺も思ってない。……で、家の話だけど」

話を戻す。

「現実的なことをいろいろ調べてきた」

摂の顔色を窺いながら話を進める。

「俺たちの貯金と収入を考えると、土地と上物《うわもの》合わせていいとこ五千から六千万ぐらいだろう。となると、多少不便なところになるのはやむを得ない。通勤のことを考えると、電車で一時間程度がギリだと思う。都内だと日野《ひの》か多摩《たま》市辺りまで。都内にこだわらなければ所沢《ところざわ》や浦和《うらわ》方面っていうのも考えられる。もちろんもっと幅広く検討してもいいけど……」

「本当に土地を探すなら、ある程度絞った方がいいわよね……」

摂が話に乗ってきた。

「だよな。そう思って、とりあえず中央《ちゅうおう》線と京王《けいおう》線の沿線で調べてみたんだ。かなり下《くだ》れば、条件に当てはまる物件は結構あるよ。たとえば日野で、二百平米、三千万ぐらいとか」

「二百平米っていうと……」

「六十坪、かなり広い」

「それだけあればお庭もつくれるわね」

「ああ。できれば土地代はもう少し抑えて、上物に金かけたいけどな。そうすれば、理想的な家が建てられる」

「設計はあなたがするのよね」

「もちろん君と相談しながらだけど。設計監理料はぐっとお安くしときますよ」

冗談めかしたが、実際、延床《のべゆか》百平米までで二階建ての木造家屋であれば、一志でも設計できる。それ以上の場合でも、事務所が設計監理を担うことにすれば、実際の図面は一志が引くことも可能だ。そうなれば、もちろん一志にとっても初めての住居の意匠《いしょう》設計となる。

自分たちが暮らす家を自分がデザインする。

およそ建築家を志す者であれば、夢見ない者はいないだろう。ついに、その夢を実現する時がきたのだ。

摂の同意を得て、早速行動を開始した。自分で不動産業者を当たるということもできたが、餅は餅屋で、ハウスメーカーに勤める中沢に相談することにした。

「そうか、家を建てるのか、すげえな」

そういう中沢は、数年前に自社で販売する建売を購入していた。元は自ら設計したものとは言え、「自分が住むと分かっていればこんな図面引かなかったけどな」とぼやいていたものだ。

「設計はそっちでやるわけだから会社としては受けられないけど、不動産業者は紹介できるよ。まず住みたいエリアを決めて土地探しだな。予算は決まってるんだよな」

「ああ」

「だったらその条件で——ある程度の幅は持たせるけど、なるべく上物に金をかけたいっていう前提で土地を探す。希望の土地の条件は、なるべく細かく、具体的に挙げてもらった方がいいな。全部を満たす物件は中々ないと思うけど、その条件を見て優先順位をつけていくから」

さすがに専門だけあって頼りになった。

「調査関係は業者の方でやってくれるんだよな」

「ああ、そっちは問題ない。それより、どんな家を建てるかイメージできた方が、それに合った土地を探しやすい。今のうちにラフでいいから図面引いてみたらどうだ？」

元より、そのつもりだった。以前描いた図面から「子供部屋」をなくし、再設計する。大まかなイメージはすでにできていた。

夜、一志は摂にその話をした。

「条件については、駅からの距離や、周囲の環境だよな。南側に高い建物がないとか、密集した住宅地は避けたい、とか」

「そうね、できるだけ周囲に緑が多いところで……近くに大きな公園とかあればベストよね」

「あとは騒音か。大通りに面していないこと。かといって細い路地の奥とかも困るよな。少なくとも家の前の道は広めで当然舗装されていること。それから両隣との距離だな。角《かど》地《ち》であれば言うことはないけど」

「言い出せば切りがないわね」

「全部を満たすものはなくても、探してもらう基準になるから、思いついたものは挙げた方がいいって。それから、家のイメージも」

「イメージ……」

「ああ、だからまた図面引いてみようと思うんだ。細かいところは実際の坪数や土地の形状なんかで変わってくるけど。何か要望はある？」

「そうね……できるだけ明るくて開放的な家にしたいな」

「だったら吹き抜けをつくろうか。自然の採光を取り入れて、風を通り抜けやすくする。その分、二階のスペースが削られるけど……」

「吹き抜け、素敵――」

「他には？」

「できれば、木のぬくもりを感じられるような家がいい」

「分かった。キッチンは南向きだよな」

「向きより、場所ね。北側の方がいいの。南側は物が腐りやすいっていうから」

「あ、そうなの」

「うん、私も雑誌の仕事で、部屋のリフォームとかリノベーションの特集をした時にちょっとは勉強したの」

「ああ、そう言えばいつか、熱心に読んでたな」

あれからもう二年と少し経つのか。遠い昔のことのようだった。

「OK。じゃあその辺りを基本に図面を引いてみるから、また意見聞かせて」

「分かった。すごい楽しみ！」

本当に久しぶりに、摂の明るい顔を見る気がした。

翌日から一志は、仕事の合間を見ては図面を描いた。

隣接地への陽当たりや通風等に配慮した建物の高さといった配置計画。動線や居室《きょしつ》への採光、換気などを考慮した平面計画に断面計画。描いていくと建築材や施工法も含め、いろいろなアイディアが湧いてくる。

キッチンは対面式にして、フロア全体が見渡せるようにする。一階のＬＤＫに吹き抜けを設け、明るく開放感を楽しめる空間にする。将来を考えてバリアフリー対応にすることも必要だろう。内装の仕上げ材には無垢材《むくざい》や漆喰《しっくい》を使用し、自然素材のぬくもりを感じられるように――。

摂にも喜んでもらえるような図面が引けた、と思った。

実際彼女も、途中までは嬉々として見入っていた。

「素敵」

「いいわね」

そう連発していた摂の顔から、ふいに笑顔が消えた。

表情を曇らせ、一志のことを見た。

「子供部屋がなくなってる」

「え？」

「二階の図面――」彼女が、以前の図面では子供部屋になっていた箇所を指す。

「子供部屋があったところが、客間になってる。寝室の隣には、子供部屋が必要でしょ」

何と返していいか分からなかった。

やはり摂はおかしくなってしまったのだろうか？

自分たちに子供がいる、これからできる、というような錯覚――妄想を？

一志の表情に気づいた摂が、「そうか、ごめんなさい、まだ話してなかったわね」と笑みを浮かべた。

身を翻し、リビングから出て行く。

「ちょっと、どこへ……」

寝室に入っていく彼女を追っていくと、デスクの引き出しに手を掛けていた。

心臓がドクン、と跳ね上がる。振り向いた摂の手にはあのファイルが握られ――、
いや、手にしていたのは、数冊のパンフレットだった。

「これを読んで。一緒に考えてほしいの」

一番上のパンフレットの表紙には、「特別養子縁組制度《とくべつようしえんぐみせいど》について」と大きく記されていた。

「養子……？」

パンフレットから摂の顔に目を戻す。

彼女は小さく肯き、「前から考えてたの」と言った。

「考えてたって……養子をもらうことを？」

摂は当たり前のような顔で肯き、「あなた、前に言ってくれたじゃない」と言った。

「『二人だってもちろん家族だ。でも、そこに子供がいたら、もっと楽しいと思わないか？』って」

言った。確かに言ったが、それは、自分たちの子供のことだ。

「ちょ、ちょっと待ってくれ……」

摂は一志の反応を意に介さず、

「まずはそれを読んで」と言った。「その上で、話し合いたいの」

それ——受け取ったパンフレットに、改めて目をやる。

一番上にあったのは厚労省の冊子のようだったが、他にも都が出している「東京都の養子縁組・里親とは」と書かれたパンフレットもあった。

どういうことなんだ。君は一体、どうしちまったんだ。そんな思いが頭の中で渦を巻いたが、今、彼女を問い詰めるようなことはしたくなかった。

「分かった……とりあえず、読んでみるよ」

「ありがとう」

摂の顔に、再び笑みが浮かんだ。

翌日、一志はそれらのパンフレットを手に取った。

養子についてはまるで無知だったため、普通の養子縁組と、特別養子縁組というものがあることも初めて知った。後者は、実親との親子関係を解消され、養親のみが法律上の親となる制度で、そちらの方にマーカーで印がされていた。

こちらは、実親の意思による以外にも実親との親子関係を完全に断絶させた方が子にとって良いと行政が判断した場合、つまり実親が育児放棄をしたり虐待したりしている、あるいは経済的に極めて困窮していて育てようがない、というケースもあるらしい。養子を希望する者は、自治体や民間の支援団体によるあっせんを受けて、養子縁組をすることになる。

……なぜ、養子なのか。

いくら考えても一志には分からない。

確かに、子供をほしいとは思った。だが、どこの誰とも知れない親から生まれた子供をほしいなどとは、今もこの先も、思えることはないだろう。

次の日の夜、一志は摂にその気持ちを、できるだけ柔らかく伝えた。

しかし彼女は穏やかな表情で、

「すぐに受け入れられないのは分かる。でも、もう少し、じっくりと考えてみて」

と、別のパンフレットを渡した。今度のものは民間の団体が出しているようで、表紙には「養子縁組をした親子の声」とあった。

「子供部屋を加えた図面も、楽しみにしてる」

そう言って、彼女はにっこりとほほ笑んだ。


摂から渡されたパンフレットを、開くことはなかった。手に取る気もしない。

中沢からは、【土地の候補がいくつか挙がってきてるけど、図面の方はどうだ？】というメールが入っていたが、あれから図面の手直しも進んでいなかった。

「新規の案件だ、頼めるか」

社長から声が掛かったのは、そんな頃だった。じきじきの依頼とは珍しかった。

「社会福祉施設なんだけどな。障害者の入所施設らしい。役所への補助金申請のためのものだから、とりあえず平面図と立面図だけでいい」

そう言って、机の上に資料らしきものをどさっと置く。

「納期はちょっと急ぐんだが、来月の」

「ちょ、ちょっと待ってください」

慌てて社長の言葉を遮った。

「障害者の入所施設って——そんな設計の経験はありません。うちだってそんな案件やったことないじゃないですか」

「そうなんだけどな」社長が繕うような笑みを浮かべる。「昔からの知り合いに頼まれちまってな。そこは福祉施設や病院専門でやってるところなんで、ノウハウは全部教えてもらえるから。今回だけ頼むよ」

「いや、そう言われても……」

つまり、社長の古い知り合いで福祉施設や病院などの設計監理を専門にやっている設計事務所からの下請け仕事、というわけだった。その事務所は設計だけでなく、補助金申請のための仮《かり》図面、建築費概算、申請書類等の作成の手伝いまでしているという。いやそれどころではない。事業計画の作成や、融資を受けるために銀行に提出する書類作成まで手掛けているらしい。

「ノウハウは教えてくれるっていっても、私、バリアフリーやユニバーサルデザインについて何も知りませんよ」

情けないが、そう言うしかなかった。もちろん建築を学んでいる以上、最低限の知識はあったが、実際にそういった施設の設計をするにはさらに専門的な知識が必要とされるのは間違いなかった。

「大丈夫大丈夫、施主の福祉法人の代表が立案したものだし、法令とか建設基準はおおもとの設計事務所の方でやってくれる。彼らの言う通りに図面を引いてくれるだけでいいから」

「本当にそれでいいんですか……」

結局、社長に押し切られ、とりあえず打ち合わせを、という段取りになった。

数日後、設計事務所の営業担当者と、社会福祉法人の代表、という男性が打ち合わせにやってきた。

営業担当者からもらった名刺の裏には、

〈施設を建設し運営していくためのビジョン、競合、行動計画、数値計画などの分析、多くの福祉施設の建設に携わってきたノウハウ多数〉

と刷られてあった。ここまでくれば、設計事務所というより建築コンサルタントだ。

一方の社会福祉法人の代表は、今まで知的障害者の授産《じゅさん》施設（障害者が自立した生活を目指して働くために通所する作業所）を経営していたのだが、かねてから念願だった入所施設の審査についに通ったのだと、興奮した口調で話した。

打ち合わせのほとんどは佐山《さやま》というその男の独擅場《どくせんじょう》になった。

「とにかく、限りなくグループホームに近い入所施設がつくりたいんです！」

佐山が開口一番に告げたのは、その言葉だった。一志にはもちろん、入所施設とグループホームの違いすら分からない。

佐山は、ぱんぱんに膨らんだカバンから何本かのビデオテープを出した。

「参考までに、このビデオを観てください。各地の小規模施設を撮影させてもらった映像です。本当に『これが入所施設なのか』って思うほど家庭的で素敵ですから。それで、これらを参考にして。プロに見せるのは恥ずかしいんですけど……」

今度は大きな紙を取り出す。どうやら今回つくる施設の下図《した》面らしい。

「間取りとか、具体的に描いた方が分かりやすいと思って……すみません、本当に下手な絵で」

恥ずかしそうに笑う。確かに稚拙ではあったが、それなりに勉強したのだろう。図面として立派に通用するものだった。

「ご存知のように、『脱施設《だっしせつ》』は時代の流れです。コロニー型の大規模施設はノーマライゼーションに逆行しているのは十分承知しています。でも、だからと言って『地域』がそう簡単に受け入れてくれるわけもない、というのもまた現実です」

ご存知のように、と言われても全くご存知ではないのだが、拝聴するしかない。

「昔、『青い芝《あおいしば》の会《かい》』の横田弘《よこたひろし》さんが『障害者は隣近所で生きなければならない』と言った時、それは確かに一義的には『隔離施設からの脱却』ということではあったでしょう。

ですが私はそれだけの意味ではなかったのでは、と思うんです。それはつまり、『障害者が目に見えて声が聞こえる距離で生活する社会』ということではないのかと。障害者が身近にいない社会では、障害者がどういう人たちなのかが分からない、障害者の方も、健常者が自分たちのことをどう思っているかが分からない。だからお互いに不安を抱き、怖いと思う。そうじゃありませんか？」

「は、はあ」

当たり前のように出てくる「青い芝の会」とか「横田弘さん」って一体誰なのだ？　頭の中がクエスチョンマークだらけの一志の隣では、元請けの設計事務所の営業担当者が「おっしゃる通りです」などと調子よく答えていた。

「保護者の皆さんのお話をお聞きしても、やっぱり『現実的には施設の方が安心できる』とか『パニックや行動障害のある子供が地域で受け入れられるとは思えない』とご不安なんですね。年をとって自分の体の衰えを感じれば一層、『もし今自分が倒れたら、明日から誰がこの子の面倒をみてくれるのだろう』と絶望的な思いを抱くようになるんです。だから私は、入所者が楽しく暮らせる、施設らしくない施設、これまでにあったどんな先進的な施設にさえも負けないような施設をつくることに決めたんです！」

そこからは、ここに至るまでの苦労話になった。計画してから認可申請が下りるまで、実に六年かかったという。

「都のヒアリングでは、夜の職員体制はどうするのかとか、これでは、箱型施設に比べたら建設費もかなり増えるがそのための自己資金は調達できるのか、などといろいろ訊かれました。私は、入所者が人間らしく生活できることを第一に考えた間取りである、と強調しました。最後には担当者も、『このような形態の施設は全国的にも珍しいケースだと思います』と応援を約束してくれました！」

「……良かったですね」

ようやく話は終わりか、と安堵したが、ここからが本題とばかりに、佐山が描いてきた図面の説明をさらに細かく聞かされ、ようやく締めの言葉となった。

「この施設は、あくまで『地域での暮らし』へのステップに過ぎません。ここから少しずつグループホームへ移行していただき、最終的には、施設入所者をゼロにし、『地域での暮らし』を実現する。その準備段階としての入所施設をつくりたいんです！」

三十分以上、熱弁をふるって、佐山は帰っていった。

彼らがいなくなってから、一志は社長の元へ行き、「今回の仕事、降ろさせてください」と伝えた。

「はぁ？　どういうことだ？」社長の顔色が変わった。

「申し訳ありません、自信がありません」

「何言ってるんだ、心配はいらないって言ってるだろう。とにかく先方の言う通りにだな」

「いえお話を聞いたら、やはりこれは専門知識がないと無理な案件だと思いました。すみませんが私には無理です」

それでも社長はなおも翻意させようとしたが、一志は頑として首を縦に振らなかった。

「……分かった、そこまで言うなら仕方がない。他の奴に回すか」

不快な態度を隠さず、社長が言った。

「代わりはいくらでもいるからな」

最後の言葉に聞こえなかった振りをし、一礼して社長の元を去った。

確かに、代わりはいくらでもいるだろう、と一志も思う。自分がやらなくても、誰かがやる。

それでも、あの仕事をすることはできない、と思った。

佐山のあの熱意。障害者施設の現状と展望。福祉について何も知らない一志でさえ、彼がいかにこのプロジェクトに情熱を傾け、生涯を捧げてきたか、ということは十分に理解できた。

そしてなぜ今回、自分などにお鉢が回ってきたのか、ということも――。

元請けである設計事務所と佐山は、おそらく他の仕事においてはそれなりの付き合いがあるのだろう。ある意味「お得意さん」なのかもしれない。しかし今回のプロジェクトについては、彼の熱量が多すぎた。それで事務所の手に余ったのだ。何年申請しても許可が下りなかった、ということからも察しが付く。

最初のうちはそういった施設に詳しい設計士を付け、彼の期待に応えようとしたのかもしれない。しかし佐山の熱心さのあまり、いやその熱意ゆえに、申請しても申請しても許可が下りなかったのだ。

それでは事務所の方も「仕事」にならない。しかし申請には形だけでも図面がいる。そこで、安く請け負ってくれる下請けを探したのだ。専門的な知識などなくてもいい。ある程度の技術と、クライアントの意向を聞き入れうまくそれに沿った図面を引いてくれる「適当な設計士」がいれば、それで――。

そのことに、屈辱を感じたわけではなかった。

仕事は仕事だ。社員の身なのだから、自分にできるものならつべこべ言わず引き受ける。しかし――これは、無理だ、と思った。

自分には、彼の熱意に応えられるような図面を引くことは、到底できない。

おそらく社長は、また別の「適当な者」に仕事を振るだろう。その設計士が、自分以上に福祉施設の何たるかを知っているとは限らない。佐山の言うままに「お仕事」をするのかもしれない。

それでも自分よりはマシだ、と一志は思った。

割り切ってプロとしての仕事ができるならば、その方が望ましい。自分には、できない――。

「養子」の話が、あれから二人の間で話題に上ることはなかった。

一志はもちろんだが、摂も口には出さなかった。こちらから言い出すのを待っているのか。あるいは、一志の心中を察して諦めたのか。

後者であってくれればいい、と一志は祈った。

実は、摂から渡されたパンフレットには、目を通していた。

ある民間の養子縁組団体が、当事者たちの「声」を載せた小冊子。そこでは、様々な事情を抱えた養親や養子たちが、「なぜ養子を考えたか」「養親になって（養子として育てられて）今何を思うか」について、語っていた。

いろいろな背景があった。多種多様な考えがあった。一口にはくくれない、人と人との暮らしが、そこにあった。

正直に言えば、それらの文章に目を通す前と後とでは、養子に対する考えに若干の変化はあった。どことなく暗いイメージや、特別な人たちのもの、という思い込みはいつの間にか消えていた。

何より養子縁組というものが、「育てられない親のため」や「育てたい親のため」ではなく、「子供にとって幸せな生活のため」にあるものだということが、よく分かった。

少なくとも、頭から「あり得ない」と否定するようなものではない。

そんな風に思い始めていた。

最後に、その団体への登録に必要なこと、養親になるにあたっての条件が記されていた。

養親になるための法律上の条件は、「配偶者がいること」「二十五歳に達していること」の二つだけだったが、その団体では、独自の条件をいくつか設けていた。特に、子供が自立するまで十分に養育ができ、自立した後もできるだけ見守っていけるかどうか、ということを重視しているようだった。

それは、いい。当然だ。問題は最後に記された一文だった。

〈養親希望の方は、子供を選ぶことはできません〉

団体によっては「新生児がいい」とか「女児希望」など、ある程度の要望を出したりできるところもあるらしい。だがこの団体は、どんな子供でも受け入れる、ということを養親になる条件にしていた。

子供の年齢や性別はもちろんだが、それだけではなかった——。

その日は、朝からよく晴れていた。最高気温十一・三度。まだまだ春には遠いが、寒さに震えるような季節はとうに過ぎた。

そんな、いつもと変わりのない、三月のある日だった。

「ドライブがてら、土地を見に行かないか」

そう摂を誘ったのは、先週のことだった。

中沢から候補として連絡のあった土地の一つが条件にぴったりで、実際にこの目で見たい、という気持ちになった。先方とこちらの都合が合う日が金曜日の日中しかなく、一志は仕事を休むことができたのだが、摂は難しいだろうと思っていた。

しかしダメ元で誘ってみたところ、

「私も見たい。来週の金曜日なら休める」

と、一緒に行くことになったのだった。

その土地は、立川《たちかわ》市の西のはずれにあった。最寄り駅は二路線二駅あるということで、一志たちはJR中央線の立川駅で青梅《おうめ》線に乗り換えた。どちらの駅からも徒歩だと二十分程度かかるという。

今日は駅前でタクシーを拾ったが、実際にここから都心に通うとなると、マイカー通勤も考えなくてはならないかもしれない。決して便が良い場所ではなかったが、その分、周辺環境は良かった。

中沢が紹介してくれた不動産業者とは、現地で落ち合うことになっていた。タクシーの運転手に住所を告げ、後部座席から周囲の風景を眺める。

途中に中学校と小学校があった。売地《うりち》は住宅街にあるということだったが、建売が軒を連ねている一角を除けば密集はしていない様子だった。

目的地にはすでに不動産業者の車が止まっており、スーツ姿の男が脇に立ち手を振っていた。

その前でタクシーから降りる。周囲に高い建物がないせいで、空が広かった。

太陽の東側に、白い月が見えた。

摂も一志の視線に気づいたのか、

「昼間でも月が見える時があるのね」

と口にした。

「そうだな」

「満月じゃなくて、残念」

彼女が、さらっと言った。

一志は、驚いて摂のことを見た。彼女は小さく笑みを浮かべた。

覚えていたのか――。

「こんにちは。わざわざご足労願いまして」

男が愛想の良い笑顔を浮かべ近寄って来る。

「いえ……。このたびはお世話になります」

名刺を交換し、摂を紹介する。互いに「よろしくお願いします」と挨拶を交わした。

「こちらです」

目の前に、整地された土地が広がっていた。

「思ったより広いですね」

更地《さらち》だからそう見えるのだと分かってはいても、想像より広く感じる。

「でしょう？　三十七坪というとさほど広く思われないようですが、実際に見るとかなりあるんです」

正確には、土地面積は百二十二・九六平方メートル。価格は一千七百八十万円だった。

「駅まで歩くには遠いですが、最寄りのバス停は二分とかからないところにありますので……」

「建ぺい率は、四十？」

「はい、建ぺい率は四十％で、容積率は八十％ですから、百平米に少し欠けるぐらいの家を建てていただくことができます」

「建築条件はないんですよね？」

「はい。中沢様より、お客様の方で設計・施工を行うと聞いております。全く問題ございません」

当初考えていたよりは坪数は少ないが、その分、土地代は予定より抑えられる。それだけ上物に金をかけられるということだ。二階建てを前提に考えれば、二人世帯にしては広すぎるぐらいだろう。

「歩いて五分ほどのところに、コンビニが二軒ございます。それだけでなく、昔ながらの商店もまだ残っている一角ですので……」

「近くに公園もあるんですよね？」摂が尋ねた。

「はい。多目的広場が、やはり歩いて数分のところに。それと、小さな美術館も近くにあり、文化的環境も大変よろしいのではと。何より、東南角地ですので、陽当たりは大変良好です」

申し分のない物件だった。

「いいところね……」

摂も、目を細めて周囲を眺めていた。

その日は「土地を見るだけ」という約束だったので、不動産業者とも細かい話はせず、迎えのタクシーに乗り込んだ。

「……どう？」

一志の気持ちはほぼ固まっていたが、摂の意見が聞きたかった。

「いいわね」

「だよね」

「他にも候補はあるの？」

「あるけど、条件だけを考えれば今のところが一番だな。もちろん、もっと当たってもらうことはできるけど……」

「いろいろ見たら迷っちゃうかな」

「今のところが気に入ったんなら、決めちゃう？」

「あなたの家のイメージとは合うの？」

「かなりね」

「図面はできてるの？」

返事に詰まった。彼女が続ける。

「子供部屋の入った、図面」

やはり――諦めてはいなかったのだ。

「パンフレットは、読んでくれたのよね？」

「……ああ」

「どう思った？」

「帰ったら、話そう」

「……うん」

そこからは、二人とも無言になった。

家に着いて、遅めの昼食を済ませた。午後の二時半を過ぎたところだった。

食後のお茶を飲みながら、テーブルを挟んで向き合った。

「パンフレット、読んだよ」そう切り出す。

「ネットでも、いろいろ調べてみた」

「ありがとう」

「礼なんていいよ。二人のことなんだから」

「……うん」

「養子そのものについては、『あり得ない』とは言わない」

まずはそう言った。

「養親になりたい、という君の気持ちも理解はできる」

「ほんと」

摂が目を輝かせた。

「ただ一つだけ、気になることがあるんだ」

「……うん」

彼女が少し不安そうな顔になる。

「この団体は、養子を選ぶことはできないってあるよね」

「うん」

「他の団体でも同じ？　自治体の里親制度でも」

「大体はそうね。中には新生児がいいと希望できるところはあるらしいけど」

「それ以外は希望できない？」

「うん、性別とか」

「性別はいいんだ。つまり、健康な子供かどうか」

「それはつまり」

何を言いたいか察したのだろう、彼女の表情が硬くなった。

「――障害があるかどうか、っていうことね」

「そう」

「選べない」きっぱりと言う。「障害のある子でも受け入れる。それが条件」

確かに、パンフレットにはそう書いてあった。

障害のあるなしは選べない。

考えたこともなかった。

養子を迎える側ももちろんだが、そういう子を養子に出す親がいる、というのも想定外だったのだ。

だが、調べてみると、自治体の里親制度にしろ民間の縁組団体にしろ、そういうケースは決して少なくないようだった。

障害があると分かった子――ダウン症の子供が多いらしい――を生まれてすぐか、あるいはまだお腹にいるうちに団体に登録し、出産と同時に養子に出す。

もしそういった子を受け入れろ、と言われたら――。

「悪いけど、俺は無理だ」

一志の言葉に、彼女の顔が曇った。

しかしここで怯《ひる》むわけにはいかない。

「無理だよね？　無理じゃない？」

摂は小さく首を振った。「私は無理とは思わない」

「いや、どう考えてもおかしいよ。わざわざ養子を、他人の子供をもらって自分の子として育てるのに、障害のある子を？　そんな馬鹿な話はないだろう」

摂が息を呑んだのが分かった。失言だった。

「悪い、ちょっと言いすぎた。でも、ちょっと普通じゃないんじゃないか？」

「……みんな、同じ条件で登録してるのよ」

「みんな？　断る人はいないわけ？」

「……結果的にそういう人もいるかもしれないけど」

「断ることができるんだな？」

「断ったら、登録を解除される。もうその団体からは養子を迎えることはできない」

「他のところに登録すればいい。次は障害のない子に当たるだろう」

摂の眉間に大きな皺が寄った。

「ねえ、養子を迎えるということを当たり外れみたいに言わないで。子供は、みんな『授かりもの』なのよ。自分で産むときと一緒。子供は、どんな場合でも天からの授かりものなの。拒否するなんてできないのよ」

「いや拒否してるだろう」思わず言ってしまった。「その子の親は、拒否して、子供を捨ててるんじゃないか」

摂の顔色が変わっていた。

唇を震わせながら、「みんな、いろいろな事情を抱えているのよ」と言う。「子供が可愛くなくて手放してるわけじゃない……」

「君もそうなのか？」

「え？」

口にしてはいけない。そう思ったが、止まらなかった。

「君が過去に堕ろした子供っていうのは、もしかして障害があったんじゃないのか？　だから堕ろしたんじゃないのか」

「……違う……堕ろしたんじゃない……」

「じゃあなんであんな記事をスクラップしてるんだ、あの頃から、今の分まで、ずっと！」

摂が硬直した。

「……私の引き出しを、開けたの？」

「鍵はかかってなかった。心配だったんだ、君のことが。君は最近――」

「もういい！」摂が大きな声を出した。

「あなたの気持ちは分かった――」

「いや、養子そのものがどうしても嫌だって言ってるんじゃないんだ」

摂が、一志のことを見た。

「……なぜ私が、あなたと結婚したか、知ってた？」

「え？」

突然の言葉に、戸惑った。

「あの時、あなたが言ってくれた言葉……あなたはもう覚えてないでしょうけど……」

「なんのこと？」

「初めてあなたと抱き合ったあの日のこと……」

その日のことは覚えていた。初めて摂が、許してくれた夜。

二人でレストランで食事をして、その後、ホテルに行った。

その食事の時、どんな会話をしていたか。自分は、一体どんなことを言ったのだろう。覚えていなかった。

「もういい……もう何もいらない……家もいらない……」

立ち上がった摂が、部屋を出て行く。

寝室へ向かうのかと思ったが、違う。玄関に向かっていた。

「おい、どこへ行くんだ」

答えはなかった。ドアが開き、閉まる音が聞こえた。

舌打ちし、その後を追った。

部屋を出て、摂の姿を探す。

エレベータがくるのを待てなかったのか、彼女は外階段へと向かっていた。

「ちょっと待てよ、摂！」

彼女を追いかけようと足を踏み出したその時、
目の前が揺れた。

地響きのような音が突き上げ、全身が揺れる。

地震だ。大きい——。

「摂！」

きゃあ、という悲鳴が聞こえた次の瞬間、彼女の姿が視界から消えた。

揺れていた。

世界が、音を立てて揺れ続けていた。

不肖の子（3）

翌日の会議で使う資料をプリントアウトして、人数分まとめたところで時計を見ると、六時半を過ぎたところだった。他に残っている仕事はない。指示を仰ぐべき上司である洋治は、外出先から直帰《ちょっき》予定で課内に姿はなかった。

席に戻りながら、今日は行けるな、と考えていた。

「お先に失礼します」

帰り支度をして、まだ残っている数人の同僚たちに挨拶をする。

「あれ、今日は早いね。デート？」

セクハラめいた声を掛けてくる年かさの男性社員に、つくった笑みだけ返して部屋を出た。

そう、デートなんです。課長のお父さまと。

そう答えたら、彼はどんな顔をするだろう。そう考えるとおかしかった。

駅までの道を急ぐ。ここから病院まで三十分。面会時間は八時まで。長居をするつもりはないから、時間は十分にあった。

今日のように仕事が早く終わった夜。あるいは土日のどちらか。洋治の父親——誠治の病室を訪れるのが、あれから習慣のようになっていた。

最初はなるべく看護婦とも顔を合わせないようにしていたが、何度か行っていればそういうわけにもいかない。私が部屋にいる時に点滴の交換などで入って来ることもあった。だが、特に不審な目で見られることはなかった。「ご苦労さまです」と声を掛けられれば、何食わぬ顔で「お世話になっております」と返せばいい。

一度だけ、年配の看護婦から「お身内の方？」と尋ねられたことがあった。いえ仕事関係で、と答えようとして、誠治がとうに定年を迎えていることに気づいた。咄嗟に「地域のサークルで一緒なんです」と答える。

「へえ、地域の」年の差が不思議だったのだろう、「なんのサークルなの？」と続けて訊いてくる。しまったと思ったが、「書道の」と思いつきで答えた。

「書道、いいわね」

看護婦は納得したようで、ホッとした。

彼女は話し好きなタイプのようで、それからも会えば言葉を交わすようになった。機会を見て、「ご家族の方はよく面会に来られてるんですか」と尋ねてみた。

「それがねえ、あまりいらっしゃらないのよ」

看護婦は、少し困ったような顔で答えた。

「容態に変化はないし、うちは完全看護だからそれでも構わないんだけど……なるべく声掛け、話し掛けをしてもらった方がいいことはいいのよねえ」

「そうなんですか？　でも、もちろん聞こえてはいないんですよね」

「うーん、実はその辺はまだ分からないことが多くてね。意識はなくても聞こえてるって言う人もいるし、いずれにしても五感を刺激するのは悪いことじゃないから」

では、自分のしていることもあながち悪いことではないのだ、と思う。

「話しかける内容はなんでもいいんですか」

「うん、なんでもいいの。天気の話でも、最近のニュースとかでも。本人の興味があるようなことだったらなおさら。あと、手を握ったり、腕をさすってあげたり。とにかく五感を刺激するようなことをしてあげるとね、いいっていうから」

「分かりました」

お墓付きをもらったこともあり、それからも病室にいる間は、目を閉じたままの誠治に向かって何かしら話し掛けていた。看護婦の言うことに倣って、会社であった出来事や世間で起きているニュースについて話していたが、もちろん何の反応もない。

本当に聞こえているのだろうか。

ベッドに近寄って、誠治の顔を覗き込んだ。

「私の声、聞こえてますか？」

大きな声を出してみる。やはり反応はない。

「聞こえていたら、何か反応してください。何かできること……瞼《まぶた》を動かすとか？」

しかし、固く閉じられた瞼はぴくりとも動かなかった。

「……聞こえてないですよね」

そう呟いて、椅子に戻る。

「本当に聞こえていたら、私、大変なこと言っちゃいましたもんね」

自分で言って、笑ってしまう。

「息子さんの愛人です、なんて。でももうしょうがないですね、言っちゃったんだから。取り消しようないですものね。それに、本当のことだし。もし意識が戻ったら、息子さんに説教してやってください。何やってるんだって」

聞こえていたとしても、構うものか、と思う。

それからは、何でも話した。誰にも言えないようなこと。自分の胸の内にだけ秘めていようと思った話。学生時代に経験した、あの出来事――。

話すと、ずいぶん体が軽くなったような気がした。

洋治からの連絡は、途絶えたままだった。別れ際に「親父のことがはっきりするまで、またしばらく会えなくなると思うけど」と言われていたので、それ自体は不自然ではないのかもしれない。

だが、洋治の態度が明らかに変わっていることは間違いなかった。会社ではもちろん顔を合わせるし、会話も交わす。その際の態度が、あからさまによそよそしいのだ。

あからさま、というのは私だけが感じていることではなかった。ある時一緒にランチをした本間さんから、

「課長と何かあったの？」

と訊かれたのだ。

「え、何もありませんけど」ドキッとしたが、顔には出なかったと思う。「なんでですか」

「ううん、なんとなく、最近課長の態度が岩田さんにだけ冷たいような気がしたから」

「え、そうですか。私、全然気づきませんでした」

「ならいいの。ごめんね、変なこと言って。ほら、課長も今、お父さんのことでいろいろ大変だから。ちょっとナーバスになってるのかなって。何もないならいいの、気にしないで」

私たちの仲に気づいて鎌を掛けてきたのかとも思ったが、彼女は純粋に心配してくれているようだった。

「分かりました。気を遣っていただいてすみません」

「ううん、こっちこそ変なこと言っちゃって、ごめんね」

本間さんの親切に申し訳なさを感じると同時に、洋治に対して初めて憎しみのような感

情が芽生えた。こんないい人に感づかれるような態度をとって。そんなにまでして私との仲を終わらせたいの。

それならそれでいい、と思う。だが私のこういう姿勢もきっと織り込み済みなのだろう。そう考えると癪《しやく》に障った。

あいつはプライドが高く勘も鋭いから、こちらの意図に気づいても未練がましく迫ってくることはないだろう。自然消滅しても大丈夫だ、と。

みくびられたものだ。

いや、確かにその通りではあった。こんな関係、いつか終わりがくることは分かっていた。誰かを傷つけるようなことをしているのは自分も同じだ。彼を責める気も縋《すが》る気もなかった。

しかし。

すべてを思い通りにさせてたまるか、という気持ちもどこかにあった。

誠治の病室を訪れることをやめなかったのは、そのことと無関係ではないのかもしれない。

これだけ頻繁に来れば、自分の存在——頻繁に面会に来ている「地域の書道サークルの仲間」と名乗る女——について、洋治や彼の妻の耳に入っていないわけはない。一体誰なのかと、不審に思っていることだろう。せいぜい疑心暗鬼にかられるがいい。そんな風に

――。

それとは別に、病室通いによって良い習慣も生まれていた。以前に比べ、テレビのニュースはもちろん、新聞にもまめに目を通すようになったのだ。病室で誠治に最近の出来事を伝えるためだが、社会の動きについて知識も関心も増えていた。

「昨日、上野で大変な事件があったんですよ。通り魔事件。犯人は三十二歳の若い男で、刃物で通行人を襲って、女性二人を殺害し、五人に重軽傷を負わせた、というひどい事件。犯人はすぐに逮捕されましたけど、ほんと、怖いですよね……」

「今日のニュースは、警察の不祥事事件です。神奈川県警の警部補が、覚醒剤を使用していたことを自供したんですけど、報告を受けた県警の幹部が、それを隠ぺいしたんです。他にも同様のケースがあるのではないかと、警察庁が調査に乗り出すそうです……」

その記事を見つけたのも、そんな風に新聞をチェックしている時だった。

「ああいう人たちに人格あるのかね」石原知事　重度障害者の病院視察し、感想（朝日新聞）1999年9月18日朝刊

東京都の石原慎太郎《いしはらしんたろう》知事は十七日の記者会見で、重い障害のある人たちの治療にあたる病院を視察した感想を述べるなかで、「ああいう人ってのは人格あるのかね」と発言した。「ショックを受けた」という知事は「ぼくは結論を出していない」として、「みなさんどう

思うかなと思って」と続けた。

その記事を見た時、胸の奥にざわつくものがあった。もう十年近く忘れていた感情。いや、いつか、加奈子と二人で飲みに行った時、一瞬だけ蘇ったことがあった。

十九歳の頃の自分。当時の私の最大の関心事——。

他の新聞にも載っているかと確かめた。そちらは少しニュアンスの違う書き方になっていた。

障害者施設視察「人格あるのか」発言報道——都知事「曲解」と非難（毎日新聞）1999年9月22日夕刊

石原慎太郎・東京都知事が障害者施設を視察後に、述べた「感想」が波紋を呼んでいる。知事の発言を朝日新聞が、入所者について「人格はあるのか、分からない」と言った点に注目して報道。これに対し知事は21日の都の定例議会本会議で「曲解」と非難した。

知事が重度心身障害者施設「府《ふ》中《ちゆう》療《りよう》育《いく》センター」(府中市)を視察したのは今月17日。同日の記者会見で、入所者について「絶対に戻らない。放っといちゃ骨折だらけで死んじゃう。それをあれだけかいがいしく、お医者さんも、看護婦さんもボランティアの人もやってるわけだろ」と語り始め、「ああいう人ってのは人格あるのかね。意志持ってないからね。ぼくは結論出してないんだけども、記者の皆さんどう思うかってさ」と述べた。

知っている。私は知っている。

その人たちを。それらの子供たちを。

どんな時も人工呼吸器をはずせない子供がいた。ままならない発語で、一生懸命何かを伝えようとする人がいた。何を話しかけても何の反応もない入所者も、ずっと大声で叫び続けている利用者も。そして足元の文字盤を足の指で指し、コミュニケーションをとっているCP——脳性麻痺の男性。

——お母さん、僕を殺さないで——

「どうしたの」

声で、我に返った。

目の前にいる国枝が、心配そうな顔をこちらに向けている。

「ごめんなさい。ちょっと考え事をしていて」

私は慌ててフォークとナイフを持ち直す。国枝と、レストランに食事に来ていたのだった。

「最近、岩田さん、よく考え事してますよね」

国枝が、心配そうな表情を崩さないまま、続ける。

「そう？」

「はい。まあ、そう言えるほど以前の岩田さんを知ってるわけじゃないですけど」

そう言って照れたように笑った。その笑顔を見ていると、少し気持ちが落ち着いた。

あの一件の後、しばらく経ってからようやく連絡を取り、失態を詫びた。国枝は「全く気にしてない」と繰り返し、「また飲みましょう」とまるで屈託なく応えた。

その後、お詫びのつもりで食事をし、その時私が奢ったことを気にして「今度は僕が払いますから」と誘われ、今日のディナーとなったのだった。

悪い人じゃないな、と思う。

今まで、この人のことをちゃんと見ていなかったのかもしれない。

そう思いながら、改めて国枝のことを見つめる。

ふと、この人だったら何と応えるだろう、という思いが湧いた。

あの記事のことだ。

誠治の病室で記事を朗読したが、もちろん何も応えはなかった。しかしもし意識があったとしても、きっと知事の言うことに賛同したのではないか。

――人に迷惑を掛けられるのを人一倍嫌がってた人だからな。

いつか洋治が言っていた。その洋治自身も。

――無能な奴の尻拭いをするのはほんと馬鹿げてる。

はっきり口にすることはなくても、「役に立たない奴らは世の中からいなくなっていい」。

そう思っているのではないだろうか――。

「やっぱり何か気になってることがあるんですね」

国枝の遠慮がちな声が聞こえた。

「僕で良かったら、話を聞くことぐらいできますけど」

話してみよう、と思った。分かってくれなくてもいい。この人の意見を聞いてみたかった。

「――最近読んだ新聞記事なんですけど」

「はい」

件の記事について話した。

予想外の話題だったのだろう、国枝がぽかんとした顔になる。

「国枝さんは、どう思います？　やっぱりそういう人たちには人格はない、と思いますか？」

「いやー、そんなことは……」

国枝は困った表情を浮かべてから、頭を掻いた。

「すみません、そんなこと考えたこともなかったんで。そんな記事についても知りませんでした。新聞、一応読んでるんですけどねえ」

私は、「いいんです」と首を振った。

「そんなに大きな出来事じゃないですから。ほとんどの人は気にしてないと思います」

「うーん、その、知事の言う『人格』っていうのがどういうことを指しているかは分かりませんけど……」

国枝は、しばらく考え込んだ。

「ごめんなさい、そんなに深く考えないでいいです。ただ、ちょっと気になったものだから」

そう言ったが、国枝はまだ考え込んでいた。

「もちろん、そんなのおかしい、っていうのは簡単なんですけど……」

言葉を選びながら、話し出す。

「いや正直、おかしいって思いますけど。そういう人たちにだってもちろん人格はあるし、意志だってないわけじゃないんじゃないかって、そう決めつけるのは、こっち側の傲慢じゃないかって、そう思うんですけど……」

「けど？」

「あ、いや、すみません。思うんですけど……自分にそんなこと言う資格あるのかなって思っちゃって」

「資格……？」

「あ、いや、意見言うのに資格なんていらないでしょうけど……いや実はですね、その記事は読んでなかったんですけど、かなり前のことですけどちょっと似た記事を……いや全然似てないかな。ある事件の記事を読んで、気になったことがあったもんで……」

「どんな事件ですか？」

「いや、ちょっと暗い事件なんですけど……やっぱやめときましょう」

「いいです。話してください」

「そうですか？　じゃあ……。その記事っていうのは、重い障害のある中学二年生の男の子の将来を悲観して、母親が無理心中を図ったっていう事件で……」

息を呑んだ。

その事件のことは、知っていた。

知らないわけはない。

誠治に読み聞かせるものとは別に、切り抜いてファイルにしてあるぐらいだ。


障がいのある中2の長男と母親が無理心中図る（サンヨミ新聞）１９９９年2月3日

2日午後8時ごろ、××県××市の会社員（43）方の居間で妻（37）が首をつり、ベッドで中学2年の長男（14）が死亡しているのを帰宅した会社員が見つけた……

ファイルしたのは、その事件だけじゃなかった。

母親に猶予判決　障害ある長男殺害（毎朝新聞）１９９９年3月20日

昨年8月、重度の身体障害がある長男（当時25）の首を絞めて殺したとして殺人罪に問われた××市、無職――被告（51）に対する判決公判が19日、××支部であった。「長男の将来を悲観し、絶望のあげくに犯行に至った過程に同情を禁じ得ない。自首し反省している」として……

懲役6年を父親に求刑　娘殺害（神阪新聞）１９９９年5月8日

昨年3月、知的障害のある長女（当時19）の首を絞めて殺したとして、殺人罪に問われている××市、元会社員――被告（51）に対する論告求刑公判が7日、××地裁であった。検察側は……

今年に入って国枝が言っていたものを含め、同じような事件が三つも記事になっていた。

私が知らなかっただけで、これまでも同様の事件は毎年のように起きているに違いない。

「なんだかやりきれなくなりますよね」

国枝がため息とともに言った。

「記事の論調は母親に同情的で、読んだ人もきっと大抵はそりゃあ母親を責められないよってなると思うんですけど。いや僕もその記事を読んだ時にはそう思ったんですけど……すみません、なんか違う話になっちゃって」

「いえ――続けてください」

「そうですか？　本当に続けます？」

私は黙って肯いた。

違う話じゃない。そう思った。

「さっきの、岩田さんが言った件についても思ったんですけど、本人に人格があるかどうかなんて、そんなの他人が決めることじゃないんじゃないかって。この事件についても……母親の気持ちはなんとなく分かるけど、だからみんな同情するけど、誰も子供の方の気持ちは分かんないじゃないですか。いや、考えようともしないじゃないですか。子を思う親の心情についてはいろいろ考えたり言ったりするのに、殺された子供がどう思ったかなんて、誰も何も言わないよなって……」

国枝は私のことを見て、「すみません、偉そうなこと言っちゃって。そんなこと言う資格なんて、僕にはないんですけど」と再び頭を掻いた。

私は黙って首を振った。

資格がないのは私の方だ。

私には、ああいう発言をした知事のことも、子供を殺した母親のことを責める資格もない。

だって私は、彼のことを――。

目の前でバツが悪そうにしている国枝のことを見つめた。

この人は、いい人だ。

再び、そう思う。

少なくとも、洋治なんかよりずっと――。


それから二週間ほど経った頃のことだった。

私は、部屋のトイレの中で一人、呆然としていた。

元々、不順気味ではあったのだが、生理がもう一週間近く遅れていた。まさかと思いながらも、念のために市販されている妊娠検査薬を買ったのだ。

起きてすぐの方が正確だというので、朝、最初のトイレで検査薬に尿をかけ、判定結果を待った。

終了のサインが出て判定窓を見ると、一本の青い線がくっきりと浮かんでいた。

陽性――。

もちろん、妊娠したと決めつけるのは早計だ。確定診断は、産婦人科に行ってみなければ分からない。

だが――心当たりは、あった。

国枝ではない。彼と初めて結ばれたのは、つい二週間前のことだ。しかもきちんと避妊をしていた。今からひと月と少し前。洋治との「最後の夜」。

あの時だ――。

医師の対応は、想像していたのとは少し違った。

内診で膣エコー検査をしてくれた、私とさほど年が変わらなそうな女性医師は、

「胎嚢《たいのう》が確認できますね、まだ十ミリ程度ですが。妊娠六週と三日ほどだと思います」

淡々とした口調で、そう告げた。

「ただ、心拍確認できるまではっきりしたことは言えないので、また来週来てください。受付で予約をお願いします」

分かりました、と答えて診察室を出た。

以前、加奈子が言っていたような「おめでとうございます」といった言葉はなかった。

本当に妊娠しているのか？　と疑ってしまうほど淡泊な応対だった。

次の予約をとる時に、看護婦が、

「子宮外妊娠の可能性もないとは言えないので、初診では確定診断はできないんです。次回、心拍確認できれば安心ですから」

と説明してくれた。

それにしても——産むのか産まないのか、ということも訊かれなかった。

訊かれたら、答えは一つしかない。

産むわけにはいかない。

それでも。頭の片隅に別の気持ちも芽生えていた。

洋治に伝えないまま堕ろしてしまって、本当にいいのだろうか。

万が一、産んでくれ、と言われたら？

彼のところに子供はいない。何が原因か知らないが、子供ができず、妻とはもう何年もセックスはない、と言っていた。

彼が、もし子供を欲しているのであれば……。

診察室で見せてもらったエコー画像が蘇る。数ミリの黒い固まりを「胎嚢」だと指されても、正直ピンとはこなかった。

それなのに、今頃になって実感が湧いてくる。

自分の中に赤ちゃんがいる。命が宿っている。

それは、これまで全く味わったことのない不思議な感覚だった。

産婦人科の帰り、足は自然に誠治の病室へと向いた。

彼は静かに眠っている。

いつものように選んできたニュースをいくつか伝えた後、「実は私、妊娠したみたいなんです」と口にした。

「あの人の子です」

理解できるはずもない、聞こえるはずもないと思いながらも、続けた。

「どうしたらいいと思いますか？」

そう言って、誠治の顔を見た。

一瞬だった。見間違いかと思った。

「え？」

誠治の口元を見つめる。気のせいだろうか？

今、ほんの少し、唇が動いた気がしたのだ。

「……今、何か言いました？」

そう尋ね、口元を凝視した。一瞬でも目を離さないように。すると、動いた。

ほんの僅かではあったが、その唇が、確かに動いたのだ。間違いない――。

慌てて、ナースコールのボタンを押した。

「どうしました？」声が返ってくる。

「すみません、患者さんの口が今、動いたんです。何か言いたそうに……口を開いて、動かして」

「今行きます」

看護婦はすぐにやってきた。真剣な表情で誠治のそばに行き、その肩を軽く叩く。

「橋詰さん、橋詰さん」

繰り返し名を呼び、耳元で声を出す。

「聞こえますか、橋詰さん」

だが、反応はない。

「……ありませんね」

私の方を振り返り、残念そうに言う。

「でも、本当なんです。さっき、確かに口を動かしたんです」

見間違いではない。確かに彼は唇を動かした。

「ええ」看護婦は、信じてますよ、という風に肯いた。

「意識はなくても外からの刺激に不随意運動を返すことがありますから、それかもしれません」

「じゃあ、意識が戻ったわけじゃないんですね」

「そのようですね。でも、良い兆候かもしれないので話し掛けは続けてください」

看護婦が去った後、半信半疑のまま、再び誠治に向き合う。

看護婦の言葉に従って、話しかけた。

「私に、何か言いたいことがあるんですか？」

唇を見つめる。

「言いたいことがあれば、もう一度――」

誠治の口が、動いた。

間違いない、何か言おうとしている。

急いでその口元に耳を近づける。待っていたかのように口が動いた。

ほんのかすかだが、息にも似た声が聞こえた。

う・む・な
え？

もう一度、誠治の口が動く。かすかな音が聞こえた。

産むな。

間違いない、そう言っていた。驚いて、誠治のことを見る。

目は閉じられ、表情も全く変わらない。だが、口だけが再び動いた。

こ・ど・も・な・ん・て・つ・ま・ら・ん
う・む・な
子供なんてつまらん。産むな。

誠治は、そう言っていた。

意識があるのだ。聞こえているのだ。そして、私に彼の子供を産むなと言っている——。

その時、廊下から近づいてくる足音がした。複数だ。看護婦ではない。

慌てて立ち上がったが、間に合わない。

ドアが開いた。

開けたのは、洋治だった。見舞客がいると看護婦に聞いたのか、いかにも社交的な笑みを浮かべていたその顔が、一瞬で凍った。

フリーズしている彼の後ろから、「どうしたの?」と女性の声がする。

咄嗟に私は口にした。

「あ、すみませんお邪魔しています。橋詰さんと、地域の書道サークルでご一緒している、岩田と申します」

一瞬、ぽかんとした表情を浮かべた洋治だったが、

「あ、ああ、どうも」

と慌てて頭を下げた。

「息子さんですよね」私は笑みを浮かべ、言った。「似ていらっしゃるからすぐに分かりました」

「あ、ああ、そうですか」

洋治もぎこちない笑みを浮かべた。

「ご面会の方?」

背後からの声に、洋治が「ああ」と応えて体をずらした。入ってきた女性が、私を見て、一礼する。

「橋詰洋治の妻です。義父《ちち》がいつもお世話になっております」

「いえ、こちらこそ」

私も、笑顔で応えた。我ながら、完璧な笑みを浮かべられたと思う。

「地域のサークルでご一緒だとか……失礼ですが、お名前をもう一度」

「岩田、と言います」

あえて本名を告げた。彼女の顔に、不審な表情は浮かばなかった。

「いつもお見舞いに来てくださっているそうで。ありがとうございます」

立ち尽くしている夫に代わり、丁寧にもう一度頭を下げた。全身をふんわりと包むようなワンピースを着ている。

「いえ、勝手に、すみません」

私も再度頭を下げてから、椅子に置いたコートとバッグを手にした。

「私はこれで失礼します」

「いいんですよ、どうぞごゆっくり」

「いえ、ちょうど帰るところだったので」

出る前に、ベッドの誠治に声を掛けた。

「じゃあ橋詰さん、また来ますね」

もう、その唇は動かなかった。

ドアの方へ向かった。洋治と妻が、スペースを空ける。二人とすれ違いながら、軽く頭を下げた。

妻がお辞儀を返した。洋治も「どうも」と会釈をする。

顔を上げた時、妻と目が合った。

「失礼します」

そう言って、部屋を出た。

ドアを閉め、廊下を歩きながら、初めて見た妻の姿をもう一度頭に蘇らせる。

社交的な笑み。冷たく自分を見つめた視線。

そして、ウエストを締め付けないフォルムのワンピース。

まださほど膨らみは目立っていなかったが、間違いない。

彼女は、妊娠している――。

洋治は、子供ができない体のようなことを言っていたのに。いやそれ以前に、もう長いことセックスレスだと言っていたのに。

すべてが嘘だったのだ。関係にピリオドを打とうとしていたのも、そのせいなのだ……。

今度こそ洋治への気持ちが心から冷めたと同時に、彼に妊娠のことを告げるという選択肢も消え去った。

やはり堕ろすしかない。

それとも、産んで、一人で育てる?

そんなことが、自分にできるのだろうか……。

結論を出せないまま、お腹の子は成長していった。

妊娠十週目を迎えていた。今回のエコー検査を終えればいよいよ確定診断になる。その心づもりで診察室に入った。だが、健診の後、医師から発せられたのは予想外の言葉だった。

「詳しく検査しないと分かりませんが、首の後ろにむくみのようなものがあります」

医師は淡々とした口調で告げた。

「障害がある可能性もありますので、大学病院で検査することをお勧めします。こちらで紹介状を書きますので、なるべく早く受診してください」

言われるままに紹介状を受け取り、病院を出た。

突然のことに、何も考えられなかった。妊娠を告げられた時以上に、頭の中が真っ白になっていた。

部屋に戻り、パソコンを開いた。「胎児　障害」と打って、検索する。すぐに出てきた。

妊娠十～十四週ごろ、超音波検査で赤ちゃんの首の後ろに液体が溜《た》まっているような様子が見られたときは、ダウン症（21トリソミー）などの染色体異常が疑われますが、超音波検査だけでは確定できません。この測定値は赤ちゃんの向きや姿勢で数値が変わりやすいからです。そこで、こうした異常が疑われる場合は、羊水検査でより詳細に調べることになります。

ダウン症。21トリソミー。

知っていた。知識としてだけじゃなく、実際に。私はかつて、ダウン症の子供と会ったことも、一緒に遊んだこともある。

再び、あの声が蘇る。

実際に聞いたわけじゃないのに。まるで耳元でその叫びを聞いたかのように。

――お母さん、僕を殺さないで――

違う。

それとこれとは違う。

私は懸命に言い訳をする。

それに、堕ろすと決めたわけじゃない。

じゃあどうする？

産むの？　一人で、本当に育てられるの？　もし本当に障害のある子だったら。

それでも私は――。

私は、御茶ノ水で電車を降りた。

あれから一週間が過ぎ、意志はある程度、固まっていた。

その前に、もう一度誠治の前で、自分の気持ちを整理したかった。

通いなれた、脳神経外科病棟三〇三号室の前に立つ。

しかし、そこに掲げられた名札の文字が変わっていた。

部屋が替わったのだろうか？　まさか退院ということはないはず……ナースステーションに行って尋ねる。

「ああ、橋詰さんですか？」

看護婦は神妙な顔になり、

「お亡くなりになりました」

と告げた。

亡くなった？　いつ――。

私が呆然と立ち尽くしていると、いつもの年配の看護婦が気づき、声を掛けてくれた。

「残念なことでしたね。一昨日のことだったけど、聞いてなかったのね」

同情したのか、

「ちょっとお話ししましょうか」

と廊下に出て説明してくれた。

「実は先日、身内の方と主治医で話し合いがありましてね。あなたも病室で会ったんじゃないかしら、息子さん」

この前、洋治たちと鉢合わせした日のことだ。

「それで治療方針が変わったの。これ以上詳しいことは言えないけど」

含むようなその言い方で、察しがついた。

おそらく、これ以上延命治療はしなくていい、ということになったのだ。実際にどういう処置がなされたかは分からないが、誠治を生きながらえさせていた機器がはずされた。

それで――。

でも。

私は、喉まで出かけたその言葉を飲み込んだ。

看護婦に礼を言い、その場を去った。

でも。

頭の中では、その言葉がリフレインされる。

でも確かにあの時、誠治には意識があった。私の言葉に応えてくれた。

子供なんてつまらん。産むな――。

間違いなく、そう言った。

それともあれは、私の気のせいだったのか？

誰かにそう言ってほしくて。

そんな私の思いが見せた幻覚、幻聴だった――？

もう私には、何も分からなくなっていた。

たとえ応えが返ってこなくても、今日誠治と話すことで、自分の心を決めようと思っていた。

それなのに。

交差点に差し掛かると、たくさんの人が行きかっていた。

でも、私には誰もいない。心の内を話せる人が、誰も。

その時、ふいに国枝の顔が浮かんだ。

彼に話したら、何と応えてくれるだろうか。

もしかしたら、と思う。

彼だったら、もしかしたら——。

目の前の信号が点滅していた。まだ間に合うと渡ろうとした時、反対側から駆けてくる男がいた。すれ違った瞬間、その男の顔が目に入った。右の目の下、頰にある痣——。

咄嗟に追いかけようとして方向を変えたところで、よろめいた。信号が赤に変わった。倒れ込んだのと同時に、止まっていた車が一斉に動き出す。

大きなブレーキ音が聞こえ、私の顔の寸前で車が止まった。

「大丈夫か!?」

車から降りた運転手が蒼白《そうはく》な顔で駆け寄ってくる。

お腹の奥から突き上げてくる痛みに、私はうめき声しか出せなかった。

「どこか打ったか？　救急車呼ぶから！」

遠くなっていく意識の中で、あの人は、と思い出す。

十年も前に一、二度会ったきりの男。もう名前も覚えていない。でも、右の頬のあの痣は——。

ごめんなさい。本当にごめんなさい。遠くなっていく意識の中で、私は繰り返した。

謝りますから、だからお願い。

赤ちゃんを、私の赤ちゃんを助けて——。

仮面の恋（3）

彼女は、長野県の東信《とうしん》地方にある公立高校を卒業した後、東京の女子大学に進学した。同じ高校から東京の短大・大学に進んだ者は十名ほどで、仲の良かった二人の友人は受験してそれぞれ私立の四大と国立大学に合格したが、彼女は推薦で行けるところから無難なその女子大を選んだ。正直に言えば、東京に出られさえすれば学校はどこでも良かった。専攻は人文学科だったが、こちらも文学部よりは少しは広く世間のことを学べる気がする、という程度の理由で決めたのだ。

彼女は、多くの人と出会い、たくさんのことを学びたかった。山と川と田畑に囲まれ、夏はむせるほどの草いきれに包まれる故郷のことは好きだったが、その世界だけで終わりたくなかった。机の上の学問だけでなく、社会のことを知り、その上で、自分の人生を選択したい。そう思っていた。兼業農家で普段は農協に勤める父も、主婦業と畑仕事をこなす母も高校しか出ておらず、一人っ子だった彼女を単身東京に出すことには心配もあったに違いないが、それ以上に娘の希望を尊重してくれるありがたい親だった。

高校時代の彼女は、二年生までは剣道部で汗を流したが、最後の大会の予選で負けた三年生が「あなたたちの応援が悪いから負けたのよ」と言い放ったことで、退部を決意した。

これから最上級生になって威張れるのに、と同級生たちは止めたが、三年生になって自分が下級生に同じようなことを言ってしまうのではないか、自分が言わないまでも同学年の者が同じような態度で後輩に接するのを止められないのではないか、という思いから、意志を変えることはなかった。

自由に使えるようになった時間を、彼女は読書と映画を観ることに充てた。街の小さな映画館では、ロードショウから三か月遅れで邦画と洋画の新作が交互にかかっていた。作品が替わるたびに自転車を漕いで観に出かけ、それでも足りない分はビデオを借りて観た。大作や話題作より、小品佳作と言われるような作品を好んでいた。特に古いアメリカ映画やヨーロッパ映画が好きで、一番のお気に入りは、フランク・キャプラ監督の「素晴らしき哉、人生!」という映画だった。

ストーリーは、こうだ。

人の好《よ》さが災いして苦労が重なり、生活が立ち行かなくなった主人公の前に、一見冴《さ》えない守護天使が現れる。「生まれなければよかった」と自殺しようとする彼のために、天使は「それでは望み通りにしよう」と言い、主人公が生まれなかった場合の世の中を見せる。主人公のおかげで窮地を救われた人々が、その世界では救われず、荒れ果てている。家族も精神を病んだり亡くなっていたりして散り散りだ。妻に会ってももちろん自分のことなど分からない。

自分の人生は素晴らしかったのだ、と気づいた主人公は、「元の世界に戻してくれ、もう一度生き直したい！」と願うのだった。

まさに、「素晴らしき哉、人生！」だ。自分も、他人に対して、社会に対してそんな影響を与えられるような人間になりたい。「あなたが生きていて本当に良かった」と言ってもらえるような人生を送りたい。彼女は、そう思った。

大学に進学し、福祉サークルに入ることになったキッカケも、その映画に由来していた。新入生があふれるキャンパスで何十枚というサークルの勧誘チラシを受け取った中に、「It's a Wonderful Life」というコピー――それは「素晴らしき哉、人生！」の英語の原題だった――が書かれたものがあったのだ。それを見た瞬間、彼女は「ここだ！」と思った。

チラシに書かれた内容を見ると、高齢者や障害者・障害児の施設を訪問し、ボランティア活動を行うことを主な活動としているサークルらしい。それまで彼女は、ボランティアや福祉活動というものをした経験がなかった。機会がないわけではなかったが、何となく気恥ずかしい、悪く言えば偽善的な感じがして、参加するのをためらってしまうところがあった。一方で、高齢者や障害者などについての辛く悲しいニュースを見ては胸を痛めたり義憤にかられたりもしていた。

自分にできることはないのか。自分にできることとは何だろう。そう自問はしても、結局は何もしないで終わる、ということの繰り返しだったのだ。

そのチラシを受け取ったのは、運命のような気がした。これこそ、「あなたがいてくれて本当に良かった」と人から言ってもらえる活動ではないか。彼女は早速、「Ｐｉｐｐｉ（ピッピ）」という名のそのサークルの部室に向かった。

活動は、主に高齢者施設での奉仕活動をするグループと、障害児を相手にしたボランティア活動を行っているグループとに分かれており、彼女は後者のグループに所属した。

定例ミーティングが毎週金曜日にあり、土日のどちらかで区内の障害児施設を訪問し、入所している子供たちと遊んだり、ピクニックに行ったりする、というのが活動の中心だった。区内に障害児施設は二か所あり、一つは医療型障害児入所施設というもので、主に手足が不自由な子供向けの施設。もう一つは、心身に重い障害のある子供向けの施設だった。学齢期の児童は、そこから区内の養護学校に通っているらしい。

障害児施設への訪問は、彼女にとって極めて新鮮な体験で、子供たちと過ごす時間は、得難いものになった。

まだ年端《としは》も行かない子供が不自由な体を一生懸命動かす姿を見て涙ぐんでしまったり、発語がままならない子供とコミュニケーションがとれずに落ち込んでしまうこともあったが、それ以上に、心が温まること、感銘を受けることの方が多かった。

彼女としては土日と言わず、もっと子供たちと触れ合いたいほどだったが、他のサークル員たちはこれらの定期活動よりも、他大学の福祉サークルと合同で行うボランティア作業やイベントへの参加の方に熱心だった。

つまり、男子学生との交流だ。そっちを目当てにサークル活動をしているような子も少なくなかった。彼女は、男の子との付き合いにさほど関心はなかった。卒業した高校は共学だったが、良くも悪くも牧歌的で、あまり異性を意識することがなかった。それが大学に入った途端、「男子」と「女子」がいればそこには恋愛が生じなければおかしい、というような雰囲気に一変した。そのことに、馴染めないのだった。

「分かる。なんか大学って、さかりのついた犬猫だらけよね」

久しぶりに東京組の三人で会した時に彼女がその話をすると、友人の一人も同調した。

「あんた、そう言いながらもう誰かとデートしたって言ってたじゃない」

もう一人が混ぜっかえす。

「あれはデートなんてもんじゃないわよ。ただ二人で飲んだだけ。イタ飯屋に連れてってくれるっていうからついてってたのに、ただのスパゲッティですぐ帰ったもん」

「スパゲッティじゃないの、今はパスタっていうのよ」

「いやあれはパスタなんてもんじゃなかった、ただのナポリタン・スパゲッティ」

「ダサい」

二人が笑うのに釣られて、彼女も笑った。そういう彼女も、東京に出てきてまだお洒落な店に行ったことはなかった。三人が今飲んでいるのも、最近流行《はや》り始めたチェーンの居酒屋だ。

「恋愛恋愛っていうけど、要はセックスがしたいだけでしょ。醜いね」

友人の一人が突き放したように言う。学校一の秀才だった友人は、入学後も勉学一筋のようだった。

彼女自身はと言えば、恋愛について友人ほど無関心にはなれないものの、しかし今はもっと大事なことがあるんじゃないか、と思っていた。その大事なことが何なのかが分からないけど。

「あんたは頭でっかちなのよ」

「だから行動するんでしょ」

「でも福祉サークルってどうなの。なんか――」

偽善的、という言葉を友人が飲み込んだのが分かった。自分でも同じようなことを感じてはいたのだ。実際、ボランティア活動を体験してみると、それがどこまで相手のためになっているのか分からないことが多かった。相手の意思が見えないため、結局自己満足なのではないか、と迷う場面も多々あった。

その答えをサークルの仲間に求めるのは無理だった。良くも悪くもほとんどがお嬢様育ちの女の子たちで、自らを疑うことを知らない人たちばかりだったから。

彼女はもっといろんな考えを知りたかった。パソコン通信──彼女の場合は「ワープロ通信」だったが──を始めたのは、先輩から譲り受けた中古のワープロがモデム内蔵のもので、通信機能もあると知ったからだった。始めてみると、すぐにはまった。

早速、福祉関係の会議室に登録した。ハンドルネームは、中高生時代のあだ名をとって〈GANCO〉にした。ROMしているだけでも月末の電話代の請求額が膨らんで最初はびっくりしたが、自分が書き込む時はあらかじめ文章を作成した上で接続する、興味のある書き込みはダウンロードして、接続を切ってからゆっくり読む、という方法をとることも覚えた。

だが、それらの会議室やフォーラムでも、望むような「答え」は得られなかった。いろいろな掲示板をROMし、時には自分の意見を書き込んでみたが、経験も知識も劣る彼女の意見は、誰からも相手にされなかった。

息抜き程度に始めた「映画フォーラム」の方が、楽しかった。一番の成果は、そこで〈テルテル〉さんというユーザーと知り合ったことだった。映画への意見で感覚が合うと思ったのだが、プロフィールを見ると「福祉関係」の仕事をしているという。両方への興味から、メールを出してみた。

話せば話すほど、〈テルテル〉さんとは気が合うものを感じた。自分の考えをきちんと持っていて、それでいて押し付けがましくもなく、人の意見に耳を傾ける柔軟性もある。

人生経験も自分に比べて何倍も豊富だった。

〈テルテル〉さんのことを、もっと知りたくなった。それである時、思い切って自分の写真を送った。そうすれば、〈テルテル〉さんも写真を送ってくれるのではないかと思ったのだ。期待に応え、〈テルテル〉さんも写真を送ってくれた。想像していたより何倍も恰好良くてドキドキしてしまった。自分が障害児たちとの写真を送ったからだろう。〈テルテル〉さんも、介助しているという障害者の男性と一緒に写った写真を送ってくれた。見ただけで、その男性が重度の脳性麻痺者であることが分かった。彼女が通う障害児施設にも脳性麻痺の子供はいたが、成人の男性と接したことはなかった。

〈テルテル〉さんは、脳性麻痺者（彼らは自分たちのことをCPというらしいことも初めて知った）のことを知りたいんだったら、といくつかの本を紹介してくれた。

CP当事者の団体である「青い芝の会」というところの横田弘さん、横塚晃一《よこづかこういち》さん、という人たちが出している本だった。

その内容は、衝撃的なものだった。

もう二十年近く前——一九七〇年の五月に、横浜市金沢《かなざわ》区で二人の重症CP児を抱えた母親が、当時二歳になる下の子を絞殺した事件で、その母親のための減刑嘆願運動が全国規模で起きた。

彼らはそれに対し、激しく抗議していた。

『何故《なぜ》、脳性マヒ者は殺されるのだろう。

なぜ、殺されなくてはならないのだろう。

そして、多くの人々は「惨めな状態で生き続けるより、殺された方がむしろ幸せ」と考える。

何故だろう。

なぜそんなふうに考えるのだろう。』

『右半身にマヒがあることが。

ビッコをひいて歩くことが。

言葉が不自由だということが。

それが何故、いけないのだろうか。

それが何故、気味が悪いのだろうか。

なぜ、バタンとドアを閉められなければならないのだろうか。

健全児たちは、障害児を知っているのだろうか。

障害児が、人のナカマだということを知っているのだろうか。』

『若い母親にムチを打ったのは、一体誰なのだ。

私たちは加害者である母親を責めることよりも、むしろ加害者をそこまで追い込んでいった人びとの意識と、それによって生み出された状況をこそ問題にしているのだ。』

【実際、この当時、世間の多くは「障害児は殺されても仕方がない」と思っていたんです。】

〈テルテル〉さんは、メールでそう教えてくれた。

その本には、元国会議員で「日本安楽死協会《にほんあんらくしきょうかい》」なるものを作ろうとしていた太田典礼《おおたてんれい》という人が週刊誌で発言した内容が引用されていた。

「植物人間は、人格のある人間だとは思ってません。無用な者は社会から消えるべきなんだ。社会の幸福、文明の進歩のために努力している人と、発展に貢献できる能力を持った人だけが優先性を持っているのであって、重症障害者やコウコツの老人から『われわれを大事にしろ』などといわれては、たまったものではない。」

【太田だけではありません。この発言がなされた頃は、「重度心身障害者全員の隔離収容」なる計画や、人工妊娠中絶の要件として障害をもつ胎児を排除する「胎児条項」を加えるという優生保護法の改悪案が論議されていた時代でもあったのです。

なぜ僕がこういったことについて、ムキになって語るのか。それには理由があります。】

彼女が本当にショックを受けたのは、次の文章を読んだ時だった。

【実は、僕が以前介助していたＣＰの人も、かつて「母親から殺されそうになった」ことがあるんです。
今から二十年以上前ですから、ちょうど横浜市の事件と同じ頃のことです。その子は十歳でした。夫と離婚し、生活苦と将来を悲観した母親が、その子を殺して自分も死のうと心中を図りました。結果、母親だけが死に、彼は生き残りました。普通は逆のケースの方が多いので、どこかで子供を殺すことにためらいがあったのか、あるいは、自分だけ楽になりたかったのかもしれません。いずれにしても彼は死なずにすみました。彼は母親に感謝しているそうです。】
【その後、彼は施設に入れられて、高校まではそこから養護学校に通いました。高校を出てから一時施設に入所していましたが、自立して生きたい、と願うようになりました。幸いなことに、母親は生命保険に入っており、普通は自殺の場合認められないことが多いのですが、奇跡的に保険金が下りていたので、そのお金で自立することができました。自治体から派遣されるヘルパーの他にも、学生ボランティアや、自薦ヘルパー制度というのを利用して自分専用のヘルパーを募集し、ほぼ二十四時間の介護を実現しています。僕もその自薦ヘルパーとして登録しているうちの一人です。】
【僕には、不自由な言葉で彼が、懸命に母親に向かって繰り返したという言葉が忘れられません。】

――お母さん、僕を殺さないで――

【まるで実際にその言葉を、声を聞いたことがあるかのように、耳に焼き付いて離れないんです。】

そのCPの青年の体験にも胸が締め付けられたが、まるで自分のことのように怒りと悲しみを感じている〈テルテル〉さんに、改めて感嘆した。

この人ともっと親しくなりたい。会ってみたい！　その思いを堪えきれなくなり、ある時、思い切って「一緒に映画を観に行きませんか」と誘った。断られたらどうしようかとドキドキした。返事は、イエスだった。ただし、「介助しているCPの青年を同行してもいいか」と言う。最初は戸惑った。でも、すぐにその意図が理解できた。百聞は一見に如かず、実際にCPの人と接してみることが大事、場合によっては介助も手伝ってみればいい、そういうことなのだろう。

彼女は、「喜んで」と返事を出した。

初めて〈テルテル〉さんとCPの青年に会うことに緊張していたが、実際に会った〈テルテル〉さんは気さくに接してくれ、緊張をほどいてくれた。介助の仕方も、とても自然だった。仕事というより、本当に友達のようだった。そして「祐太さん」というCPの人。

やはり最初はどう接していいか戸惑った。表情や態度には出さないよう努めたが、〈テルテル〉さんや祐太さん自身はどう感じただろうか。

いろいろあったが、その日は、とても有意義な、印象深い一日となった。映画も良かったが、それ以上に、〈テルテル〉さんや祐太さんと過ごせたことに、どこか誇らしい気持ちになったのだった。

また二人に会いたい、いろいろ話を聞きたいと思ったのに、それから、〈テルテル〉さんからのメールが、ぱったり止んでしまった。彼女の方から出しても返事がこない。パソコン通信からも退会したことが分かった。なぜ？　とショックを受けた。自分のせい？　あの日、何か失礼なことをしてしまったのだろうか。いくら考えても思い当たることはない。

悩んでいた時、〈テルテル〉さんから再びメールがきた。以前とは違うＩＤだった。パソコン通信でちょっとしたトラブルがあって、ＩＤを変えた、伝えるのが遅くなってごめん、と記されてあった。

そうだったのか、と安堵したが、何となく違和感があった。ＩＤだけでなく、文面も今までの〈テルテル〉さんとどこか違うのだ。パソコン通信だからもちろん「字体」は分からないが、短い文章でもやはり「文体」はある。ちょっとした言い回し、てにをはの使い方、漢字に変換するものしないもの。

それらが、今までの〈テルテル〉さんとまるで違うのだ。

怪訝な思いは残っていたものの、再び〈テルテル〉さんと会えることになったのは、嬉しかった。今度は映画でなく、祐太さんも抜きで、二人でご飯を食べようと誘われた。少し迷ったが、了解した。パソコン通信でどんなトラブルがあったのか、文体が変わったことも、直接訊いてみようと思ったのだ。

再会した〈テルテル〉さんは、パソコンでのトラブルについては言葉を濁して教えてくれなかったが、メールの文章については、「前はまだ慣れなくて、人にいろいろ教わっていたからじゃないか」と何でもないことのように答えた。

しかし彼女には、納得できないことがまだ残っていた。

それまでのメールでは、思慮深く、気配りができ、知的な印象だった〈テルテル〉さんなのに、実際に会った時の印象、それに最近のメールでは、よく言えば気さく、飾らない。でも別の言い方をすれば、少々がさつで、配慮に欠けたところがある。そう感じられるのだ。

一体どちらが本当の〈テルテル〉さんなのだろう……。

そんなある日、福祉サークルの彼女たちのグループは、いつもの障害児施設ではなく、十八歳以上の知的・身体障害者が入所している施設に、ボランティアで訪れることになった。

アクシデントが起きたのは、レクリエーションの最中、みなでボールを使って遊んでいる時だった。

「キャッ」

突然の出来事に、彼女は小さく叫び声を上げてしまった。

「どうしたの」

みなが驚いてこちらを見る。

「ううん、なんでもない」

その場では、そう言うしかなかった。

お尻を触られた……。

恐る恐る振り返ると、車椅子に乗った三十歳ぐらいの入所者の男性が、ニコニコとこちらを見上げていた。

気のせいだろうか？　手を動かした時に誤って当たってしまっただけなのかもしれない。そうじゃないとしても、悪気があってしたわけじゃない。自分のしたことがどういうことなのか、分かってないのだ。

気を取り直し、遊びを続けた。

しかし、再び同じことが起きた。

今度は、お尻ではなかった。「誤って」なんていうこともない。その入所者はニタニタと笑いながら——彼女には、そう見えた——彼女の胸を、両手で掴んだのだ。

彼女は、思わず部屋から飛び出した。

「どうしたんだ」

気づいた男性職員が追ってくる。

廊下の突き当たりで、立ち止まった。まだ心臓がドキドキしている。さっき見た入所者の表情が、目に焼き付いて離れない。

正直言うと、怖かった。そんな風に感じてしまう自分がいけないのか——そう思うと、目から涙があふれてきた。

「どうしたんだよ」

彼女の涙を見て、職員がアタフタしていた。近くに女性職員がいないか探したが、見当たらなかった。

このまま黙っていることもできた。だが、言わなければ、彼にはそれが「してはいけないこと」だと分からないのではないか？　再び、いや今度は、他の学生たちにするかもしれない。

思い切って、口にした。

「胸を触られたんです、その前はお尻も」

一瞬、キョトンとした表情を浮かべた男性職員だったが、すぐにその口から「なんだ」という言葉が出た。

「そんなことか」

「そんなことって！」

怒りと羞恥とで、思わず大きな声が出てしまった。

「あ、いやごめん」職員は謝ったが、その顔にはニヤニヤした笑みが浮かんでいた。

「まあ許してやってよ。やっていいことと悪いことの区別がつかないんだ。そういうことへの興味だけは人並みにあるから困っちゃうんだけど」

「そんな……」

「とりあえず、戻ってよ。君が急に駆け出していなくなっちゃったから、みんなビックリしてる。鴨下《かもした》くん――君にいたずらした青年だけど、彼も自分が何かいけないことしたのかってオロオロしちゃってるんだ」

「いけないこと、したんじゃないですか!?」

思わず、言い返していた。

「あ、いや、そうだけど……まあ今回は大目に見てよ」

「そんなことできません」

彼女は、きっぱりと口にした。

「いえもちろん、許せない、なんて言うつもりはありません。でも、本人には注意しないんですか？　責任者に報告はしないんですか？　これで終わりですか？」

「注意したって分かんないからさ」

「分からないって……」

「そういう障害なんだよ。それぐらい、君も分かるだろう？　そういうことを承知で、来てるんじゃないの？」

彼女は、言葉に詰まった。

「君は一体どういうつもりでここに来てるの？」職員の口調が変わっていた。「学生さんのボランティアだっていうのは、僕ら職員は理解してるけど、彼らには関係ないからね。君たちだけ『普通の人の倫理』を振りかざしたら戸惑うだけだろう？」

言い返したかったが、言葉が出ない。

「もういいや」職員はあからさまに呆れたような表情で言う。「今日は帰って。ただ言っておくけど、すべて受け入れる覚悟がなくちゃこの仕事は務まらないからね。それが分からないなら、もう来ないでくれるか」

突き放したように言うと、職員は部屋に戻っていった。

彼女は、その場から動けなかった。

アパートに戻ってからも、職員に言われた言葉が頭から離れなかった。

——すべて受け入れる覚悟がなくちゃこの仕事は務まらないからね。

その通りだと思った。自分の考えが甘かったのだ。

しかし、自分にはそんな覚悟はない。

もうボランティアに行くのはやめよう。

そう決めて、それからはサークルにも顔を出さなくなった。

そんな時、〈テルテル〉さんからメールがきた。

【元気？　どうしてる？　ご飯でも食べに行かない？】

会いたい、と思った。〈テルテル〉さんと話がしたい。〈テルテル〉さんの意見が聞きたかった。


「……なるほどね」

〈テルテル〉さんは、そう呟いて目の前のアイスコーヒーを啜《すす》った。

「……やっぱり私がいけないんですよね」

「いけないってことはないと思うけどね……」

〈テルテル〉さんの口調、そして表情には、既視感があった。

あの職員と同じだ。「そんなに大げさに騒ぐことじゃない」と——。

「まあどっちにしろ、もうそこには行かない方がいいんじゃないのかな」彼が言った。

「スケベな利用者もだけど、その職員っていうのも、どうかと思うよ。学生相手にいい恰好したいだけなんじゃないの。『すべてを受け入れる覚悟』なんて、学生のボランティアにあるわけないじゃんか。そんなこと言うんだったら日当払えってなもんだよな」

その言葉も、以前どこかで聞いたことがあった。

そうだ、パソコン通信の「障害者ボランティア板」。何度か覗いたその掲示板で、思い余って書き込みをしたことがあった。その途端、「何も知らない奴、経験のない奴は引っ込んでろ」とばかりに反論に遭ったのだ。

ちょうどその頃だ。

息抜き代わりにもう一つ登録していた「映画フォーラム」で、〈テルテル〉さんに出会ったのは。

彼女は、目の前にいる〈テルテル〉さんこと「照本俊治」さんを見た。

本当にこの人は〈テルテル〉さんなんだろうか。あの〈テルテル〉さんが、こんなことを言うだろうか。

「それより、ご飯食べに行こうよ。話題のイタ飯屋っていうのに行ってみたいんだけど、男一人じゃやっぱさ。予約してあるから」

「テルテルさん」

「……うん?」

彼は、なぜかちょっと嫌そうな顔でこちらを見ると、「その『テルテルさん』って、そろそろやめない？」と口にした。

「俺も、『GANCOさん』じゃなくて名前で呼んでいいかな」

「いいですけど。じゃあ私は、何て呼べばいいですか？　照本さん？」

「うーん、それもなあ……」

彼は、何か言いたそうな顔でこちらを見た。しかし結局、何も言わず、「とにかくイタ飯屋、行こうよ」と立ち上がった。

「照本さんって、免許証持ってます？」

「へ？」

「じゃなかったら健康保険証でもいいんです。レンタルビデオ屋の会員証でも何でも、名前の書いてあるもの」

「……なんで？」

彼女は、その目を見た。明らかに、怯えの色がある。

やっぱり。確信した。

「あなた、テルテルさんじゃないですよね」

彼の顔色が、変わった。

「あなた、誰なの。なんでテルテルさんの振りをしてるの。なんで私を騙してるの。なんでこんなこと!」

「分かった、分かった、全部話すよ。だからそう怒らないで」

彼は、観念したように両手を上げた。

「俺の本当の名前はね――浅田祐太」

「それは、あのCPの方の」

「名前を交換したんだ」彼が何でもないように続けた。

「彼が、照本俊治。つまり『テルテルさん』だ」

彼女は、絶句した。

「……嘘」

最初に出たのは、その言葉だった。

「嘘じゃない。最初に君がメールのやり取りをしていた相手は、あの人。ああ見えてもパソコン打つのはうまいんだ。俺よりずっと」

そう言って彼が――浅田祐太が苦笑する。

「……どういうこと? ちゃんと話して。最初から全部」

「分かった。話すよ。言っとくけど、この計画をしたのは俊治さんだからね。俺は頼まれただけだから。まあ君を二人して騙してたことは事実だから、それは謝るけど」

「……どこからが嘘なの」

「いやだから、あの日、初めて会った時、俺が『テルテルさん』を名乗り、俊治さんを『浅田祐太』だと紹介したこと。嘘はそれだけ。それまでのことは全部本当だよ。君は、ずっとあの人とメールをやり取りしてたんだ」

彼女は、放心していた。

まさか、あの人が〈テルテル〉さんだったなんて——。

あの日会った、脳性麻痺の男性のことを思い出そうとする。だが思い出せるのは、その外見だけだった。

不自由な体で電動車椅子を操作し、右足の親指で文字盤を指していた姿。視線が合うことは、ほとんどなかった。直接言葉も交わしていない。

何通も何通もメールを交わし、時には心を躍らせ、時には深く感じ入り、誰よりも心が通じ合ったと思った〈テルテル〉さんと、あ、の、人、がどうしても結びつかなかった。

「ま、信じられないだろうけど、これが真相」

祐太がちょっとおどけたように言う。その態度にカチンときた。

「なんでこんなことをしたの？」

「分かるだろ？」祐太は苦笑交じりに答えた。

「自分が障害者だって分かったら、きっと君は去っていく。今までみたいな関係ではいられない。俊治さんはそう思ったんだ。まあそもそもプロフィールから嘘ついちゃってるからね。ウソの上塗りをしていくしかなかったんだろうけど」

「でも……どこかで正直に言ってくれたら……」

「そしたら、君は俊治さんをデートに誘った？　現れた脳性麻痺の車椅子の男性が、自分がテルテルだって言ったら、あんな風に楽しく一日を過ごせた？」

祐太が、かさにかかったように問う。

「いやその前。俊治さんが写真を送ったろう？　俺と一緒に写った写真。どっちが自分だとは俊治さんは書かなかった。でも君は、俺の方を俊治さんだと思い込んだ。もしその時、この車椅子の方が自分だって俊治さんが言ったら、君はどうした？　メールのやり取りぐらいは続けてたかもしれないけど、会いたい、一緒に映画を観に行きたい、なんて言わなかっただろう？」

彼女が答える前に、「たぶん、いや間違いなく、言わなかったはずだ」と祐太が決めつける。

「俊治さんには、それが分かってたんだ。だから嘘をついた。責めないでやってよ」

責めるつもりなんてなかった。もちろん、嘘をついたことには文句を言うかもしれない。でも、正直に打ち明け、説明してくれたら、自分は許したはずだ。

私はそもそも〈テルテル〉さんの外見に惹かれたわけじゃないのだから——。

彼の考え方、優しさ、教養、経験。それらに好意と尊敬の念を抱いて、会ってみたい、会いたい、と思ったのだから。

「今だってそうだろ」

祐太が言い放った。

「こうして真実が分かった今、もう一度テルテルさんに会いたい、そう思うか？」

「思う」

彼女は、ようやく答えた。

「私はテルテルさんに会いたい」

「偽善的なことを言うなよ」

「な――」

「自分が差別的な人間と思われたくないからそんなこと言ってるんだろ。会いたいわけないじゃないか。いや仮に会いたいというのが本心だとしても、それはあくまで『奉仕の精神』だろ。援助者、介助者として、障害者に親切にしたい、親切にしなきゃいけない、そういう思いからだろ。つまり、ただのボランティア精神だ。今までの感情とは全然違う」

「ひどいこと言わないで！」思わず叫んだ。「そんなんじゃない」

「ひどいことじゃないよ。誰だって当たり前のことだ。認めろよ」

「そんなの認めない」

「じゃあ本当に同じだって言えるか？　君は、今の話を聞くまで、テルテルさんに好意を抱いていただろう？　それは、女として、男に抱く好意だ。恋愛感情とまではいかなくても、それに近い感情だ。でもな、君が好意を抱いていたのは、俺なんだ、目の前にいるこの俺だ。あの脳性麻痺の、障害者じゃない」

彼女は、立ち上がった。

「あなた、最低ね」

祐太を見下ろし、言った。

「あなたなんか全然好きじゃない。テルテルさんに比べれば、全然魅力なんてない。テルテルさん――照本俊治さんは、あなたより何倍も優しくて、頭も良くて、素敵な人よ」

「……俺の頭が悪いっていうのか」

祐太が、燃えるような目で彼女のことを睨んだ。

「あいつより劣るっていうのか、あんな、障害者より」

「そんな言い方しないで！」

〈テルテル〉さんを侮辱された気がして、思わず口走ってしまった。

「あなた、私と会う時、必ず右手を頬のところにやってるでしょ。自分で気づいてないかもしれないけど」

「え？」

「無意識に痣を隠そうとしてるんでしょうけど、そんなこと誰も気にしてない。隠そうとするから余計に目立つのよ。テルテルさんなら、絶対にそんなことしない」

「なんだと――」

祐太は、目を剝いた。

ハッとした。私、ひどいことを――。

「ごめんなさい」

そう言い残し、彼女はその場から逃げ去った。


一人になって、罪悪感で一杯になった。

なぜ彼にあんなことを言ってしまったのか。

祐太を傷つけてしまったことは間違いない。そして、〈テルテル〉さんのことも。

さっき彼に感じた怒りは、自分に向けたものだったのだ、と今は分かる。

祐太の言っていたことを、完全には否定できなかった。

あの人が〈テルテル〉さんだとは信じたくない。そういう思いが彼女の中にあったのは、間違いないのだ。

でも、一つだけ、はっきりと分かったことがある。

〈テルテル〉さんがメールで話していた、以前介助していたCPの青年の話。

あれは、〈テルテル〉さん――俊治さん自身のことだったのだ。

——お母さん、僕を殺さないで——

それは、十歳の俊治さんが発した言葉だったのだ——。

俊治は、パソコン通信にログインすると、いつものように「映画フォーラム」の中から「七十年代の洋画について語ろう」の会議室に入った。あれからしばらくパソコン通信はやめていたが、今は〈シュン〉というハンドルネームで再登録していた。プロフィールも以前とは違うものにしている。

数日前に自分のした書き込みに、レスがついているのに気づいた。自分がしたのは、

【「ハリーとトント」がテレビ放映！　必見！　皆さんも絶対観てくださいね！！！！】

という書き込みで、誰からも反応がなくて寂しい思いをしていたのだが、そのレスには、

【絶対観ます！　「ハリーとトント」私も大好き！】

とあった。へえ、珍しい、と思いながらハンドルネームを見る。〈せっちん〉。若い女の子のようだった。俊治もコメントを返した。

【ありがとう！　観たら感想伝え合いましょう】

書き終えた後に、何となく気になり、〈せっちん〉のプロフィールを見た。

〈せっちん　二十八歳　ＯＬです。好きな映画は「ハリーとトント」に「ミツバチのささやき」です。どうぞよろしくお願いします〉

まさか――。

次の日、パソコンを開くと、【電子メールが一通届いています】という知らせがあった。恐る恐る、ヘッダーだけ見た。

送信者：〈せっちん〉

題名：はじめまして

本文を開こうかどうしようか、迷った。しかし、どんな内容か知りたいという欲求には敵《かな》わなかった。

【シュンさん、はじめまして。せっちんといいます。書き込みを見て、何だか懐かしくなってメール差し上げました。はじめてなのに懐かしいなんて変ですよね。でも、シュンさんの書き込みが、私のよく知っている、大好きな人の書き込みにとっても似てたんです。良かったらお返事ください。待ってます。】

迷ったが、返事は出さなかった。

翌日、再びメールが届いた。

【せっちんです。この前は変なメールを送ってしまってすみません。知ってる人に似ているなんて、突然失礼でしたね。本当にごめんなさい。もし許してくれるなら、改めてシュ

ンさん、お友達になってくれませんか。お返事待ってます。】

俊治は、そのメールを「ゴミ箱」に入れた。

彼女は、これで最後にしよう、とそのメールを送った。

【突然ですが、シュンさんに、相談があります。なぜこんな話をするのか、意味が分からないかもしれません。そう思ったら、どうぞゴミ箱に捨ててください。お返事がなければ、もう二度とメールはしないと約束します。】

【実はプロフィールのOLというのは嘘で、私は学生で、福祉サークルに入っています。その活動の一環で、先日、ある障害者施設に行った時のことです……】

次の日、返事はこなかった。次の日も。そのまた次の日も。

やっぱり駄目か、そう諦めかけたある日、パソコン通信にログインすると、その文字が浮かんでいた。

【電子メールが一通届いています】

きた！　シュンさんからだ！　はやる気持ちを抑えて、メールを開いた。

送信者：〈シュン〉

題名：はじめまして
【はじめまして、メールをありがとう。最初にメールをもらった時は、誰かと勘違いしているのだろうと無視してしまいました。勘違いはその通りだと思いますが、きちんとお返事しなければいけなかったですね。すみませんでした。】

やっぱり〈テルテル〉さんとは別人なのだろうか。少し落胆はしたが、続きを読んだ。

【お話、よく分かりました。僕は部外者なので責任あることは言えません。その前提で僕の意見を言わせてもらえれば】

次の文字を見て、彼女の胸は高鳴った。

【その職員が、間違っています。】

【もちろん障害者にも欲望はあるし、それは認めなければいけません。でも、だからといって、セクハラや性暴力に及んでいいわけはない。】

【してはいけないことは誰だってしてはいけないことです。「言ったって分からない」というのは、彼らが自分たちとは違う人間だ、という偏見があるからです。それこそが、差別です。】

【あなたは、間違っていません。それだけ言いたくて、お返事しました。】

〈テルテル〉さんだ！　間違いない。この言い方、内容。自分には分かる。何度もメールを交わした、あの〈テルテル〉さんに間違いない！

彼女はドキドキしながら返事を書いた。

【テルテルさんですよね。ううん、テルテルさんでもシュンさんでもどっちでもいい。私がずっとメールで会話していた、絵ハガキも送った、そのあなたでしょう？　私が会って話をした「照本俊治さん」はあなたじゃない。なぜなの？　私が話したかったのはあなたなのに。本当の照本俊治さん、私は、あなたに会いたい。もう一度、会って話したい。映画のことや、他のこと、たくさんたくさん、話したい。お返事ください。待っています。】

返事が来たのは、二日後だった。

【電子メールが一通届いています】

送信者：〈照本俊治〉

題名：謝ります

【せっちんさん、いやGANCOさん。名前はどうでもいいですね。あなたに嘘をついたこと。騙したこと。心の底から謝ります。本当にごめんなさい。謝っても許してもらえないことは分かっています。あなたを傷つけてしまった。その事実は消せません。祐太がどんな風に話したかは知らないけど、彼の話は本当です。言い訳はしません。

僕は、怖かったんです。仮面の下の本当の姿を見られることが。本当の僕を知った時に、あなたの顔に浮かぶ表情を見るのが。

それは、僕自身の顔でもあるから。

僕は中学生の時、一人の同級生の女の子を好きになりました。同じ養護学校に通う、足に障害を持つ子でした。障害といっても僕から見れば健常者と変わりなく、頭がよくてきれいで、いっぺんに好きになりました。

中学を卒業する時、その子に告白して、フラれました。最初で最後の失恋です。彼女はその後、普通学校に行って、健常者のカッコいい男の子と歩いているところを見ました。

それはいいんです。誰だって、見た目がいい相手の方がいいに決まってる。

彼女だけじゃなくて、僕だってそうです。

僕は、しばらくして、あることに気づきました。

彼女に告白する時、もしかしたら可能性があるんじゃないか、って実は少しだけ思っていました。

それは、彼女にも障害があったからです。障害を持つ彼女だったら、僕のことを受け入れてくれるかもしれない。そんな風に思っていたんです。

馬鹿でした。

気づかないうちに、僕自身が、彼女のことを差別していたんです。

パソコン通信を始めたのは、そんなことがキッカケです。

パソコンの中だったら、障害者も健常者も関係なく、「本当の僕」でいられるような気がした。

でもやっぱりあれは、「本当の僕」じゃなかった。

あの時、あなたにも手伝ってもらって映画館の席に移してもらい、一つ離れた席で映画を観て、最後まで直接会話することなく別れた、電動車椅子のCP者。

それが、僕です。

〈GANCO〉さん。

僕は、あなたのことが好きです。

メールで会話していた時から、好意を持ち、その後あなたの写真を見て、恋に落ちました。実際のあなたと会って、なお好きになりました。

だから、もう会うのはやめよう、と思ったのです。

正直に全部を打ち明けて、謝って、それでも、友達になってくれますかと頼んだら、もしかしたらあなたは受け入れてくれるかもしれない。OKと返事をくれるかもしれない。

でもそれは、恋じゃありませんよね。

あなたは僕と、恋ができますか？

もしできると、本当にそう思えるのならば、お返事ください。

僕は、あなたに介助なんてされたくない。あなたにご飯を食べさせてもらったり、ベッドに移してもらったり、オムツを替えてもらったりしたくない。

あなたの前では、あなたの心の中では、以前のままの〈テルテル〉さんでいたいんです。

テルテル　こと　照本俊治】

俊治は、夢を見ていた。
夢の中で、彼は歩き、走り、自由に動き回ることができた。
体が弾むような感覚も、風を切って走る爽快感も、俊治は知っている。
夢の中で、俊治は女の子とデートをしている。
男らしく彼女をリードし、一緒に映画を観て、食事をする。
いつしか二人きりになった時、彼女は俊治に寄り添い、俊治はそっとその肩を抱く。
そして、その唇に――。
俊治は、それが夢であることを知っている。
そして、夢から醒めたくない、と願っている。
しかし、夢はいつかは醒める。
そのことも、俊治は知っている。

照本俊治が出したメールに、返事がくることは、なかった。

エンドロール

摂と一志のその後――。

誤って階段から落ちた摂は、幸い、大怪我には至らず、すぐに回復をした。

事故の原因となった震災が東北地方を中心に大きな被害をもたらす中、一志と摂は話し合い、民間の養子縁組団体に登録手続きをした。

そして数か月後、生まれたばかりの男の子と特別養子縁組をすることになった。選ばれた子にはダウン症の障害があったが、二人は喜んで養親となった。

希《のぞむ》と名付けられた、天使のように可愛らしい男の子は、現在九歳になる。特別支援学校も考えたが、普通学校に進み、今は四年生の支援学級で学んでいる。友達もたくさんできた。得意なのは、絵を描くこと。

鮮やかに彩られた希の絵を見るたびに、一志は「俺に似たのかな」と目を細めるが、摂の方も「赤ちゃんの時から私と一緒に絵本を見ていたからよねー」と負けていない。

同じ年頃の子に比べて希にはまだまだできないことはたくさんあるが、その世界は、十分に豊かだと二人は感じている。おそらくこれからも希は、一志と摂の夫婦にたくさんの希望を与えてくれるのだろう。

岩子のその後──。

妊娠時に往来で転倒した岩子だったが、胎児に影響はなく、数か月後、無事に出産した。妊娠についても出産についても、洋治に告げることはなかった。医師から紹介された大学病院の検査にも行かなかったが、生まれてきた女の子に、障害はなかった。

産むと決めてから、岩子は国枝に、妊娠の事実と子供の父親との関係について打ち明けた。国枝はすべて承知した上で、彼女と結婚し、生まれてきたその子・ヒカリの父親となった。

岩子によく似た可憐《かれん》な少女として成長したヒカリも、もう二十歳を過ぎた。成人を迎えた時に「本当のこと」を告げようと思っていた二人だったが、ヒカリは中学生の時に興味本位で調べた血液型から、自分が父親の実子ではないことをすでに知っていた。しかしそのことで両親に対する思いが変わることはなかった。

思春期特有の父親への嫌悪を露わにした時期はあったものの、大学生となった今は、むしろ口うるさい母親よりも娘に甘い父親との関係の方が良好で、「学校の男の子になんかロクなのいないよ。ああ、パパみたいな人どこかにいないかな～」などとさらりと言ってのけ、上機嫌の父親から小遣いをせしめるぐらいの要領の良さは身に付けている。そんな父と娘を、岩子は愛おしそうに見つめている。

〈テルテル〉と〈GANCO〉のその後――。

〈GANCO〉との淡くも切ない別れを経験した〈テルテル〉こと照本俊治はその後、パソコンゲームのプログラミングでかなりの収入を得られるようになり、介助を受けながら単身での生活を続けていた。

しかし三十五歳を過ぎた頃から変形性頸椎症《へんけいせいけいついしょう》や変形性股関節症《へんけいせいこかんせつしょう》などの二次障害に悩まされるようになり、一人暮らしを続けることを断念することになった。

手術を受けるための入院生活を経て、都内の肢体不自由者施設に入所した俊治は、十数年後、施設で思わぬ人と再会することになる。

新規入所者として紹介された女性は、電動車椅子を操作していた。重度のケイソン者だというが、五十歳と聞いたその年齢が信じられないほど若々しく、美しかった。

は・じ・め・ま・し・て

いつものように文字盤を足の指で指して自己紹介しようとする俊治を制して、女性は「お久しぶりです」と笑った。

「分からない？　私はすぐに分かったのに」

そのほほ笑みを見て、時が一気に巻き戻るのを俊治は感じた。

三十年振りに会う〈GANCO〉が、そこにいたのだった。

そんな別の未来があったとしたら——。


それでもたぶん、僕の未来だけは書き換えることはできないだろう。

君を失った——いや、君を捨てた僕は今、ひどい世界に生きている。

ワクチンも効果的な治療薬もない新型のウイルスが世界中を覆いつくし、人々がバタバタと死んでいる。どこの国も有効な手立てを打つことができずに、終息する気配はない。

あれからも毎年のように、悲惨な事件、悲しい出来事は起こり続けている。

子供は親に、社会に殺され続け、弱き者の「死ぬ権利」だけがことさら強調され、「命の選別」が平然と語られている。

世の中は、ますますひどいことになっている。


こんな世界で僕にできることと言えば、「書くこと」しかない。

だから僕は、君のことを書こうと思う。

君たちのことを。

始まりは、十八歳の君が、高校を卒業して東京に出て行くところからだ。その翌年に「平成」なんて世の中がこようとは、君たちは知るよしもない。ましてや「令和」なんて、その頃の君たちにとっては遥かな未来だ。

君は、一緒に上京する奥井加奈子と坂本美香と三人で、大きなバッグを手に駅にやってくる。あの頃はまだ長野新幹線はなかった。信越《しんえつ》本線の特急「あさま」の指定席。君が窓側、向かいに美香。加奈子は自由に行き来ができる通路側を選ぶはずだ。

上野までは三時間四十分。もちろん退屈なんてするわけはない。まずは駅弁をどこで買うかではしゃぎ合う。それから、これから住む街。通う学校。それぞれの期待が——夢が膨らむ。

君たちの行く先には、希望があふれ、未来は無限に広がっている。

素敵な出会いがあり、輝くような恋が待っている。

妻よ。

摂よ。

岩子よ。

〈GANCO〉よ。

君のいない世界なんて、誰にも考えられない。

人生は、素晴らしい。

It's a Wonderful Life――。

〈年譜〉

岩田（国枝）摂

1969年　長野県佐久市に生まれる。中学・高校時代を通してのあだ名は岩子《がんこ》。

1988年　長野県の県立高校を卒業し、東京の女子大に進学するために親友の奥井加奈子・坂本美香とともに上京。

大学の専攻は人文学科。福祉サークル「Ｐｉｐｐｉ」に入会。障害児施設などでボランティア活動を行う。

1989年（十九歳）　パソコン通信を始め、〈ＧＡＮＣＯ《がんこ》〉のハンドルネームで〈テルテル〉と知り合う。電子メールで交流後、〈テルテル〉こと照本俊治と、彼の介助者・浅田祐太と会う。二人に騙されていたことを知り、以降は二人には会っていない。

大学卒業後、学術系の小さな出版社に就職するも、社内の人間関係に悩み、退社。ＳＰ系の広告会社、セブン・キューブに再就職。上司の橋詰洋治と不倫関係になる。

1999年（二十九歳） 愛人である洋治の父親が脳梗塞で倒れる。同じ頃、ディスプレイデザイン会社の空間デザイナーであった国枝一志と知り合う。洋治との関係が自然消滅した頃、洋治の子を妊娠していることを知る。産むか堕ろすか悩んでいた時に、往来で転倒し、腹部を強打したことで流産する。その時すれ違った男が祐太のように見えたのは、摂の思い過ごしであろう。

一年ほど後、過去については告げないまま、交際していた国枝一志と結婚。セブン・キューブを退社し、出版社に再就職。女性誌の編集者となる（のち、副編集長に昇格）。その後、一志の勤めていたディスプレイデザイン会社が倒産し、一志も設計事務所に再就職する。

結婚して八年目を迎えた2008年（三十八歳）、摂と一志は話し合って妊活を始める。しかし一年以上経っても妊娠しなかったため、妊活を終了。

不穏になっていく夫婦仲を打開しようと、一志は二人の家の設計に没頭する。一方の摂は特別養子縁組をすることを考え出す。

2011年3月、二人で土地を見に行き帰ってきた後、養子についての話し合いが決裂し、摂が家を飛び出した時に東日本大震災が起きる。摂はマンションの階段から転落し、首の骨を脱臼。頸髄損傷となる。

それから八年が経った2019年（四十九歳）、一志は摂のことを書いた文章をネットにあげるようになる。同じ頃、大学の同級生だった大竹靖子と再会。不倫関係となる。同年末、摂が一志に、肢体不自由者入所施設への申込書を渡す。

その後の摂については、誰も知らない。

〈単行本時のあとがき〉

本書では、物語構想のきっかけの一つとなったある事件をはじめ、いくつか現実に起こった事件や出来事を物語の中に取り込んでいます。ただし物語全体はフィクションであり、実在する人物、団体、事件、出来事との関連はありません。

また、作中に明らかな差別的表現が出てきますが、作中人物の性格や考え方を表すためのもので、著者自身の考えではなく、差別や偏見を助長する意図はもとよりありません。

刊行されている書籍及び記事を参考にし、一部引用した箇所があります。

●「排除アート」については、早川由美子氏の記事「公園のベンチが人を排除する？　不便に進化するホームレス排除の仕掛け」（初出2006年9月21日オーマイニュース、その後、Petite Adventure Films Blogに転載）及び、その他の記事を参考にしました。

●「障害の受容に必要な四つのステップ」については、NPO法人日本せきずい基金による『脊損ヘルスケア・基礎編』第9章「脊髄損傷における心理面の影響」（柴崎啓一氏）を参考にいたしました。

●「横田弘さんが『障害者は隣近所で生きなければならない』と言った」以下の佐山の発

言については、『車椅子の横に立つ人　障害から見つめる「生きにくさ」』（荒井裕樹著青土社）P77～78を参考にし、荒井氏の許諾を得た上で一部引用いたしました。

●〈「青い芝の会」というところの横田弘さん、横塚晃一さん、という人たちが出している本〉の内容については、『障害者殺しの思想』（横田弘著　現代書館）P28　3～7行目、P24　15～22行目、P36　3～5行目より引用いたしました。

●同、太田典礼氏の発言についても同著P28からの引用ですが、発言の原典は、「週刊朝日」１９７２年10月27日号「『ぼくはききたい　ぼくはにんげんなのか』――身障者殺人事件　安楽死させられる側の〝声にならない声〟」記事中、との記載があります。

●「親が、障害のある子供を殺害した事件」の一つ一つの新聞記事は創作したものですが、同様の事件が同程度、あるいはそれ以上、実際に起きていることは事実です。

建築全般に関しては、友人で設計士の堀井博則氏に助言を仰ぎました。ただし、文責はすべて私にあります。

章タイトルの一つである「無力の王」については、１９８１年に公開された石黒健治監督の同名映画、及び原作である粕谷日出美氏の〈ニッポン放送青春文芸賞〉第一回受賞作よりタイトルのみ拝借いたしました。内容は一切関連のないことをお断りさせていただきます。

作中人物の一人である照本俊治については私の全くの創作ではありますが、妻が通う障害者通所施設にて知り合ったT氏より大きな示唆を得ました。CP者としてスマホアプリ等を開発するT氏を知ることで蒙《もう》を啓《ひら》かれ、本書構想の契機となりました。その後退所されお会いする機会がないため、この場を借りて御礼申し上げます。

なお、私自身、作中人物と同じく頸髄損傷という障害を負った妻との生活を三十年続けておりますが、小説内の設定と異なり、いたって円満に過ごしております。どうぞご心配なきよう。

〈その他の参考資料〉

●『母よ！　殺すな』（横塚晃一著　立岩真也解説　生活書院）
●『障害者の傷、介助者の痛み』（渡邉琢著　青土社）
●『障害者差別を問いなおす』（荒井裕樹著　ちくま新書）
●『現代思想　緊急特集　相模原障害者殺傷事件』（２０１６年10月号　青土社）
●『リハビリの夜』（熊谷晋一郎著　医学書院）
●『パソコンがかなえてくれた夢　障害者プログラマーとして生きる』（吉村隆樹著　高文研）
●『これから始めるパソコン通信　モデムの選び方からビジュアル通信まで』（杉浦司著　講談社ブルーバックス）
●『マクドナルド化する社会』（ジョージ・リッツア著　正岡寛司監訳　早稲田大学出版部）
●『CODE――インターネットの合法・違法・プライバシー』（ローレンス・レッシグ著　山形浩生、柏木亮二訳　翔泳社）
●『脊髄損傷リハビリテーションマニュアル』（神奈川リハビリテーション病院脊髄損傷リハビリテーションマニュアル編集委員会　医学書院）

〈映画〉

●『(ハル)』森田芳光監督(1996年・東宝)

●『さようならCP』原一男監督(1972年・疾走プロダクション)※DVD販売元はディメンション

〈文庫版あとがき〉

単行本刊行時、読者の皆さんから「ラストに驚愕」といった言葉をいただきましたが、私にとっても本書はたくさんの「サプライズ」を与えてくれた作品となりました。刊行前にゲラを読んでくださった書店員さんたちからの熱烈な応援メッセージに始まり、発売からひと月も経たないうちの重版決定。さらに初めての新聞書評及び今までにない数のインタビュー依頼や紹介記事の掲載。重版は初の三刷を経て最終的には四刷まで至り、単行本としては自分史上最高の発行部数となりました。そして、年末にいただいた「読書メーターOF THE YEAR 2021」の称号。「読メ」は刊行時に全く日の当たらなかったデビュー作『デフ・ヴォイス』(文藝春秋)を初めて話題にして文庫化に繋げてくれた「恩人」でしたので、なおさら嬉しかったことを覚えています。

実は本書は、打ち合わせ時より「今回はミステリーでなくてもいいでしょうか」と編集者と確認し合い、執筆したものです。それがふたを開けてみると「まさかの展開」「丸山作品で過去一番のミステリー」といった評価をいただきました。少し不思議な思いもしましたが、皆さんがそうおっしゃるなら(笑)これからは胸を張って「この作品はミステリー」と標榜していきたいと思います。

サプライズと言えば極めつきが、文庫化に当たっての解説を、敬愛する作家である桐野夏生さんにお引き受けいただいたことです。以前から交流があったわけではなく、前記『デフ・ヴォイス』が松本清張賞で最終選考に残った際に大変ありがたい選評をいただいたことを一方的にご縁とし、断られて当然と版元を通じてお願いしました。快諾のお返事が届いた際には、思わず「ウソ」とパソコンの前で呟いてしまったほどです。

文庫化された喜びで自慢めいたことばかり書いてしまいましたが、今回初めて本書を手に取ってくださった皆さんにどのように読んでいただけるのか、ドキドキしながら、しかし楽しみにご感想を待ちたいと思います。

本書執筆時からまた年を重ね、自分の人生を振り返る機会も多くなってきました。ハッピー・エンドとまでは言えずとも、決してバッド・エンドではないことを願って、皆さんにもこの言葉を贈ります。

It's a Wonderful Life.

丸山正樹

解説 「受傷」という感覚

桐野夏生《きりのなつお》（小説家）

本作品は、とても凝《こ》った構成になっている。「無力の王」「真昼の月」「不肖の子」「仮面の恋」と、それぞれタイトルがつけられた四組の男女の物語が、時系列に三回ずつ語られる。そして最後に、キャプラの『素晴らしき哉《かな》、人生！』という映画のごとく、その四つの物語がうまく収束する仕掛けとなっている。

最初の「無力の王」は、脊髄《せきずい》を損傷《そんしょう》して肩から下の感覚がない中年の妻と、妻を介護する夫との、息が詰まるような密度の濃い物語である。妻は東日本大震災が起きた際、マンションの階段から転げ落ちて首の骨を脱臼《だっきゅう》する。それが原因で、肩から下の感覚を失ったのだ。動けない妻は常に苛立《いらだ》って刺々《とげとげ》しく、夫の甲斐甲斐《かいがい》しい介護に、「ありがとう」のひとこともない。介護する夫は都度《つど》、腹を立てるのだが、やり場もないために深く傷つくのである。

妻の介護は重労働だ。宿便を防ぐために摘便し、尻の褥瘡《じょくそう》を大きくしないために毎日最低一回は洗浄してガーゼを取り換える。夜中は三時間ごとに起きねばならない。それが一生続くのなら、せめて一日くらい解放されたい、と願う夫の心境が痛いほど伝わる。

また、夫に世話をしてもらわなければ生きていけない妻の絶望感にも心が痛む。しかし、夫を占有する妻の物語でもあり、そこには儚《はかな》いエロスも感じられる。

「真昼の月」は、一志《かずし》と摂《せつ》という夫婦の物語だ。二人は三十代後半で、子供はいない。摂は女性誌編集の仕事をし、一志は建築設計士として共働きをしている。

擦《す》れ違いというほどではないが、二人は何となくうまくいかない。どこか不穏さが漂《ただよ》うような関係でもある。その原因は、摂が心を開かないせいだと考えた一志は、子供を作ろうと摂に提案する。しかし、摂の拒絶に会う。その理由が、かつて妊娠中絶したことがあるせいだと知って、一志は大きなショックを受ける。

せめて夫婦二人の家を建てようと、気を取り直して土地を見に行ったりもするのだが、摂は養子を取ろうと言いだす。だが、特別養子縁組の場合は、障害のある子でも拒否できないと知った一志は反対する。

その少し前に、摂の引き出しに、昔の新聞記事を発見してショックを受けていた一志。その記事はすべて、障害のある子を、不憫《ふびん》に思った親が殺すというものだった。一志は、摂は障害のある子だとわかったから中絶したのだろうか、という疑念を消すことができなくなる。

三つ目の「不肖の子」は、橋詰《はしづめ》という上司と不倫する「私」の物語。二十代の「私」は、ある日、橋詰の妻からの電話を橋詰に取り次ぐ。それは、橋詰の父親が脳梗塞で倒れた、という報せだった。

その日を境に、橋詰は「私」から去ってゆく。その身勝手さに腹立たしさが募《つの》るも、どうすることもできない「私」は、橋詰の父親が入院している病院に行ってみることにした。ベッドに横たわった橋詰の父親は、話しかけても反応しない。「私」は、その耳許に洗いざらい橋詰との関係などを打ち明けるのだった。

最後の「仮面の恋」という物語は、時間が少し遡《さかのぼ》る。照本俊治《てるもととしはる》は出産時の異常で、無酸素性脳障害を生じて生まれた。四肢の麻痺した俊治の楽しみは、パソコン通信である。ある日、障害者ボランティア板で、GANCOというハンドルネームのユーザーの存在に気がつく。映画フォーラムでもGANCOが投稿していることから、メールを遣り取りする仲になる。

やがてGANCOの方から会おうと言われたが、障害のある自分を曝《さら》け出すのが怖くて、介護者の祐太《ゆうた》に身代わりを頼む。会ってみると、GANCOはとても美しい女性だった。俊治はGANCOに恋をするが、騙《だま》していることが辛くなり、とうとうGANCOに真実を打ち明けて謝罪するも、GANCOからの連絡は途絶える。

このように四組の男女の物語が進行してゆくのだが、読者は読み進むにつれて、混乱した状況に追い込まれる。四つの話は関連があるのかないのか、わからないのだ。しかし、共通する通奏低音が流れていることには気付いている。それは、それぞれが負った「傷」の存在である。

「無力の王」の妻は脊髄損傷という大怪我をして、肩から下は動かなくなった。介護する夫もまた、身体は疲れ切り、心も大きく傷ついている。

「真昼の月」は、摂がかつて子供を産んだことがあるのか、それとも中絶したのかという大きな謎がある。どちらにせよ、摂の沈黙には、その背後に障害という大きな傷があることが感じられる。

そして、一志は摂の態度に、排除アートを連想する。ホームレスを遠ざける仕掛けをしたベンチのように、子供を欲しがる一志を遠回しに排除しようとする意志。それで、一志も大きく傷つけられるのである。

「不肖の子」の「私」が耳許で話す不倫相手の父親は、脳梗塞で意識が戻らないと言われている。だが、最後に「うむな。こどもなんてつまらん」と「私」だけに言って死ぬのだ。息子に見捨てられた父親が、息子の愛人に「うむな」と言う。「私」は、父親の負った傷まで、さらに受け取ってしまう。何と凄絶《せいぜつ》な物語だろうか。

かつて私は、丸山正樹《まるやままさき》氏の「デフ・ヴォイス」が松本清張賞の候補になった時、選評をこう書いた。

「この作品を読むまで、ろう者の世界に二種類の手話があることをまったく知らなかった。（中略）また「CODA」と呼ばれる存在も初めて知った。（中略）私は、無知は罪だ、とつくづく思う。だから、未知の世界を読者に見せてくれる作品は、あらゆる意味で優れているのである」

もちろん『ワンダフル・ライフ』は、重度障害者とその介護、という知らない世界を教えてくれた点で優れているし、その先にある希望をも提示していて抜かりがない。

さらに、複雑な構成でありながら、リーダビリティの高い作品に仕上げた筆力と、その技巧は抜きん出ている。

しかし、丸山正樹氏の作品を輝かせているのは、何よりも彼の「受傷」への感受性ではないだろうか。世間には作家が数多《あまた》いるが、「受傷」の感受性の鋭さは彼だけのものである。そして、それは、彼の作品群を優しく強い光で覆《おお》っている。

光文社文庫

ワンダフル・ライフ
著者　丸《まる》山《やま》正《まさ》樹《き》

2024年1月20日　初版1刷発行

発行者　三宅貴久
印刷　萩原印刷
製本　ナショナル製本

発行所　株式会社　光文社
〒112-8011　東京都文京区音羽1-16-6
電話　(03)5395-8147　編集部
8116　書籍販売部
8125　業務部

© Masaki Maruyama 2024
落丁本・乱丁本は業務部にご連絡くだされば、お取替えいたします。
ISBN978-4-334-10190-9　Printed in Japan

R ＜日本複製権センター委託出版物＞
本書の無断複写複製（コピー）は著作権法上での例外を除き禁じられています。本書をコピーされる場合は、そのつど事前に、日本複製権センター（☎03-6809-1281、e-mail : jrrc_info@jrrc.or.jp）の許諾を得てください。

組版　萩原印刷

本書の電子化は私的使用に限り、著作権法上認められています。ただし代行業者等の第三者による電子データ化及び電子書籍化は、いかなる場合も認められておりません。

トライアウト　藤岡陽子
ホイッスル　藤岡陽子
晴れたらいいね　藤岡陽子
波風　藤岡陽子
この世界で君に逢いたい　藤岡陽子
オレンジ・アンド・タール　藤沢周
ショコラティエ　藤野恵美
はい、総務部クリニック課です。　藤山素心
はい、総務部クリニック課です。私は私でいいですか？　藤山素心
はい、総務部クリニック課です。この凸凹な日常で　藤山素心
現実入門　穂村弘
ストロベリーナイト　誉田哲也
ソウルケイジ　誉田哲也
シンメトリー　誉田哲也
インビジブルレイン　誉田哲也
感染遊戯　誉田哲也
ブルーマーダー　誉田哲也

インデックス　誉田哲也
ルージュ　誉田哲也
ノーマンズランド　誉田哲也
ドルチェ　誉田哲也
ドンナビアンカ　誉田哲也
疾風ガール　誉田哲也
春を嫌いになった理由　新装版　誉田哲也
ガール・ミーツ・ガール　誉田哲也
世界でいちばん長い写真　誉田哲也
黒い羽　誉田哲也
ボーダレス　誉田哲也
Qrosの女　誉田哲也
オムニバス　誉田哲也
クリーピー　前川裕
クリーピー　スクリーチ　前川裕
クリーピー　クリミナルズ　前川裕
クリーピー　ラバーズ　前川裕

光文社文庫 好評既刊

クリーピー ゲイズ 前川 裕
いちばん悲しい まさきとしか
屑の結晶 まさきとしか
ナルちゃん憲法 松崎敏彌
網 松本清張
花実のない森 松本清張
梅雨と西洋風呂 松本清張
混声の森(上・下) 松本清張
風の視線(上・下) 松本清張
弱気の蟲 松本清張
鴎外の婢 松本清張
象の白い脚 松本清張
地の指(上・下) 松本清張
風紋 松本清張
影の車 松本清張
殺人行おくのほそ道(上・下) 松本清張
花氷 松本清張

湖底の光芒 松本清張
数の風景 松本清張
中央流沙 松本清張
高台の家 松本清張
翳った旋舞 松本清張
霧の会議(上・下) 松本清張
馬を売る女 松本清張
鬼火の町 松本清張
紅刷り江戸噂 松本清張
ペット可。ただし、魔物に限る 松本みさを
ペット可。ただし、魔物に限る ふたたび 松本みさを
恋の蛍 松本侑子
島燃ゆ 隠岐騒動 松本侑子
世話を焼かない四人の女 麻宮ゆり子
バラ色の未来 真山 仁
当確師 真山 仁
当確師 十二歳の革命 真山 仁

光文社文庫　好評既刊

向こう側の、ヨーコ　真梨幸子
新約聖書入門　三浦綾子
旧約聖書入門　三浦綾子
色即ぜねれいしょん　みうらじゅん
極め道　三浦しをん
舟を編む　三浦しをん
江ノ島西浦写真館　三上延
消えた断章　深木章子
少女ノイズ　三雲岳斗
なぜ、そのウイスキーが死を招いたのか　三沢陽一
なぜ、そのウイスキーが謎を招いたのか　三沢陽一
冷たい手　水生大海
だからあなたは殺される　水生大海
宝の山　水生大海
プラットホームの彼女　水沢秋生
俺たちはそれを奇跡と呼ぶのかもしれない　水沢秋生
ラットマン　道尾秀介

カサギたちの四季　道尾秀介
光　道尾秀介
満月の泥枕　道尾秀介
サーモン・キャッチャー the Novel　道尾秀介
赫眼　三津田信三
海賊女王(上・下)　皆川博子
ポイズンドーター・ホーリーマザー　湊かなえ
ブラックウェルに憧れて　南杏子
拷問　南英男
黒幕　南英男
掠奪　南英男
反骨魂　南英男
悪報　南英男
謀略　南英男
破滅　南英男
刑事失格　南英男
女殺し屋　南英男

復讐捜査　南　英男
毒蜜　快楽殺人　決定版　南　英男
毒蜜　謎の女　決定版　南　英男
毒蜜　闇死闘　決定版　南　英男
毒蜜　裏始末　決定版　南　英男
毒蜜　七人の女　決定版　南　英男
毒蜜　首都封鎖　南　英男
月と太陽の盤　宮内悠介
野良女　宮木あや子
スコーレNo.4　宮下奈都
神さまたちの遊ぶ庭　宮下奈都
つぼみ　宮下奈都
クロスファイア（上・下）　宮部みゆき
スナーク狩り　宮部みゆき
チヨ子　宮部みゆき
長い長い殺人　宮部みゆき
鳩笛草　燔祭／朽ちてゆくまで　宮部みゆき

刑事の子　宮部みゆき
贈る物語　Terror　宮部みゆき編
森のなかの海（上・下）　宮本　輝
三千枚の金貨（上・下）　宮本　輝
ウェンディのあやまち　美輪和音
フェルメールの憂鬱　望月諒子
美女と竹林　森見登美彦
奇想と微笑　太宰治傑作選　森見登美彦編
美女と竹林のアンソロジー　リクエスト！森見登美彦
棟居刑事の代行人　森村誠一
棟居刑事の砂漠の喫茶店　森村誠一
春や春　森谷明子
南風吹く　森谷明子
遠野物語　森山大道
友が消えた夏　門前典之
神の子（上・下）　薬丸　岳
ぶたぶた日記　矢崎存美

光文社文庫最新刊

陰流苗木《なえぎ》 芋洗河岸(1)	佐伯泰英
ヘーゼルの密書	上田早夕里《さゆり》
動物警察24時	新堂冬樹
あなたも人を殺すわよ	伴 一彦
真犯人の貌《かお》	前川 裕《ゆたか》
バイター	五十嵐貴久

光文社文庫最新刊

盲点　特任警部　南 英男

花菱夫妻の退魔帖　三　白川紺子《こうこ》

夜鳴きめし屋　新装版　宇江佐真理

闇の剣　部屋住み勘兵衛　鈴木英治

ひとひらの夢　日本橋牡丹堂 菓子ばなし㈩　中島久枝

ワンダフル・ライフ　丸山正樹